D0660504

Une nuit, encore

Du même auteur
aux Éditions J'ai lu

LES SECRETS

1 – L'art de la séduction
N° 10010

ANNE
MALLORY

LES SECRETS - 2

Une nuit, encore

Traduit de l'anglais (États-Unis)
par Daniel Garcia

Titre original
ONE NIGHT IS NEVER ENOUGH

Éditeur original
Avon Books, an imprint of HarperCollins Publishers, New York

À S. parce que tu es fantastique.

Mille et mille mercis à May Chen,
à Matt et à ma mère, comme toujours !

Et à toi, papa, pour ton soutien inconditionnel !

1

Elle aurait dû marcher moins vite, et sourire poliment à tous ceux qu'elle croisait sur son chemin, ainsi qu'il sied à une lady.

Au lieu de quoi, Charlotte Chatsworth arpentait le trottoir à grandes enjambées nerveuses, comme si elle cherchait à se débarrasser de chaînes invisibles qui entravaient son cou et ses chevilles.

Une sensation de panique, très diffuse, lui comprimait la poitrine, provoquant une douleur presque physique. Si seulement il n'avait pu s'agir que qu'une douleur physique – un mal d'estomac, par exemple, ou quelque chose de facile à apaiser et à soigner !

Mais son mal-être la tenaillait tant, et depuis si longtemps, qu'elle n'était pas certaine que la douleur disparaîtrait un jour.

Alors, à défaut de pouvoir agir à la racine du mal, elle marchait vite, très vite, pour se donner le sentiment illusoire de dominer son destin.

Deux hommes la dépassèrent pourtant – un brun et un blond. Leurs pas étaient encore plus rapides que les siens, et les autres piétons, devant leur allure déterminée, semblaient s'écarter pour leur livrer passage.

En l'espace de quelques instants, ils furent hors de vue. Cependant, Charlotte avait été troublée par leur apparence, au point qu'elle en éprouvait une sorte de mauvais pressentiment.

Mais sans doute était-elle victime de son imagination. S'efforçant de penser à autre chose, la jeune femme jeta un regard par-dessus son épaule. Anna, sa soubrette, la suivait de près, les yeux rivés sur les vitrines des modistes de Bond Street. Probablement Anna rêvait-elle à un chapeau rose. Elle devait espérer que sa maîtresse en achèterait un, puis qu'elle le lui donnerait quand elle s'en serait lassée.

Mais Charlotte était affreuse, en rose.

D'autres ladies, plus délicates et au sourire plus radieux, pouvaient se permettre de porter une couleur aussi innocente, qui soulignait à merveille leur féminité.

Emily, par exemple, était superbe en rose, malgré son impertinence. Charlotte esquissa un sourire en imaginant sa petite sœur affublée d'un grand chapeau de cette couleur.

Peut-être repasserait-elle par Bond Street, au retour, afin d'acheter un chapeau à Emily. Et pourquoi pas, un autre pour elle-même. Mais certainement pas rose...

Le bleu indigo lui convenait davantage, ainsi que le bleu marine, presque noir. Le blanc éclatant lui seyait bien aussi ou, à la rigueur, le blanc cassé, un peu crème. D'ailleurs, sa garde-robe était intégralement composée d'une combinaison de ces quatre coloris.

Charlotte avait souvent entendu ses rivales ironiser à ce propos. Elles prétendaient que son père avait dû dérober, quelques années plus tôt, une cargaison entière de mousseline et de satin bleu et blanc, et qu'il obligeait depuis sa fille à porter ces couleurs.

Trois jeunes filles marchaient en sens inverse, bras dessus, bras dessous. Elles parlaient fort.

— ... Il est si gentil ! J'adore sa compagnie. Et père m'a autorisée à flirter avec lui. Alors, je ne m'en suis pas privée !

— Tu l'as embrassé ! Mais s'il...

Charlotte n'entendit pas la suite. Les trois amies croisèrent son chemin et continuèrent leur babillage, ponctué de force gloussements. Elles semblaient si heureuses de vivre !

Charlotte toucha instinctivement la broche, en forme de colombe déployant ses ailes, accrochée à sa robe. Une boule s'était soudain formée dans sa gorge et elle se demandait ce qu'elle serait devenue, ces derniers mois, sans l'amitié providentielle de Miranda, lady Downing, pour la soutenir. La broche était un cadeau de Miranda.

Emily était une confidente agréable et précieuse, mais Charlotte voulait épargner ses soucis à sa petite sœur. Elle faisait tout son possible pour la protéger des catastrophes – à commencer par les dettes de jeu – que leur père, Bennett Chatsworth, accumulait sur leurs têtes.

Depuis des semaines qu'elle arborait sa nouvelle broche presque chaque jour, les commentaires commençaient à fuser. Certains l'avaient même surnommée « La colombe ».

Cependant, contrairement à ce délicat oiseau, Charlotte se sentait bien incapable de voler de ses propres ailes.

Elle accéléra encore l'allure, bien résolue à ne pas céder à la mélancolie. Sa détermination était sans faille : elle saurait surmonter la prochaine avanie paternelle pour la tourner à son avantage. Elle finirait par décrocher son salut et celui de sa sœur. Après tout, leur mère n'avait pas enduré avec patience vingt-quatre ans de mariage sans lui avoir appris quelques petites choses...

La jeune femme s'engagea dans une rue plus étroite, moins fréquentée, où elle ne courait pas grand risque de croiser des connaissances. Son programme de la journée était loin d'être terminé : elle avait quatre visites programmées dans l'après-midi, avant une petite promenade dans Hyde Park. Ensuite, elle dînerait dehors, avant de se rendre à deux réceptions – dont un concert. Et tout cela, parce que son père était résolu à lui trouver un mari au plus vite !

Un couple croisa son chemin. Ils marchaient l'un contre l'autre, leurs têtes se touchant presque. Et ils se souriaient, heureux de partager leur amour.

Charlotte ferma brièvement les yeux pour ne pas pleurer.

La sonnette de la boutique de rubans tintinnabula quand deux femmes, ouvrant la porte, en sortirent. Charlotte se précipita pour attraper le battant au vol. Puis elle laissa Anna s'engouffrer à l'intérieur, avant de la suivre et de refermer sans bruit la porte derrière elle. La sonnette se tut.

La boutique était sombre. Aucune lampe n'étant allumée, la seule lumière provenait de la petite vitrine donnant sur la rue. On aurait pu croire l'établissement fermé, mais Charlotte avait pris rendez-vous pour récupérer la commande qu'elle avait passée quelques jours plus tôt. Mme Hunsden, une petite femme timide et effacée, fabriquait les plus beaux rubans de Londres. Elle honorait toujours ses commandes en temps et en heure. Charlotte avait prévu de porter l'une de ses créations dès ce soir.

— Bonjour ? appela-t-elle en direction de l'arrière-boutique.

— Elle est peut-être sortie ? suggéra Anna.

Avant qu'elle ait pu répondre à sa chambrière, Charlotte entendit une porte claquer. Puis un bruit de voix – celle de M. Hunsden. Charlotte le détestait. Il souriait toujours obséquieusement à la clientèle, mais dès qu'il croyait que personne ne faisait attention à lui, il décochait sous le comptoir des coups de pied à sa femme.

Charlotte s'approcha de la porte qui séparait le magasin de l'arrière-boutique.

M. Hunsden frappait sa femme, mais il n'oserait jamais élever la voix contre Charlotte. Il était bien trop lâche pour cela !

Qui sait ? Elle pourrait peut-être faire quelque chose, Convaincre Mme Hunsden de la suivre, puis persuader les autres dames du Comité contre les femmes battues de lui verser une petite pension ? Ainsi, Mme Hunsden pourrait-elle s'affranchir de son époux.

Et Charlotte aurait au moins réussi à *libérer* quelqu'un de ses fers.

La jeune femme regarda par l'entrebâillement de la porte. L'arrière-boutique était encombrée de caisses empilées les unes sur les autres, mais Mme Hunsden n'était visible nulle part. En revanche, un grand type brun agrippait M. Hunsden par le revers de son veston.

Charlotte recula instinctivement.

— Je déteste devoir me répéter, dit l'inconnu. Où est l'argent, Hunsden ?

Sa voix était si menaçante que Charlotte en frissonna des pieds à la tête.

— Je ne l'ai pas...

— C'est bien dommage, reprit le type. Car tu dois nous rembourser maintenant. Il n'est pas question que nous t'accordions de délai supplémentaire.

Charlotte risqua un autre œil par la porte. Hunsden suait à grosses gouttes, et la jeune femme compatissait pour lui. Elle alla chercher du secours, mais les ailes de sa broche s'accrochèrent au chambranle. Elle s'obligea à ne pas paniquer, tentant de se libérer sans faire de bruit.

— Je ne l'ai pas, répétait Hunsden.

Sa frayeur s'entendait à sa voix.

— C'est vraiment dommage, répéta le type, avec une intonation particulière, comme s'il souriait. Alors dis-moi au moins où se cache Noakes !

— Je l'ignore.

Charlotte sentit qu'Anna lui tirait le bras, mais lui fit signe de patienter. Elle n'avait toujours pas réussi à libérer sa broche, solidement fichée dans une fente du bois.

La jeune femme commençait à se demander si elle ne devrait pas plutôt tirer sur la mousseline de sa robe, quitte à en sacrifier un morceau pour se libérer. Elle s'excuserait ensuite à Miranda d'avoir perdu la broche.

— Ton ignorance est décidément bien fâcheuse...

— Je... ce ne sont pas mes affaires, balbutia Hunsden. Cette histoire doit se régler entre vous et Cornélius.

— Oh, Cornélius ne perd rien pour attendre ! assura le type. Mais je crois savoir que Noakes se trouve dans les parages. Peut-être même se cache-t-il ici ? Derrière l'une de ces caisses ?

Charlotte, captivée, regardait tour à tour sa broche et la scène qui se déroulait dans l'autre pièce, dont elle ne voulait pas rater une miette.

Hunsden affichait un visage déconfit.

— Pourquoi n'avez-vous pas envoyé vos laquais ?

Les doigts de Charlotte tremblaient, mais elle était presque parvenue à libérer sa broche. Presque...

— Je n'ai pas besoin de laquais, répliqua son interlocuteur. Maintenant, dis-moi...

Tout à coup, un homme, embusqué derrière une caisse, bondit hors de sa cachette, un poignard à la main, pour se jeter sur l'inconnu qui tenait Hunsden par le col.

Charlotte se figea, les doigts crispés sur sa broche. Elle comprit, horrifiée, qu'elle allait assister à *un meurtre*.

Elle voulut détourner le regard, mais au même moment, un troisième homme surgit dans son champ de vision. Un ange blond, habillé avec beaucoup d'élégance.

Il tordit le bras de l'assaillant, déviant le trajet de la lame, qui manqua de peu sa cible. L'homme poussa un cri de douleur et laissa échapper son poignard. Le blond s'en empara au vol et, de son autre main, il décocha un formidable coup de poing à l'agresseur, qui s'écroula au sol, le nez et la bouche en sang.

Le blond s'accroupit à ses côtés. Le type ne bougeait plus.

Finalement, Charlotte avait bel et bien assisté à un meurtre, même si la victime n'était pas celle qu'elle avait d'abord crue. Un meurtre à mains nues, qui plus est !

Son instinct lui commandait de s'enfuir au plus vite. Elle tira de toutes ses forces sur la broche.

C'est alors que l'inconnu blond se redressa, lui offrant son profil. Charlotte en resta stupéfaite. Il était vraiment très beau. Beau comme un ange. Mais une cicatrice creusait sa joue, et il contemplait Hunsden avec un sourire carnassier.

Si c'était un ange, il arrivait tout droit de l'enfer.

— Vous avez tué Noakes, murmura Hunsden, qui semblait plus terrorisé que jamais.

Charlotte avait beau savoir qu'elle aurait dû privilégier sa fuite, elle ne put s'empêcher de tendre l'oreille. Ainsi, c'était ce fameux Noakes qui gisait à présent sur le plancher...

Une nouvelle fois, Anna tenta de la tirer par le bras. Elle devait s'affoler mais Dieu merci, elle avait eu la présence d'esprit de ne pas crier.

— Vous serez arrêté, reprit Hunsden, dont la voix s'enfiévra soudain. Et pendu ! De toute façon, Cornélius ne vous laissera plus un seul instant de répit. Il vous fera traquer par ses hommes. À moins que je ne vous aide à vous débarrasser du cadavre. Je... je connais un endroit.

— Sage initiative, car je tremble d'effroi à l'idée que Cornélius m'envoie ses sbires, répliqua le blond d'un ton ironique. Puis, s'adressant au brun, qui tenait toujours Hunsden par le revers de son veston, il ajouta : Bon, on en finit avec lui, Andréas ? Je crois que nous n'en tirerons plus rien.

— Ma... ma femme, balbutia Hunsden, avant qu'Andréas – le brun – n'ait pu répondre.

— Votre femme ? Vous la battez, infâme ! l'interrompit le blond.

— Elle parlera. Elle dira...

— Je crois plutôt qu'elle sera trop heureuse d'être enfin veuve.

Renonçant à sauver sa broche, Charlotte tira de toutes ses forces sur le tissu de sa robe, dans l'espoir que celui-ci se déchirerait.

— Je... vous avez besoin de moi pour cacher le corps, plaida Hunsden.

Le blond tenait toujours le poignard qu'il avait arraché à sa victime. Il tapotait la lame dans sa paume. Son expression était démoniaque, comme s'il prenait plaisir à ce petit jeu.

Il se tourna vers son compagnon.

— Crois-tu que nous devions laisser Hunsden décider de son sort ?

— Je ne suis pas d'humeur à badiner, Roman, répliqua Andréas, qui serra un peu plus Hunsden au col.

Charlotte eut comme un éclair. Elle reconnaissait à présent ces deux hommes. C'étaient les deux piétons pressés qui l'avaient dépassée tout à l'heure dans la rue.

— Moi non plus, à la vérité, assura le blond. Moi non plus.

La broche se détacha brusquement, comme par miracle, de sa prison de bois, en même temps qu'elle se détachait du tissu de sa robe. Charlotte en resta éberluée, le bijou à la main. Elle était libre !

Elle voulut reculer pour s'enfuir. Mais au même instant, Anna la tira de nouveau par le bras, si fort, cette fois, que Charlotte laissa échapper sa broche. Le bijou effectua un vol plané, avant de s'écraser au sol avec un bruit métallique qui résonna sinistrement aux oreilles de la jeune femme.

Dans l'arrière-boutique, trois têtes se tournèrent d'un même mouvement vers la porte.

Charlotte croisa le regard de l'ange blond. Ses yeux étaient d'un bleu glacial.

— Tiens, tiens, tiens, dit-il, s'avançant vers la porte pour l'ouvrir en grand.

Enfuis-toi, Charlotte ! lui soufflait une petite voix intérieure. Mais la jeune femme restait figée sur place. Et sa chambrière semblait tout aussi hypnotisée qu'elle.

Soudain, Anna poussa un petit cri de désarroi. Se retournant, Charlotte vit qu'un nouvel intrus – un type patibulaire avec un œil bandé – leur coupait toute retraite.

Charlotte refusa de s'avouer vaincue. Redressant le menton, elle croisa de nouveau le regard glacial de l'ange blond.

— Hunsden n'a pas de fille, lui dit Roman, d'une voix presque aimable dont Charlotte n'était pas dupe, et vous avez trop de cran pour être sa femme. (Il la détailla du regard, avant d'ajouter :) Sans compter que vous êtes trop richement habillée. De plus, une domestique vous accompagne. Je parierais donc pour une riche cliente. Ravissante, de surcroît...

— Sauvez-vous ! lui cria Hunsden. Allez chercher de l'aide ! Ils ont tué Noakes !

Andréas le plaqua contre un mur, comme s'il avait l'intention de le réduire au silence. Ce ne serait jamais que le deuxième meurtre auquel elle assisterait en moins d'un quart d'heure, songea Charlotte. Ne sachant trop quel parti adopter, elle coula un regard vers le type au bandeau.

— N'ayez pas peur d'Un-Œil, lui dit Roman, avec un sourire trop charmeur pour être sincère. C'est quelqu'un de parfaitement correct. Il ne vous fera du mal que s'il en reçoit l'ordre. (Et, s'adressant au commerçant, sans quitter la jeune femme du regard, il poursuivit :) Pas de chance pour vous, Hunsden, mais Noakes n'est pas mort. J'aurais peut-être dû le tuer, d'ailleurs. Après tout, il a tenté de poignarder mon frère. Je me demande si je ne vais pas me raviser.

Charlotte regardait tour à tour le brun et le blond. Des frères ? Ils ne se ressemblaient pourtant pas. Ils n'avaient rien en commun : ni la même couleur de cheveux, ni les mêmes traits, ni les mêmes expressions. Un seul point les réunissait : ils étaient tous deux vêtus avec raffinement. Et leurs costumes tombaient trop bien pour qu'ils les aient volés. Ils portaient à l'évidence des habits sur mesure – œuvre d'un excellent tailleur.

Quoi qu'il en soit, ces deux hommes étaient dangereux. D'ailleurs, elle l'avait senti tout à l'heure, lorsqu'ils l'avaient dépassée dans la rue.

— Finalement, non, fit Roman, avant de reporter son attention sur Charlotte, ce ne serait pas une bonne idée. Il y a trop de témoins, à présent. Et je ne m'en suis jamais pris à une femme, acheva-t-il avec un nouveau sourire.

— Vraiment ? réussit à répondre Charlotte, avec le plus grand calme.

— Encore moins une femme aussi ravissante que vous…

Charlotte sentit son pouls s'accélérer. Que lui arrivait-il ?

Il s'accroupit pour ramasser la broche qu'il garda un moment dans sa main afin de l'examiner. Son autre main tenait toujours le poignard.

Charlotte était convaincue qu'elle devait s'enfuir à tout prix. Même avec le type au bandeau qui lui barrait le chemin de la sortie.

Roman, toujours accroupi, leva les yeux vers elle.

— Approchez donc… Je ne vous ferai pas de mal. Je suis un brave garçon, vous savez.

Charlotte accrocha son regard.

— Permettez-moi d'en douter, monsieur. Pour l'instant, vous ne m'en avez pas vraiment donné la preuve.

Il tournait et retournait la broche entre ses doigts.

— Toute la faute en revient à Hunsden. Il ne connaît rien à l'hospitalité.

— M. Hunsden ne me paraît pas en état de nous inviter dans son salon, répliqua-t-elle, comme si elle poursuivait une conversation mondaine, alors qu'elle s'adressait à un assassin – tout séduisant qu'il fût. Ni même de nous ouvrir son cabinet à liqueurs.

La broche tournait toujours dans ses doigts. Des doigts longs et agiles, mais qui n'avaient pas la finesse de ceux des pianistes.

— Son cabinet à liqueurs ? Voilà une excellente idée !

— Vous avez soif ? Je peux aller vous chercher une bière à la taverne d'en face, si vous le souhaitez.

— Hmm, j'adore la bière, murmura-t-il, fermant un instant les yeux, avant de les rouvrir et de se tourner vers son frère : Andréas, je crois que je suis en train de tomber amoureux.

— Roman, murmura ce dernier, mettant dans cet unique mot une intonation menaçante qui n'échappa pas à Charlotte.

Mais Roman, au lieu de lui répondre, s'adressa à l'homme au bandeau :

— Je crois que tu rends mademoiselle un peu nerveuse, Bill, lui dit-il, sans cesser de regarder Charlotte. Peut-être pourrais-tu reculer un peu ?

Le dénommé Bill s'exécuta. Charlotte se demanda à quoi jouait son maître.

Roman lui sourit.

— Reprenez donc votre broche.

C'était un test. Il voulait savoir si elle aurait le courage de lui retirer le bijou des mains.

— Ce serait dommage de perdre une si belle pièce, ajouta-t-il. À moins que vous n'y teniez pas ?

Son regard laissait supposer qu'il avait deviné que la broche lui était précieuse. Pourtant, cela paraissait impossible : il ne savait rien d'elle. Hélas ! Il était en mesure de lui dicter sa volonté, qu'elle choisisse ou non de récupérer le bijou.

Charlotte, pourtant, avait l'intuition qu'il lui rendrait sa broche sans la moindre violence. Mais elle n'aurait pas su dire pourquoi elle se sentait aussi rassurée, alors que sa situation était pour le moins délicate.

Cependant, une autre intuition la taraudait : le sentiment que si elle lui reprenait la broche, sa vie entière en serait bouleversée.

C'était bien sûr une conviction parfaitement ridicule.

La jeune femme déglutit, redressa le menton et fit un pas vers lui. Elle crut lire une lueur de satisfaction dans son regard. Elle s'avança davantage. Lui ne s'était toujours pas redressé. Accroupi, il aurait pu paraître en position d'infériorité, et cependant, c'était tout le contraire : il semblait dominer l'espace.

Il plaça la broche sur sa paume et ouvrit grande sa main.

Charlotte s'empara avec précaution du bijou. Ses doigts, dans son mouvement, effleurèrent sa paume. Elle était solide et un peu rugueuse.

Quand leurs regards s'accrochèrent, il serra les doigts de la jeune femme, avant de la libérer.

Le cœur de Charlotte battait plus fort que jamais. Elle recula vivement, la broche serrée sur sa poitrine.

— Merci, monsieur. Je crois que nous allons vous laisser, à présent.

Il ne répondit rien, lui opposant un sourire énigmatique.

Charlotte éprouva un sentiment proche de la panique – mais d'une nature différente, cependant. Elle fit encore deux pas en arrière puis, poussant Anna derrière elle, amorça une retraite vers la porte de la boutique.

Roman se releva et les suivit, sans quitter Charlotte du regard, en même temps qu'il faisait signe à l'homme au bandeau de se rendre dans l'arrière-boutique.

— Va dans la rue, murmura la jeune femme à sa chambrière, par-dessus son épaule.

Elle entendit Anna gagner la porte, l'ouvrir – faisant tinter la sonnette – et la refermer avec un claquement derrière elle.

Charlotte continua elle aussi de reculer, soutenant le regard de Roman. Mais celui-ci détourna soudain les yeux.

— Adieu, petit oiseau, lui lança-t-il, quand la jeune femme referma ses doigts sur la poignée de la porte.

Charlotte sortit à la hâte et courut pour rattraper Anna, qui avait déjà presque rejoint Bond Street. Elle avait l'intention de prévenir le premier policier qu'elle croiserait de ce qui s'était passé chez les Hunsden. Mais surtout, elle avait hâte de mettre le plus de distance possible entre elle et cet homme qui lui inspirait des réactions étranges.

2

Roman Merrick ramassait d'un geste sec les cartes, à mesure qu'elles lui étaient distribuées. D'ordinaire, il montrait plus de détachement dans le jeu, et il traitait mieux ses cartes.

Plusieurs décisions d'importance l'attendaient ce soir, mais ses pensées étaient occupées par les lèvres sensuelles de la jeune femme rencontrée cet après-midi. En d'autres circonstances, il aurait couru toutes les mondanités de la soirée avec l'intention de la retrouver dans une quelconque réception. Mais pour l'heure, il n'avait pas besoin de se donner cette peine.

Il se délecterait de la voir écarquiller les yeux quand elle le reconnaîtrait. « Bonsoir », lui dirait-il, s'amusant par avance de sa réaction.

Les femmes succombaient facilement à ses charmes. Mais il avait l'intuition que celle-ci réclamerait des efforts de persuasion particuliers. Car il était évident qu'elle n'était pas habituée à fréquenter des hommes tels que lui.

Il sourit à l'idée de tout le parti qu'il tirerait de son innocence.

Son sourire s'élargit encore quand il leva les yeux sur l'homme éméché assis en face de lui. Car si son partenaire de jeu pouvait savoir à quoi il pensait en ce moment même, nul doute qu'il s'effondrerait d'apoplexie au milieu des cartes.

— Charlotte est une brave fille, disait-il justement. Elle réfléchit un peu trop. C'est son plus grand défaut. Mais sa beauté rachète tout.

Depuis le début de la partie, Bennett Chatsworth n'avait cessé de se montrer disert sur sa fille. Au point que Roman aurait pu constituer un dossier sur elle : il savait à peu près tout de ses qualités, de ses défauts ou de ses passe-temps favoris.

— Vous prévoyez toujours de la fiancer avant la fin de la saison ? demanda John Trant, qui partageait leur table.

— Oui. Il est grand temps que je tire profit des riches partis qui s'intéressent à elle.

Tout en parlant, Chatsworth écarquillait les yeux de contentement en découvrant ses cartes. Il avait trop bu pour être encore capable de feindre l'indifférence.

Roman aurait dû courir les mondanités pour retrouver la jeune femme et lui voler un baiser. Mais quand il avait reconnu les quatre joueurs attablés ensemble, l'occasion lui avait paru trop belle. Il les avait tous invités à se joindre à lui, dans l'un des petits salons réservés pour les parties qui n'accueillaient que la clientèle la plus exclusive.

Ses invitations n'étaient jamais refusées. Car cela vous posait son gentleman de lâcher, d'un ton détaché, à son club, que l'on avait commencé la soirée par une partie de cartes dans l'un des salons privés des Merrick.

Mais, du coup, Roman était retenu à cette table depuis deux heures, alors qu'il aurait préféré se trouver dans un bal. Cela expliquait sa brusquerie et son irritation larvée.

— Je me suis laissé dire que Binchley était intéressé, intervint lord Pomeroy, assis à la droite de Roman. Seriez-vous disposé à donner votre fille au marquis, Chatsworth ?

Tout à coup, Roman se sentit partagé entre son envie de retrouver la jeune femme de cet après-midi et celle de poursuivre la partie pour en savoir plus.

Ce qui ne l'empêcha pas de tapoter la table avec la tranche de ses cartes, sans se soucier de savoir si ses voisins pouvaient voir son jeu. De toute façon, il avait une mauvaise main. Et le sort de la partie ne l'intéressait pas. Ses motivations étaient ailleurs.

— Peut-être, répondit Chatsworth, peut-être... Quoi que je pense qu'elle pourrait viser encore plus haut. Cela dit, le marquis n'est pas dépourvu, loin de là. Mais j'ai reçu plusieurs autres offres. Des offres très *généreuses*, ajouta-t-il, insistant sur ce dernier mot.

Chatsworth était décidément un imbécile fini. Il perdait du temps à chercher le meilleur parti pour sa fille – un prétendant le plus titré et le plus riche possible –, alors que ses finances étaient à l'agonie. Il continuait de laisser frétiller son bel appât au bout de son hameçon, sans réaliser que l'appât en question menaçait de lui échapper et de se faire avaler par un requin.

— C'est compréhensible : votre fille est ravissante, commenta le vicomte Downing, assis à la gauche de Roman. Je vous souhaite de bien la marier. Mais peut-être pourriez-vous profiter de son penchant à *réfléchir*, et lui laisser exprimer son avis ?

La femme de Downing était une proche amie de la fille de Chatsworth. Et le vicomte avait été presque fiancé à cette dernière, deux ans plus tôt. Il était difficile de l'ignorer, dans la mesure où, depuis le début de la partie, Chatsworth n'avait cessé de lancer des piques au vicomte. Il semblait lui tenir grief de ne pas être devenu son gendre.

— Elle a des yeux magnifiques, renchérit Pomeroy. Il paraît même que l'un de ses soupirants leur a consacré un sonnet, la semaine dernière.

Downing soupira.

— Oui, et il l'a lu en public chez les Peckhurst. Ma femme me l'a récité à satiété pendant trois jours. C'est bien simple, j'en avais la migraine.

Roman se retint de sourire. Il avait toujours beaucoup apprécié Downing. Du reste, avant son mariage, le vicomte s'était montré un client très rentable. Même s'il gagnait plus qu'il ne perdait, il avait un talent rare pour convaincre les autres de jouer avec lui. Or, ses amis partageaient rarement sa chance au jeu. Aussi était-ce tout bénéfice pour Roman et Andreas, qui récupéraient d'un côté ce qu'ils perdaient de l'autre.

Si Downing était là ce soir, c'était uniquement parce que son épouse avait été invitée à une soirée réservée aux dames. Roman avait trouvé l'excuse valable, mais il se demandait bien ce qu'il pouvait se passer dans une soirée entre femmes.

Sa proie de cet après-midi s'y était peut-être rendue, elle aussi ? Ou alors, elle fréquentait l'un des bals de la soirée, dansant avec des jeunes cavaliers tout juste sortis d'Oxford, et qui savaient à peine ajuster un pas devant l'autre.

C'était sans doute un beau spectacle que de la voir danser. Elle devait littéralement resplendir.

Il n'y avait rien d'étonnant à ce que leur rencontre l'obsède autant, songea-t-il. Cette jeune femme était ensorcelante. Ses yeux, surtout…

— Quoi qu'il en soit, reprit Chatsworth d'une voix pâteuse, Binchley ou pas, je ne lâcherai pas la main de ma fille sans de solides compensations.

Des compensations financières, bien entendu. Bennett Chatsworth nourrissait de grandes ambitions pour sa fille. Il rêvait de lui faire épouser au moins un comte, sinon mieux. Mais il avait aussi besoin d'argent. De beaucoup d'argent, pour éponger ses dettes abyssales.

Downing était l'héritier d'un marquis, et il était fabuleusement riche. Voilà pourquoi Chatsworth aurait aimé l'avoir pour gendre. Trant n'avait aucun titre à offrir – du moins, pour l'instant, car il se murmurait qu'il pourrait lui échoir un héritage prestigieux. En revanche, il disposait lui aussi d'une solide fortune.

— Vous n'allez tout de même pas arrêter votre choix sur Binchley ? avança Trant.

À l'inverse de Downing, qui suscitait toute sa sympathie, Roman nourrissait des sentiments mitigés envers Trant. Certes, c'était un excellent client, aux poches toujours pleines, et qui n'aimait rien tant que jouer gros. Mais il gagnait à peu près autant qu'il perdait, ce qui, au bout du compte, ne rapportait pas grand-chose à la maison. Du reste, Trant ne venait pas chercher ici le moyen d'accroître sa fortune. Il ne semblait s'intéresser aux cartes que parce qu'elles lui permettaient de fréquenter des gens plus haut placés que lui. D'ailleurs, il ne s'asseyait jamais qu'aux tables dont les participants pourraient lui apporter quelque chose – des informations précieuses, ou de nouvelles relations, par exemple. Trant n'était pas devenu un brillant politicien par hasard.

— Pour l'instant, Binchley est en tête de liste, *monsieur Trant*, répondit Chatsworth. Mais cela pourrait changer. Tout dépendra des circonstances.

Trant garda le sourire. Mais sa mâchoire se crispa légèrement, trahissant qu'il était loin de ressentir l'équanimité qu'il désirait afficher.

Roman croisait souvent des gens comme lui, dans son travail. Des hommes volontaires, pugnaces, et si déterminés à grimper dans l'échelle sociale qu'ils piétinaient sans remords quiconque se trouvait sur leur passage. Mais s'ils pouvaient se révéler des associés intéressants en affaires, ces hommes étaient la plupart du temps ennuyeux à fréquenter. Après tout, une échelle n'offrait jamais qu'un chemin désespérément droit... Et Trant ne possédait pas assez d'imagination pour emprunter les chemins de traverse qui lui auraient aussi permis de se rapprocher de son but.

Par deux fois, au cours de ces dernières semaines, Trant avait laissé comprendre à Roman qu'il était prêt à racheter les dettes de Chatsworth. Mais Trant avait beau être riche, il ne possédait pas assez d'argent pour les racheter dans leur totalité. Tout au plus pouvait-il espérer en gagner une partie au jeu, afin de se positionner comme créditeur.

Il existait une autre solution : que Roman rachète lui-même les dettes de Chatsworth pour les céder ensuite à Trant. Dans cette hypothèse, il était facile de deviner ce que Trant exigerait de Chatsworth pour effacer l'ardoise. Charlotte Chatsworth était un diamant de la plus belle eau. Et bien que les poches de son père fussent désespérément vides et percées, cela ne l'empêchait pas de briller de tous ses feux.

Un diamant grâce auquel Bennett Chatsworth espérait restaurer la fortune familiale, rien de moins.

Roman revoyait le menton fièrement dressé de la jeune femme. Et ses yeux d'un bleu intense, tandis qu'elle le fixait. Oui, il était prêt à débourser beaucoup d'argent pour la conquérir, car elle possédait quelque chose qui le titillait : un orgueil de combattante, rare chez les jeunes femmes de la bonne société. Or, cet orgueil rencontrait un écho chez Roman, qui s'était lui-même fait tout seul, à la force du poignet.

Qu'elle fût ravissante *et* intelligente ne gâchait rien, bien sûr, toutefois ce n'était pas non plus déterminant. Roman ne détestait ni les jolis visages ni les reparties spirituelles. Mais les belles femmes abondaient, à Londres. Et sa clientèle comptait quelques courtisanes éduquées à l'esprit acéré.

En revanche, il y avait chez cette jeune fille un je-ne-sais-quoi qui l'accrochait – comme les pointes de sa broche.

Il l'avait brièvement aperçue au marché, un mois plus tôt, alors qu'elle observait des poules enfermées dans une cage à peine assez grande pour leur permettre de respirer. Ces quelques secondes, cependant, avaient suffi pour allumer une flamme dans son cœur. Ce n'était pourtant pas la première fois que Roman la voyait – une beauté pareille ne manquait jamais de se faire remarquer. Mais son expression, à cet instant, lui avait parlé d'une manière toute particulière.

Roman sortait rarement le jour. Il était plutôt un noctambule, à l'inverse de cette jeune femme rayonnante qui suscitait l'émoi de la bonne société londonienne.

La Colombe de Londres...

Roman croyait encore sentir la broche entre ses doigts.

Il était bien sûr au courant de tout ce qui concernait Charlotte Chatsworth. Outre que les journaux parlaient sans cesse d'elle – de sa beauté, de ses actions charitables –, elle était le sujet de conversation de beaucoup de gens. Au point que Roman aurait pu à son tour lui consacrer une chronique dans une quelconque gazette, avec tous les potins qu'il avait pu collecter sur elle.

Il connaissait aussi, avec précision, l'étendue des dettes de son père. La situation financière de Bennett Chatsworth était bien pire que ce que celui-ci laissait accroire. En fait, il était si acculé qu'il n'était pas impossible qu'il commette un geste stupide dans un avenir proche.

Roman, cependant, s'en voulait de se préoccuper de son sort. Après tout, cela ne le regardait pas... Il ferma un instant les yeux et pressa le haut de son nez entre son pouce et son index dans l'espoir de chasser sa fille de ses pensées.

Si elle continuait de l'obséder ainsi, c'est *lui* qui finirait par commettre un geste stupide !

Il rouvrit les yeux. Mais, la main dissimulant toujours son visage, il observa Bennett Chatsworth à la dérobée. Il avait été autrefois un homme très élégant, empreint d'une grande distinction. Mais l'abus d'alcool l'avait voûté et lui avait bouffi le visage. Cependant, en regardant bien, on pouvait déceler les traces d'une ancienne beauté, qui se retrouvait aujourd'hui chez sa fille.

Quand Pomeroy, son voisin, recula soudain sa chaise, Roman laissa retomber son bras pour se tourner vers lui.

— Les amis, je viens de me souvenir que j'avais promis de passer chez les Winphor, lança Pomeroy. La maîtresse de maison va m'étrangler. Désolé d'abandonner la partie en cours. Je vous laisse cinq couronnes, je suppose que ça ira ?

Et, sans attendre de réponse, il jeta ses cartes au centre de la table, versa la pièce de cinq couronnes au pot et quitta la table comme s'il avait le diable à ses trousses.

Downing jeta également ses cartes. De toute façon, il était évident que Chatsworth, à en juger par son regard, avait enfin tiré une bonne main. Roman s'apprêtait à imiter le vicomte, quand il s'aperçut que Trant, les yeux plissés, observait Chatsworth avec un intérêt impatient.

Roman reposa ses cartes, face contre la table, et caressa leur tranche du bout du doigt.

— Que diriez-vous, Chatsworth, de monter les enchères ? suggéra soudain Trant.

Chatsworth regarda tour à tour ses cartes et le pot placé au milieu de la table.

— Hmm…

La tension avait monté d'un cran. Roman pouvait presque sentir la tranche de ses cartes lui entailler les doigts.

Il éprouvait tout à coup, comme les autres à la table, un sentiment de respect pour Trant. Ce dernier était prêt à débourser une coquette somme pour obliger Chatsworth à capituler.

Pour un peu, Roman l'aurait applaudi.

— Disons… douze mille livres, proposa Trant.

Chatsworth regarda une nouvelle fois ses cartes avec une lueur de cupidité.

— Ou une nuit avec votre fille, compléta Trant.

Il y eut un silence autour de la table. Downing reposa très doucement son verre sur la table, tandis que Chatsworth coulait un bref regard à Trant, avant de baisser une nouvelle fois les yeux sur ses cartes.

Roman s'adossa à son siège.

— Quelle suggestion de mauvais goût, monsieur Trant, dit-il, du ton le plus détaché possible, malgré sa nervosité. Vous me choquez !

Trant ne lui accorda même pas un regard. Toute son attention était concentrée sur Chatsworth, la seule personne qui lui importât à l'instant présent. Il essayait manifestement d'anticiper sa réaction, pour adapter sa propre stratégie de jeu.

— J'ai du mal à croire que vous puissiez être choqué par une requête aussi banale, Merrick.

— Banale ? Grâce à vous, tout à coup, la soirée devient excitante. C'est de mauvais goût, je le répète, mais je ne vous en félicite pas moins de votre audace.

Downing lui jeta un regard noir, auquel Roman opposa un sourire indolent.

Le vicomte le mit en garde.

— Chatsworth, ne faites pas l'idiot ! N'aggravez pas votre situation.

Chatsworth crispa les mâchoires, mais une lueur de gravité brilla dans son regard aviné. Comme s'il mesurait brusquement l'enjeu de cette partie.

— Downing, vous n'êtes plus dans le coup, lui rappela Trant. Et l'enchère ne vous concerne pas. Vous avez renoncé à sa fille voici deux ans.

Roman caressait toujours la tranche de ses cartes avec ses doigts. Comme il s'était ingénié à le faire croire, Trant était convaincu qu'il n'avait qu'une mauvaise main.

— Ça ne m'empêche pas de vous dire que vous êtes un fieffé gredin de proposer une telle enchère ! répliqua Downing, sincèrement furieux. Et s'il était moins idiot, Chatsworth aurait déjà dû vous tourner le dos.

— De quoi vous mêlez-vous, Downing ? s'emporta soudain Chatsworth. Trant a raison. Vous avez renoncé à ma fille.

Et, après un dernier regard à ses cartes, il ajouta :

— J'accepte l'enchère.

Roman pouvait presque voir les rouages tourner au ralenti dans le cerveau embrumé par l'alcool de Chatsworth. S'il perdait, il ne perdrait pas tout. Sa fille paierait pour lui. Et puis, il était sûr de gagner : il possédait une main superbe.

Du reste, il avait désespérément besoin de l'emporter.

Douze mille livres, voilà qui lui rendrait bien service ! S'il tendait l'oreille, Roman était convaincu qu'il pourrait entendre le diable chuchoter à l'oreille de Chatsworth.

— Vous n'hésiteriez pas à ruiner la réputation de votre fille ? insista Downing.

Mais Chatsworth rêvait déjà à la manière dont il dépenserait ses gains.

Roman aurait dû lui interdire depuis longtemps de continuer à jouer et le renvoyer chez lui. Mais il avait autre chose en tête, en cet instant précis.

Il songeait à sa fille. Quelle ironie ! Car la jeune femme en question se retrouverait bientôt dans le lit de son voisin de droite. Trant possédait une main imparable, Roman en était persuadé. Sinon, il n'aurait pas fait monter les enchères aussi haut.

Et Trant avait su attendre le bon moment, pour que deux témoins, seulement, assistent à la scène. Et pas n'importe lesquels. L'un était amoureux de son épouse, laquelle était une proche amie de la jeune femme mise aux enchères. Il garderait donc le secret sur l'issue de la partie. L'autre connaissait les dettes de la moitié des gentlemen londoniens – quand il n'était pas lui-même leur créancier. Il s'assurerait, c'était son métier, que le pari serait honoré. Mais il ne s'en mêlerait pas. Car c'était aussi son métier de ne pas s'immiscer dans les affaires privées de ses clients.

La réussite de son « commerce » lui imposait d'être loyal, mais impartial. Sa réputation s'était bâtie ainsi – tout autant que celle d'Andréas. Leurs clients savaient d'ailleurs qu'ils n'avaient rien à redouter tant qu'eux-mêmes se conformaient à l'autorité des Merrick. Mais s'il leur prenait la fantaisie d'y déroger...

Trant remporterait la main, quel que soit le jeu que pourrait abattre Chatsworth. Il coucherait avec la fille de Chatsworth, et ruinerait du même coup sa réputation. Chatsworth n'aurait alors pas d'autre solution que de la lui donner en mariage. De ce fait, Trant aurait atteint son but à vil prix.

Roman aurait pu se satisfaire de la tournure que prenaient les événements. Il connaissait assez Trant pour savoir comment le manipuler, s'il le désirait. Et, dans un an ou deux, Charlotte Chatsworth se chercherait un amant. Roman pouvait décider d'attendre jusque-là – et profiter de ce délai pour se lier d'amitié avec la jeune femme. Ainsi, il serait là quand elle aurait besoin d'une épaule pour s'épancher.

Mais Roman n'avait jamais été patient. En cela, il était tout le contraire d'Andreas, dont le caractère était beaucoup plus froid que le sien. Roman, lui, était capable de s'introduire par effraction dans la chambre de la jeune femme pour la séduire...

En outre, la perspective que Charlotte Chatsworth puisse appartenir à un autre homme – même pour une seule nuit – lui contractait l'estomac.

Ses doigts se raidirent sur ses cartes.

— Douze mille livres, Chatsworth, nous sommes bien d'accord ? insista Trant.

Roman avait besoin d'une carte, d'une carte bien précise, pour inverser le sort de la partie en sa faveur. Mais cette carte était dissimulée dans le bureau où se trouvait le registre consignant les plus importants paris, ainsi que les reconnaissances de dettes. Le bureau n'était qu'à quelques mètres de leur table. Toutefois, Roman ne pouvait pas se permettre d'y porter la main, sans provoquer aussitôt des soupçons.

Chatsworth hocha lentement la tête pour signifier qu'il avait bien compris et qu'il acceptait toujours l'enjeu. Roman sentit une sueur froide lui couler dans le dos. Cela faisait bien longtemps que cela ne lui était plus arrivé – depuis l'époque, en fait, où il vivait encore dans les rues et qu'il était obligé de lancer des dés pour gagner de quoi manger.

Andréas le tuerait.

— Stanley ! appela Roman, hélant l'un des jeunes serveurs qui déambulaient entre les tables, apporte une tournée générale à notre table ! Et demande à Andréas de venir. Peut-être communiquera-t-il un peu de sa chance à Chatsworth.

Stanley s'empressa de s'exécuter.

Chatsworth examinait toujours ses cartes avec une avidité qui le fit sourire malgré lui. Dire que Roman avait craint, tout à l'heure, qu'il ne risque de commettre un geste stupide... C'était de la prémonition !

Trant restait silencieux. Il devait déjà savourer sa victoire.

Il ne fallut pas plus de trente secondes avant qu'Andréas n'apparaisse à la porte. Il inspecta rapidement la salle, comme s'il cherchait à déceler une quelconque menace qui lui aurait échappé.

— Merrick ! lui lança Downing, désignant les autres joueurs assis à leur table d'un regard désapprobateur. Vous venez assister à la débâcle ?

Andréas s'avança à leur rencontre, questionnant discrètement Roman du regard, pour tenter de comprendre ce qu'il se passait.

— Une enchère spéciale, lui expliqua Roman. Trant s'est tout à coup découvert de l'audace.

Trant lui jeta un regard noir, mais resta muet.

Roman s'attendait à cette réaction de prudence. Cela faisait bien longtemps qu'ils s'étaient distribué les rôles, Andréas et lui. Roman se montrait toujours affable et même loquace avec l'aristocratie – il était plus facile de soutirer des renseignements à des gens qui vous croyaient leur ami. Andréas, en revanche, restait distant, et toujours plus ou moins menaçant. Et quand les deux frères se retrouvaient côte à côte, la dureté d'Andréas semblait se transmettre à Roman. Aussi leurs interlocuteurs, intimidés, préféraient-ils se montrer circonspects en leur présence.

Andréas contourna leur table, pour rejoindre le bureau où il s'empara du fameux registre, qu'il ouvrit.

— Quelle somme dois-je inscrire, messieurs ? demanda-t-il, de ce ton vaguement ennuyé qu'il adoptait avec tous ceux qui ne lui étaient pas proches.

— Oh, je doute que Chatsworth ait envie que ça se sache, objecta Roman.

Chatsworth leva les yeux de ses cartes. Il fronça les sourcils, comme si son esprit alcoolisé avait fini par prendre la mesure de la situation.

— Non, non, Merrick. Laissez tomber le registre.

Andréas referma le registre d'un claquement sec.

— Alors, quel est l'enjeu ?

— Trant a misé douze mille livres. Et Chatsworth une nuit avec sa fille.

Andréas, une main encore posée sur le registre, se raidit imperceptiblement. Mais cette réaction fut si furtive que Roman fut le seul à la remarquer. Ils n'avaient pas grandi ensemble dans les rues pour rien. La plupart du temps, les deux frères n'avaient même pas besoin de se parler, ni même d'échanger un regard, pour se comprendre.

Stanley revint sur ces entrefaites, avec un plateau chargé de boissons qu'il déposa sur la table, s'attirant quelques instants l'attention des joueurs. Andréas, abandonnant le registre, rejoignit les joueurs, frôlant au passage Roman qui s'empara discrètement de la carte qu'il lui tendait.

Personne ne s'aperçut de leur manège, bien rodé.

— Considérez que j'ai été témoin de votre enchère, messieurs, lança Andréas à la cantonade, avant de filer vers la sortie à grandes enjambées rageuses.

— Votre frère n'est guère aimable, ces temps-ci, Merrick, observa Downing, d'un ton un peu trop détaché, comme s'il s'obligeait à contenir sa propre colère.

— Andréas est rarement aimable, corrigea Roman. Bien qu'il fasse des efforts dans ce sens.

Mais, en l'occurrence, Roman savait que son frère était furieux. Leurs retrouvailles, tout à l'heure, promettaient d'être orageuses. D'autant que le vocabulaire d'Andréas était riche de jurons et d'obscénités.

Roman ouvrit ses cartes en éventail. Il glissa dans son jeu celle qui signerait le destin de Charlotte Chatsworth et fit disparaître la plus mauvaise dans sa manche. Puis il rassembla ses cartes qu'il posa en tas sur la table.

— Pour ce qui me concerne, dit-il, je n'ai pas de fille à mettre aux enchères. Alors, je prendrai les douze mille livres.

3

Charlotte descendit de voiture et souleva le bas de ses jupes pour les protéger de la boue qui crottait le pavé. Elle n'avait aucune envie de salir sa – trop – luxueuse robe.

— Ton père ne sera pas content, pronostiqua Viola Chatsworth avec un petit sourire sardonique. Le marquis de Binchley n'a pas cessé de te regarder de toute la soirée, et c'est à peine si tu as conversé deux minutes avec lui. Franchement, Charlotte, tu finiras vieille fille, si tu t'obstines à contrecarrer les projets de mariage de ton père !

Contrecarrer ! Alors que Charlotte s'était toujours montrée très obéissante ! Ce soir, encore, elle s'était rendue à toutes les réceptions où son père souhaitait la voir parader, et elle s'était efforcée d'être aimable avec tout le monde. Certes, elle n'avait pas *flirté*. Mais ce n'était pas nouveau. Le contraire, en revanche, n'aurait pas manqué de surprendre. À l'heure qu'il est, tout Londres bruisserait déjà des rumeurs les plus folles si on l'avait vue badiner avec un homme.

Et pour ce qui était de converser avec Binchley, l'épreuve réclamait beaucoup de courage, et ces quelques minutes lui avaient paru une éternité.

La jeune femme croisa brièvement le regard de sa mère et hocha la tête comme pour signifier qu'elle souscrivait à son verdict. Cela faisait bien longtemps que Charlotte avait trouvé plus simple de se déclarer toujours d'accord avec sa mère. Cela lui évitait d'avoir à subir les crises de nerfs de cette dernière. Car l'humeur de Viola Chatsworth était imprévisible, qui plus est quand il s'agissait d'une question qui concernait de près ou de loin son mari.

Serrant les mâchoires, Viola tendit son chapeau au majordome.

— Je sens venir une migraine, dit-elle au domestique. Demandez à Anna de me rejoindre dans ma chambre, avec mes herbes. Et je ne pense pas me lever tôt demain matin. Si j'ai de la visite, demandez qu'on revienne…

Là-dessus, elle gagna l'escalier sans rien ajouter.

Charlotte sentit une boule monter dans sa gorge. Malgré ses précautions, sa mère ne semblait pas satisfaite de sa réponse – ou plutôt, de son absence de réponse. Ces derniers temps, la jeune femme ne comprenait pas ce qui se passait avec Viola. Depuis des années, Charlotte était habituée aux sautes d'humeur de sa mère, qui alternait phases mélancoliques et épisodes tourbillonnants, pour ne pas dire hystériques. Mais cette fois, c'était différent. Viola lui jetait régulièrement des regards acérés que Charlotte ne parvenait pas à décrypter. Il lui devenait presque aussi difficile de comprendre ce que pensait sa mère que de déjouer les chausse-trapes de son père.

Si elle lui demandait une quelconque explication, ce dernier lui répondrait que les explications étaient réservées aux faibles. Qu'elle devrait toujours savoir quoi faire en toutes circonstances et se devait d'être parfaite.

Mais son père ne rentrerait pas avant le petit matin. Charlotte bénéficierait donc d'un répit, avant d'endurer ses réprimandes parce qu'elle n'avait pas encore réussi à séduire un duc, ou parce qu'elle n'avait pas assez conversé avec le marquis de Binchley.

Chaque fois qu'elle pensait à ces histoires de mariage, la jeune femme sentait le poids qui l'oppressait s'alourdir encore et elle n'avait qu'une angoisse : que son père ne commette une folie irréparable.

Sa main se posa sur une étoffe rose, placée en travers de la rampe d'escalier. Le vêtement, oublié deux semaines plus tôt par sa propriétaire, avait été finalement sorti du vestiaire par les domestiques. S'il était posé sur la rampe, c'était sans doute afin qu'on le range dans l'une des penderies de l'étage.

Charlotte caressa l'étoffe du doigt. Et si elle demandait… Oui. Son idée la fit sourire – un vrai sourire, pour une fois.

Des coups frappés à la porte la tirèrent de sa rêverie.

Comme elle se retournait, la jeune femme vit son père entrer en titubant. Il refusa cependant l'aide du majordome qui lui offrait son bras.

— Foutez-moi la paix ! gronda-t-il, les yeux injectés de sang.

Le majordome, parfaitement stoïque, referma la porte et se rangea de côté.

Charlotte déglutit. Elle n'aurait pas su dire à quand remontait la dernière fois que son père était rentré avant l'aube de ses pérégrinations nocturnes.

Celui-ci leva les yeux et croisa son regard. Il semblait furieux. Charlotte se raidit. Il ne pouvait quand même pas être déjà au courant ? Mais ses mains tremblaient violemment, comme s'il était en proie à quelque sourde angoisse.

— Suis-moi, lui lança-t-il, comme s'il aboyait. Tout de suite !

Charlotte s'exécuta. Elle n'avait même pas eu le temps de se changer et d'ôter sa coûteuse robe en soie bleu marine et blanc.

— Votre soirée s'est bien passée, père ? demanda-t-elle, alors qu'elle le suivait dans son bureau, dont elle s'empressa de refermer la porte, pour que les domestiques ne puissent rien entendre – à moins, bien sûr, de coller une oreille au battant. C'est un plaisir de vous voir de retour si tôt.

Il l'ignora. Il fouillait rageusement dans les papiers entassés sur son bureau.

Charlotte le regarda faire un moment, avant de risquer :

— Je me demandais si Emily...

— Emily ? la coupa-t-il, sans lever les yeux. Elle ne me sera d'aucune utilité. Comme d'habitude.

Charlotte s'obligea à maîtriser sa propre colère. *Attention. Ne t'emporte pas.*

— Je pensais...

— Tu penses trop ! la coupa-t-il encore, avec un geste impatient de la main. Quant à Emily, tu l'expédieras à la campagne dès demain matin. Comme cela, au moins, je serai sûr qu'elle ne parlera pas.

La nervosité de Charlotte monta d'un cran. Son père avait beau être ivre, il semblait avoir une idée derrière la tête.

— Elle est déjà à la campagne, père, lui rappela-t-elle. Cela fait deux semaines qu'elle est partie. Et je me demandais si je ne pourrais pas...

— Quoi ? demanda-t-il, d'une voix glaciale. La rejoindre là-bas ? Te cacher avec ta bonne à rien de sœur ?

Charlotte raidit l'échine.

— Emily n'est pas une bonne à rien. Et oui, je...

— Non, tu n'iras pas. Je t'ai organisé un rendez-vous pour toi demain soir.

Une lady ne transpirait jamais. *C'était la règle*.

Cependant, Charlotte sentait des gouttes de sueur dans son cou – mais une sueur froide, aussi réfrigérante que le frisson qui glaçait jusqu'à ses os.

— J'ai peur de ne pas avoir bien entendu, père, répondit-elle.

Elle mentait, bien sûr.

Bennett Chatsworth détourna un instant le regard. Sa colère semblait avoir furtivement cédé la place à du désespoir.

— Tu passeras toute la soirée... quelque part, expliqua-t-il. Je demanderai à ta mère de t'excuser auprès des Drumhurst.

De plus en plus frigorifiée, Charlotte serra instinctivement les plis de sa robe. Ce devait être un cauchemar. Tout à l'heure, songea-t-elle, elle se réveillerait à la campagne, comme lorsqu'elle y vivait encore, avant ses débuts dans le monde, deux ans plus tôt. Et tout ce qu'elle avait enduré pendant ces deux années s'évanouirait d'un coup.

— Je suis aussi attendue chez les Mandell. Et chez...

— Oui, oui, s'impatienta son père, l'interrompant dans sa litanie. Ta mère se chargera de tout annuler. Ça lui donnera une occasion de se rendre utile.

Hélas, tout ceci était malheureusement bien réel. Charlotte s'était assez souvent pincée, ces deux dernières années, pour se prouver qu'elle ne rêvait pas, qu'elle en conservait la douleur imprimée dans sa chair.

Elle prit un air docile, s'obligeant à ne rien montrer de ses sentiments.

— Très bien, père. Et où aura lieu ce rendez-vous ?

— Peu importe. Personne ne sera au courant, pas même ta mère. Et moins tu en sauras, mieux cela vaudra.

Charlotte se retint d'éclater d'un rire amer. Qu'irait-il raconter à sa femme ? Que Charlotte passerait la soirée avec lui chez sa maîtresse, pour apprendre à se conduire au lit avec un homme ?

— Dois-je comprendre qu'il me faudra faire quelque chose qui ruinera mes chances de mariage ?

— N'essaie pas de jouer à la plus fine avec moi, répliqua-t-il, agitant un doigt menaçant dans sa direction. Trant veillera à ce que les choses n'aillent pas de travers.

Ainsi, il avait perdu au jeu contre M. Trant et elle en avait été l'enchère ! Étant donné les attentions qu'il lui manifestait depuis des semaines, elle n'était pas surprise de voir surgir Trant sur la liste de ses prétendants. En revanche, elle n'aurait jamais imaginé une issue aussi rapide. Mais après tout, elle était bien naïve. Le plus surprenant, en vérité, c'était que son père n'ait pas pensé plus tôt à cette solution.

— Je vois, dit-elle. Vous avez décidé d'emprunter la route la plus directe pour le mariage. Mais je croyais que vous visiez un titre nobiliaire ? Trant ne permettra même pas à votre petit-fils de siéger à la Chambre des Lords.

— Si seulement ce n'était que Trant !

Charlotte plissa les yeux.

— Contre *qui* avez-vous perdu au jeu, père ?

— Peu importe, répéta-t-il, éludant de nouveau sa question. Cet homme a vraisemblablement triché. De toute façon, sa réussite a toujours été louche. Mais il s'est bâti une solide réputation. Si l'enchère n'est pas honorée, il nous *détruira*.

C'était pire encore que tout ce qu'elle avait pu imaginer. Charlotte était soudain si glacée, qu'elle avait le sentiment de s'être changée en pierre.

— Qu'avez-vous donc fait, père ? Pourquoi m'avez-vous vendue ?

Une conversation, qu'elle avait surprise un soir à une réception, lui revint soudain en mémoire. « Charlotte Chatsworth ne connaît pas sa chance, assurait une jeune fille à des amies. Mais elle se croit tellement meilleure que nous ! »

Charlotte aurait aimé discuter avec ces jeunes filles de la définition du mot « chance ».

Son père lui tourna le dos sans répondre.

— Je vais annoncer à ta mère que tu es malade. Et que tu ne pourras pas honorer tes invitations de demain soir.

Pour le coup, ce n'était pas très loin de la vérité. Charlotte avait la nausée.

— Je... vous ne voulez tout de même pas insinuer que je vais passer toute la nuit avec un homme ?

Le silence de son père était éloquent.

— Et si cela se sait ?

Pareilles choses se savaient toujours.

Ainsi, toutes les années qu'elle avait passées à faire bonne figure, malgré son désespoir grandissant, seraient balayées en une nuit, parce que son père était incapable de résister au démon du jeu ? C'était révoltant !

Sans compter qu'Emily en pâtirait elle aussi.

— Ça ne se saura pas.

— Mais…

— Tu feras en sorte que l'enchère soit honorée, Charlotte. Je compte sur toi.

Il se dirigea vers la porte pour signifier que la conversation était terminée.

Charlotte l'agrippa par la manche.

— Père !

Je vous en supplie, ajouta-t-elle silencieusement. *Ne me faites pas cela.*

Il libéra son bras, et quitta la pièce, emportant avec lui ce qu'il restait de courage à Charlotte.

Elle se laissa choir dans un fauteuil, dans sa belle robe de bal, et s'efforça de contenir ses larmes.

Ne pense pas à ce qui va arriver à Emily.

Ne pense pas à ce qui va t'arriver, *à toi.*

Tiens bon. Une fois de plus…

Roman regarda son frère vider d'un trait un verre de mauvais whisky. Andréas était toujours furieux, ainsi qu'il l'avait prévu. Mais il avait attendu qu'ils soient seuls pour laisser éclater sa colère – et cela aussi, c'était prévu.

— Essaie de me donner une bonne raison de ne pas t'étrangler, Roman !

— C'est pourtant simple : je suis ton frère, et tu m'aimes.

Andréas lui retourna un regard dédaigneux. Roman était habitué aux humeurs de son frère, et cela faisait longtemps qu'elles ne l'impressionnaient plus. Il avait appris à connaître l'homme qui se cachait derrière une façade mal dégrossie.

Et cet homme était capable de sacrifier sa vie pour sauver ceux qu'il aimait. Certes, Roman ne connaissait que deux personnes qui pouvaient se prévaloir de cet amour. Aussi, aux yeux de la plupart des gens, Andréas passait-il pour une sorte d'ogre.

— Tu sais très bien que cet expédient n'est réservé qu'aux situations d'urgence. Et le sort d'une fille d'alcoolique n'est pas une situation d'urgence, Roman. J'ai envie de t'étrangler...

— Ce serait dommage. Je n'aurais même pas eu le temps de profiter de mon butin, répliqua Roman, avec l'un de ses sourires charmeurs auxquels nul, d'ordinaire, n'était capable de résister.

Malheureusement, Andréas était immunisé.

— Cette histoire aurait pu te conduire en prison, s'ils avaient découvert que tu avais triché.

Roman haussa les épaules.

— Eh bien, tu m'aurais libéré. Par la force ou par la ruse, mais tu y serais parvenu.

— Ce n'est pas drôle, Roman. Trant n'a pas de preuves, mais il a des soupçons. Il pourrait s'en ouvrir à d'autres. Un ragot n'a pas besoin de grand-chose pour se répandre à la vitesse d'une traînée de poudre et tu le sais très bien : tu as toi-même lancé assez de rumeurs pour connaître le procédé. Et Cornélius n'attend qu'une bonne occasion pour nous prendre en défaut.

Le sourire de Roman s'évanouit d'un coup. Leur réputation tenait au strict respect des règles lors des parties de cartes qu'ils hébergeaient dans leurs cercles privés. S'ils voulaient conserver une bonne image, ils devaient à tout prix garder les mains propres. D'autant qu'ils n'avaient jamais manqué de concurrents pour tenter de les déloger de leur position dominante. Cornélius était le dernier en date, mais pas le moins déterminé.

Roman savait très bien qu'il n'aurait pas dû tricher pour remporter la partie. Et cependant, il serait prêt à recommencer tout de suite. C'était à croire qu'il était ensorcelé par la fille Chatsworth.

— Si tu passes cette nuit avec elle et que la bonne société l'apprend, c'est d'abord contre nous que le blâme se portera. Malheureusement, je sais lire dans ton regard, Roman. Et j'y vois que tu n'as pas l'intention de renoncer. Pourquoi es-tu prêt à tout risquer pour cette fille ? Parce qu'elle est belle ? Tu sais pourtant bien qu'il ne faut jamais s'arrêter à un joli visage...

Roman resta silencieux un moment. Le regard bleu de la jeune femme le hantait.

— Elle a quelque chose de particulier, Andréas.

— Bon sang, Roman, tu viens juste de la rencontrer ! Et encore, vous n'avez même pas réellement fait connaissance. Tu lui as rendu sa broche, après avoir presque tué quelqu'un sous ses yeux.

Roman fit rouler une paire de dés dans sa main.

— Oui, oui, tu as raison. Mais cela fait déjà un moment qu'elle me fascine. Et ce qui s'est passé aujourd'hui m'a convaincu qu'elle m'intéressait.

— Alors assomme un imbécile sous sa fenêtre et tu verras bien si elle laisse encore tomber l'un de ses bijoux !

Roman jeta un coup d'œil aux dés. Double six.

— Tu sais bien que nous ne devons jamais ignorer nos intuitions.

Chaque fois qu'ils avaient dérogé à cette règle, cela leur en avait coûté.

— Pardonne-moi, mais il est au contraire recommandé de les ignorer lorsque lesdites intuitions sortent de ton caleçon ! répliqua Andréas. Nom d'un chien, Roman ! D'ordinaire, tu ne couches jamais deux fois avec la même fille. Que t'arrive-t-il, soudain ?

— Je ne pouvais pas laisser faire ça.

— Quoi ? Tu voulais empêcher qu'elle passe la nuit avec celui qui devait légitimement la gagner aux cartes ? Mais toi, qu'as-tu l'intention de faire avec elle ? Jouer aux échecs, peut-être ?

— Tu es injuste.

Andréas plissa les lèvres. C'était mauvais signe.

— Roman…

Roman fit de nouveau rouler les dés dans sa main.

— N'as-tu pas vu ses yeux, cet après-midi, chez Hunsden ? Cette fille mérite un meilleur sort.

— Un meilleur sort que quoi ? le railla Andréas. Qu'épouser un gentleman de la bonne société ? Excuse-moi, mais je connais pire destin.

Roman resta un moment silencieux, avant de lâcher :

— Elle me fait penser à Little Penny.

— N'essaie pas de mettre cette histoire sur ton complexe de bon Samaritain.

— Non, ce n'est pas cela, assura Roman, qui roulait toujours les dés dans sa main. Elle m'intrigue. Et cela dure depuis que les Delaney nous ont parlé d'elle pour la première fois. C'était il y a six mois.

— Crois-tu vraiment qu'elle vaille de tout risquer pour elle ?

Il aurait été plus facile de répondre « Bien sûr que non ». Mais Roman resta muet. Car s'il se résolvait à cet aveu, il perdrait toute justification de son coup de force.

De toute façon, il était convaincu que le destin lui imposait de croiser le chemin de cette fille. Il avait ressenti la même chose, bien des années plus tôt, avec Andréas.

Malgré sa fureur, son frère avait accepté, tout à l'heure, de lui donner la carte. Il était contre, mais il l'avait fait, parce que Roman le lui avait demandé.

Et c'est pour la même raison qu'il soutiendrait Roman jusqu'au terme de cette aventure.

Quels que soient ses griefs, Andréas serait toujours de son côté et il l'épaulerait contre leurs ennemis. Le lien qui les unissait était encore plus puissant que n'importe quel lien du sang.

— Ne t'inquiète pas, dit Roman, sur le ton de la promesse. Tout se passera bien. J'y veillerai.

On frappa à la porte. Andréas se raidit légèrement, avant de crier à la personne d'entrer.

Stanley poussa le battant et passa sa tête par l'entrebâillement, avant de se décider à pénétrer dans la pièce.

— Une lettre pour vous, monsieur, dit-il à Roman.

— De qui ?

— Je l'ignore, monsieur. Elle a été apportée par un laquais en livrée. Mais il n'a rien voulu dire.

Roman s'empara de l'enveloppe cachetée, tandis qu'Andréas murmurait quelque chose à Stanley, qui repartit aussitôt.

Roman brisa le sceau de l'enveloppe et l'ouvrit. Un objet familier tomba dans sa paume. Un as de trèfle. La sœur jumelle de la carte que lui avait glissée Andréas durant la partie, et qui avait décidé du sort de Mlle Chatsworth.

Andréas poussa un juron en apercevant la carte, que Roman posa sur la table, devant lui.

Qui en était le mystérieux expéditeur et qu'avait-il en tête, au juste ? Quoi qu'il en soit, Roman préférerait encore mourir que laisser Andréas pâtir à sa place de son erreur.

Bien sûr, Roman pouvait encore renoncer à son enchère. Laisser tomber la fille, et attendre que la menace évoquée par la carte finisse par s'évanouir.

Il jeta les dés sur la table.

Encore deux six.

Pourquoi se sentait-il si désespérément attiré par Charlotte Chatsworth ?

Roman plissa les yeux. Oui, il fallait qu'il obtienne la réponse à cette question. Et le plus tôt serait le mieux.

4

Charlotte était assise, bien droite, sur le rebord de la banquette de la voiture qui les conduisait à leur destination – quelque part à l'est de Mayfair. À mesure qu'ils s'éloignaient des quartiers huppés, la jeune femme observait, par la vitre de la fenêtre, l'enlaidissement progressif des façades d'immeubles et sentait, sous les roues, le délabrement de la chaussée.

Son père était assis en face d'elle, dans une posture tout aussi rigide. Il n'avait pas bu un seul verre de la journée, et la fatigue commençait à se lire sur ses traits. Mais Charlotte savait qu'il mettrait un terme à son abstinence dès qu'il l'aurait livrée à son destinataire, et qu'il se moquerait de la suite.

— Lord Downing et M. Trant ont désiré assister à l'échange, annonça-t-il.

Un échange. Son père l'avait troquée comme une vulgaire marchandise !

Charlotte ne répondit rien, s'efforçant de conserver une mine impassible.

— Cesse de me regarder ainsi ! s'emporta Bennett Chatsworth. Si quelqu'un est capable de raisonner Merrick, c'est bien Downing.

— Je croyais que ce Merrick nous détruirait si l'enchère n'était pas honorée ?

Bennett s'esclaffa, mais sa peur se lisait dans ses yeux.

— Downing possède assez d'autorité pour négocier avec Merrick. C'est une chance que tu sois devenue amie avec sa femme. Il devrait pouvoir convaincre Merrick d'accepter autre chose.

Charlotte se demandait bien ce que les Chatsworth pouvaient avoir d'autre à offrir. Certainement pas de l'argent, en tout cas.

Malgré sa volonté de ne pas faiblir, la jeune femme sentait la nausée la gagner.

— Que va proposer Downing ?

— Cela se décidera dans le cours de la discussion. Mais ne t'inquiète pas, tu devrais t'en tirer sans dommages. La femme de Downing l'aura sermonné. Elle a la tête sur les épaules.

Charlotte n'était pas certaine que Miranda fût avertie de ce qui devait se passer ce soir. Même à supposer que ce fût le cas, elle s'interrogeait sur sa réaction. Contrairement à ce que semblait penser son père, Miranda pouvait se montrer très impulsive. Elle serait tout à fait capable de s'inviter à « l'échange », pour voler au secours de Charlotte.

Cette perspective réchauffa un peu le cœur de la jeune femme. Toutefois, cela faisait longtemps qu'elle s'était habituée à se débrouiller seule.

Charlotte estimait être une jeune femme rationnelle. Du reste, elle était bien obligée de l'être, si elle voulait survivre. Et elle appartenait à un monde, la bonne société, où il n'était pas si rare que cela de brader sa fille pour solder ses dettes.

Elle s'en voulait d'avoir laissé éclater son désespoir, hier soir. Après tout, ce n'était qu'une transaction comme une autre et dont l'issue lui permettrait, une fois de plus, d'épargner Emily.

En outre, étant toujours vierge, alors qu'elle entamait sa troisième saison mondaine, Charlotte commençait à se demander si elle n'était pas cette reine de glace que certains dépeignaient, d'autant que même son cœur n'avait jamais encore battu pour un homme. À tel point qu'elle en arrivait à croire qu'elle était vouée au même destin que sa mère – condamnée à subir un mariage sans amour et à sans cesse tendre l'autre joue à un mari qui la rudoyait.

Pourtant, sa première saison avait été presque magique. La deuxième, en revanche, s'était révélée pour le moins chaotique. Et à présent, Charlotte n'éprouvait plus qu'une immense lassitude.

— Et si ce Merrick refuse les alternatives qu'on lui propose ?

Charlotte avait entendu parler des Merrick. Rien de précis, toutefois : elle n'avait pu surprendre, à chaque fois, que des bribes de conversation à leur sujet. Manifestement, il n'était pas de bon ton d'évoquer les deux frères en présence d'oreilles féminines. Charlotte avait tout de même pu apprendre qu'ils possédaient plusieurs clubs londoniens, certains très sélects, et d'autres beaucoup plus douteux. Les gentlemen fréquentaient de préférence les premiers, mais ils ne dédaignaient pas de s'aventurer dans les seconds – surtout les plus jeunes qui, à peine sortis du collège, ne manquaient pas d'audace. En général, ils en ressortaient les poches vides et l'orgueil écorné. Mais du moins s'estimaient-ils chanceux d'être physiquement indemnes.

Charlotte ne s'était pas beaucoup intéressée aux Merrick jusque-là. De toute façon, elle détestait le jeu, qu'elle maudissait. Mais elle regrettait, à présent, de ne pas s'être montrée plus curieuse. Elle se souvenait vaguement que la semaine dernière, Margaret Applewood avait dit quelque chose au sujet des frères Merrick, dans l'un des petits salons où se retiraient les femmes durant une réception. Hélas, Charlotte n'avait prêté qu'une oreille distraite à la conversation, qu'elle aurait été bien incapable de se rappeler.

— Dans ce cas, Downing se retirera de la discussion. Mais il gardera le silence et n'en parlera à personne. Et nous nous tournerons alors vers Trant. Tu feras tout ton possible pour l'attirer dans tes rets, en attendant que Binchley ou Knowles soient solidement ferrés. Quoi qu'il en soit, nous devrons agir vite, désormais.

Charlotte préféra ne pas répondre.

Elle aurait dû envoyer un mot à Miranda. Son amie devait en savoir long sur les Merrick – Miranda était toujours au courant de tout. À défaut, Downing aurait pu renseigner sa femme, mais Charlotte s'était sentie incapable de coucher son humiliation sur le papier – comme si cela risquait de la rendre plus réelle encore.

Toute la journée, elle avait regardé défiler les heures, dans le fol espoir que son père viendrait lui annoncer que l'affaire était résolue. Elle s'y était raccrochée jusqu'au bout, en pure perte bien sûr.

L'attelage s'immobilisa soudain et Charlotte prit une série d'inspirations, tandis que la voiture tanguait sur ses ressorts, indiquant que le cocher était descendu de son siège pour leur ouvrir la portière.

La jeune femme rabattit sa voilette sur son visage et descendit dans une ruelle sombre, digne d'un paysage de cauchemar. Des rats se faufilaient le long des murs. Un rire gras résonna dans le lointain.

Son père se dirigea droit vers la porte arrière d'un grand immeuble et frappa au battant avec sa canne. Puis il murmura quelques mots à l'homme dont la tête apparut dans l'entrebâillement de la porte.

Celle-ci s'ouvrit alors en grand, et son père fit signe à Charlotte de la rejoindre.

L'entrée donnait sur un corridor, fermé par une seconde porte. Un escalier, au fond, conduisait à l'étage. À en juger par les bruits de voix qui leur parvenaient du rez-de-chaussée, ils se trouvaient dans un club de jeu.

Son père claqua sèchement des doigts, intimant à Charlotte l'ordre de la suivre à l'étage. À mesure que la jeune femme gravissait les marches, les bruits de voix s'estompaient. Débouchant sur le palier, elle aperçut Downing et Trant qui attendaient dans un couloir. Son père lui fit signe de s'arrêter tandis qu'il se dirigeait vers les deux hommes pour discuter de son sort comme si elle était une bête vendue dans un foirail.

Des lanternes, accrochées à intervalles réguliers aux murs, éclairaient le couloir. L'endroit était moins sombre que Charlotte ne l'avait d'abord craint.

Finalement, une porte s'ouvrit. Une femme surgit dans le couloir, des larmes coulant sur ses joues. Un homme bien habillé lui emboîtait le pas. Il tournait le dos à Charlotte, mais sa silhouette lui parut familière. Grand – sans excès – et athlétique, il donnait l'impression d'être capable de battre aux poings n'importe quel gabarit plus imposant que lui.

Charlotte crut reconnaître l'inconnu de la boutique de rubans. À sa façon de se tenir, il paraissait être le propriétaire des lieux.

Il eut un geste brusque de la main, qui fit tressaillir la femme. Charlotte tressaillit elle aussi. Elle avait remarqué des marques blanchâtres qui zébraient le visage de la malheureuse, comme si quelqu'un lui avait entaillé la peau avec une lame.

Des prostituées hantaient le quartier de Covent Garden, et Charlotte en avait aperçu à plusieurs reprises, malgré l'empressement de son père à la pousser dans la voiture dès qu'ils sortaient de l'opéra. Cette femme semblait très propre – sans doute avait-elle pris récemment un bain. En revanche, sa chevelure était en désordre, comme si elle avait oublié le maniement d'une brosse à cheveux.

L'homme lui tendit quelque chose. La femme hésita un instant, avant de s'en emparer, puis elle hocha la tête à ce qu'il lui murmurait avant de s'éloigner et de disparaître par une autre porte située à l'extrémité du couloir.

L'homme était sans doute son souteneur. Charlotte avait entendu parler de ces individus qui profitaient de l'avilissement des femmes. C'était sans doute aussi lui qui lui avait entaillé le visage : ces gredins n'hésitaient pas à rudoyer leurs proies pour les plier à leur volonté...

Cependant, songea-t-elle, entendre raconter, dans une réception mondaine, des histoires sordides sur ce qui se passait dans les quartiers mal famés de Londres était une chose ; se retrouver vendue à un homme qui vivait de ce honteux commerce en était une autre.

Soudain, l'homme se retourna.

Charlotte se figea.

— Vous...

Il esquissa un sourire, comme s'il savait déjà qui elle était, malgré sa voilette qui dissimulait ses traits. Comme si le son de sa voix s'était gravé dans sa mémoire.

— Moi.

Malgré la cicatrice qui barrait sa joue, il paraissait encore plus angélique que lors de leur première rencontre. Ses cheveux blonds bouclaient autour de son visage, et dans ses yeux brillait l'éclat des lampes qui nimbaient sa tête d'un halo doré. Et il était toujours aussi élégant.

Mais cette fois, il n'avait plus de sang sur les mains. Du moins, en apparence...

— Je vous croyais en prison, confessa Charlotte.

Il haussa un sourcil.

— En prison ?

— J'ai prévenu le policier de ronde dans le quartier. Il s'est précipité pour vous arrêter.

Charlotte comprit un peu tard son erreur. Elle venait de lui avouer qu'elle l'avait dénoncé à la police ! Même avec son père à proximité, elle avait l'intuition que cet homme pourrait disposer d'eux à sa guise. Il était capable de tuer son père, Trant et Downing d'une main, pendant que de l'autre, il la plaquerait contre un mur.

— Le policier de ronde ? Vous voulez parler de Robert ?

Charlotte ouvrit la bouche, mais aucun son n'en sortit. D'instinct, elle recula vers les autres.

— Robert est un vieil ami de la *famille*, expliqua-t-il, s'avançant vers elle d'une démarche de prédateur. Avec un peu d'argent, il est facile de s'acheter partout des amis, vous savez.

— Alors, vous avez frappé M. Hunsden et presque tué un homme, tout ça en échange d'un bonjour amical de la police ?

Son regard s'était brusquement assombri.

— Ne plaignez pas Noakes, ce serait du gâchis, répliqua-t-il. Quant à Hunsden, il se porte à merveille, croyez-moi. Peut-être aurait-il besoin d'une nouvelle paire de pantalons, mais pour le reste, il n'a aucune blessure à déplorer.

Il continuait d'avancer, et Charlotte de reculer. Elle se détestait de battre ainsi en retraite devant lui, mais elle n'était pas non plus assez inconsciente pour lui tenir tête.

— Que... que faites-vous ici ?

Il la fixait des yeux, comme s'il arrivait parfaitement à voir à travers le tissu de sa voilette. À moins qu'il n'ait déjà imprimé son visage dans sa mémoire.

Il haussa encore un sourcil, mais cette fois avec un air amusé.

— N'est-ce pas plutôt moi qui devrais vous poser cette question ?

Charlotte carra les épaules.

— Je suis ici pour affaires.

— Quelle bonne surprise ! ironisa-t-il, parvenant presque à la rejoindre. Moi aussi.

— J'aurais pensé que vous étiez plutôt venu pour une visite... de plaisir.

Il la dévisagea de nouveau.

— Oui. Du moins, je l'espère.

Charlotte regarda dans la direction par laquelle la femme s'était enfuie.

— Chercheriez-vous une autre victime ?

Il fronça un instant les sourcils, avant de les détendre.

— Ah, vous parlez de Marie ! Non, non, je vous rassure. Je me suis réservé pour la nuit à venir.

Il semblait trouver sa réponse très amusante.

— Je vois, murmura Charlotte, qui cherchait en vain quelque chose de rationnel à lui opposer.

— Vous voyez ? dit-il, lui prenant la main pour l'effleurer de ses lèvres. Alors, vous allez me donner satisfaction ?

Charlotte eut le sentiment que tout s'était figé l'espace d'un instant – même les flammes dansantes des lampes.

Elle retira vivement sa main.

— Non.

Cet homme avait le don de la mettre sur la défensive. C'était du reste la première fois qu'un homme produisait cet effet sur elle, et la sensation n'était pas des plus agréables. Heureusement qu'elle ne portait pas de verre à la main, ou tout autre objet qui aurait révélé le tremblement de ses doigts.

— Non ?

De l'index, il souleva sa voilette, et esquissa un sourire.

— Quelle belle inconscience, dit-il. Mais vous avez sans doute raison…

Soudain, son père appela d'une voix sèche :

— Merrick !

Mais Charlotte était si fascinée par le visage qui lui faisait face qu'elle n'enregistra pas tout de suite. Puis elle sentit la panique s'emparer d'elle. Non, ce n'était pas possible !

Pourtant elle entendait, dans son dos, son père les rejoindre.

— Je ne vous avais pas vu sortir, Merrick, dit Bennett Chatsworth.

Ainsi, c'était bien lui ! Charlotte eut l'impression que son cœur s'arrêtait de battre.

Lui, cependant, semblait s'amuser de la voir enfin comprendre. Il ôta son doigt, laissant retomber la voilette, pour répondre à son père.

— Bonsoir, Chatsworth.

— Pourrions-nous avoir une conversation ?

Roman Merrick – tout à coup, Charlotte se souvenait d'avoir entendu son prénom dans l'arrière-boutique de M. Hunsden – gratifia son père d'un sourire charmeur.

— Mais certainement…

Bennett Chatsworth lui fit signe – avec une certaine déférence – pour qu'ils s'éloignent de Charlotte.

Roman haussa les sourcils.

— Ne pensez-vous pas que votre fille pourrait avoir son mot à dire dans une affaire qui la concerne au premier chef ?

C'était dit d'un ton aimable et innocent, à ceci près qu'il n'y avait rien d'innocent dans cette remarque.

Downing s'approcha à son tour. Il triturait sa montre-gousset avec une irritation manifeste.

— Je crois me souvenir que cela avait été convenu hier soir, dit-il.

Ses traits s'adoucirent légèrement quand il se tourna vers Charlotte. Puis il reporta son attention sur les deux hommes, et reprit un air sévère.

— Je crains que Mlle Chatsworth ne soit pas au courant de ce qui s'est passé, devina Roman. Elle semble néanmoins se résigner au sort qui l'attend.

Il rivait sur elle un regard si ardent que Charlotte sentit son corps la trahir. Que lui arrivait-il donc ? Ne savait-elle pas assez de choses sur cet homme pour se convaincre qu'elle aurait dû rester de marbre face à lui ?

Downing claqua soudain dans ses doigts, et le bruit résonna dans le couloir silencieux.

— Une seconde, Merrick, dit-il.

Et il s'éloigna, s'attendant visiblement à ce que celui-ci lui emboîte le pas.

Roman décocha un sourire à Charlotte avant de tourner les talons et de rejoindre Downing.

Charlotte déglutit et s'obligea à ne pas les suivre des yeux. Elle préférait se recomposer une attitude et réfléchir à ce qui se passerait si Roman Merrick exigeait d'être payé de son dû.

De nouveau, elle sentit la panique la gagner. Si Merrick l'avait effrayée, elle aurait su comment réagir. Car elle était habituée à la peur.

En revanche, le désir, c'était autre chose… Elle ignorait quelle réponse y apporter.

La voix de la raison lui soufflait que Roman Merrick aurait pu lui faire du mal lors de leur première rencontre, et qu'il s'en était abstenu. Mais sa logique se heurtait sans parvenir à l'endiguer au flot des sentiments irrationnels dont elle était la proie.

Son père fit mine de vouloir rejoindre les deux hommes, avant de se raviser. Il était difficile de savoir de quoi Merrick et Downing discutaient. Les murs du couloir semblaient s'être resserrés sur eux, comme pour les protéger.

Trant regarda Charlotte, puis Merrick, d'un air intrigué.

— Vous êtes-vous déjà rencontrés ?

— Non, répliqua Charlotte d'un ton sec.

Ce n'était pas vraiment un mensonge. Après tout, ils n'avaient pas été présentés. Quoi qu'il en soit, elle ne désirait pas en parler avec Trant, en qui elle n'avait aucune confiance.

Il fixait toujours Merrick, le regard noir.

— Je le détruirai, dit-il. Pour vous.

— Je ne suis pas sûre que cela résolve ma situation présente, monsieur Trant, objecta Charlotte.

— Tout ceci est scandaleux, s'emporta Trant, lui prenant la main.

Sa paume était chaude, mais Charlotte ne réagit pas à son contact comme elle avait réagi avec Merrick.

— Quoi qu'il puisse arriver ce soir, je vous considérerai toujours comme un parti très désirable, ajouta-t-il.

Elle s'efforça de sourire – un sourire qu'il ne pouvait pas voir à travers la voilette –, avant de libérer sa main, assez doucement pour qu'il ne puisse pas s'en vexer. Bien qu'elle ignorât toujours les détails de l'enchère, elle avait l'intuition que Trant n'était pas aussi innocent qu'il voulait le laisser croire.

— Merci. C'est très aimable à vous.

— Promettez-moi que vous me...

— Monsieur Trant, le coupa-t-elle, je ne crois pas que le moment soit bien choisi pour discuter de ces choses.

— Au contraire. Il ne saurait y avoir meilleure opportunité.

— Mon père pense que cet *échange* pourrait ne pas avoir lieu.

— Mais s'il a lieu, il vous faudra bien penser à la suite. Je détesterais devoir me battre avec Merrick.

Charlotte sentit tout à coup une présence dans son dos. Et un frisson, sur sa nuque, lui apprit de qui il s'agissait avant même qu'elle n'entende sa voix.

— Je pourrais en dire autant de mon côté...

Le ton était velouté, et cependant menaçant. Charlotte se retourna. Merrick toisait Trant du regard, tandis que Downing, un peu plus loin, échangeait quelques mots avec Bennett Chatsworth.

Trant se raidit.

— C'était un pari stupide, Merrick.

— Sans doute. Mais nous l'avons fait. Et j'ai gagné.

Son regard était glacial. De toute évidence, il ne semblait pas considérer que Trant pût constituer une menace sérieuse.

À voir les deux hommes face à face, Charlotte était bien obligée de convenir qu'il avait raison. Trant était mince, et il aimait se glorifier de ses exploits à la boxe, mais Merrick ne donnait pas l'impression d'être le genre d'homme à respecter les règles d'un combat entre gentlemen.

Charlotte le suspectait d'être tout à fait capable d'entamer les hostilités pendant que les deux adversaires se saluaient poliment. Et d'avoir déjà tourné le dos à la scène du combat avant que son opposant ne s'effondre au sol.

— Obligez Chatsworth à s'acquitter en argent du montant de l'enchère, suggéra Trant d'un ton dépourvu de son arrogance habituelle.

— Qu'en dites-vous, mademoiselle Chatsworth ? demanda Merrick.

Quand il lui tendit la main, Charlotte s'obligea à crisper ses doigts sur ses jupes, pour s'interdire de la saisir.

— Vous n'oseriez pas, Merrick ? s'étrangla Trant. Ce serait outrageant.

— Comment cela, monsieur Trant ? répliqua Merrick – et il avait prononcé « monsieur » avec une pointe d'humour dédaigneux, destinée à ridiculiser Trant. Vous ne partagez pas mon avis que Mlle Chatsworth devrait exprimer son opinion sur cette affaire ?

— Mlle Chatsworth vous répondra évidemment de faire cesser ce scandale.

Roman Merrick éclata de rire.

— Auriez-vous réagi ainsi, si vous aviez remporté l'enchère, monsieur Trant ? Je crois au contraire que vous auriez insisté pour jouir de votre prix. Sans vous soucier de l'honneur de Chatsworth ni de celui de sa famille.

Trant ne répondit pas. Charlotte lui en sut gré, car rien de ce qu'il aurait pu dire n'aurait plaidé en sa faveur. La jeune femme, toutefois, s'obligea à garder son calme, car elle était consciente qu'il lui serait préjudiciable de se mettre en colère.

Du reste, elle n'aurait pas dû être surprise que Trant lui ait menti – ou, du moins, lui ait caché une partie de la vérité.

Après tout, Trant essayait d'avancer ses propres pions. Quoi qu'il en soit, Charlotte demeurait l'enjeu mais pour Trant, son avis importait peu. De toute façon, s'il avait gagné l'enchère, toute rumeur scandaleuse d'une nuit entre eux aurait vite été étouffée par l'annonce de leur mariage.

Car Trant, bien sûr, convoitait de l'épouser. Charlotte le savait depuis longtemps.

En revanche, Roman Merrick représentait un tout autre danger. Et pour l'heure, Charlotte aurait été bien incapable de percer ses motivations, ni même son rôle exact dans cette partie de cartes.

— Vous avez raison de ne pas nier, reprit-il, s'adressant toujours à Trant. Car je me doute bien de ce que vous auriez fait en cas de victoire.

Sa voix était veloutée et il ne quittait pas Charlotte des yeux pendant qu'il parlait. Mais son attitude avait changé de manière presque imperceptible.

— Cela dit, poursuivit-il, d'un ton ironique, j'applaudis à votre initiative, Trant. C'est beau, d'avoir cherché à forcer la main de Chatsworth alors qu'il était en position de faiblesse.

— Merrick ! protesta Bennett Chatsworth, blessé dans son orgueil.

— Oseriez-vous ? siffla Trant, d'une voix menaçante.

— J'ose, répondit tranquillement Merrick, avec le sourire charismatique du guerrier intrépide se jetant dans la mêlée. Vous semblez avoir la mémoire courte, Trant. Et Chatsworth aussi, qui était prêt à vendre sa fille pour quelques livres !

— Je suis libre d'agir à ma guise, répliqua Bennett Chatsworth, offensé. Et rien ne vous autorise à me juger.

Merrick laissa son regard dériver vers Charlotte.

— Permettez-moi de juger, au contraire, que vous ne savez pas prendre soin de vos possessions, Chatsworth. Vous mériteriez qu'on vous les retire.

Il tendait toujours la main en direction de Charlotte. Son geste, quoique immobile depuis tout ce temps, n'avait rien d'emprunté ni de gauche.

— Je vous promets de veiller sur vous, mademoiselle Chatsworth, lui dit-il alors d'une voix caressante.

Il ne pouvait pas ignorer que ses paroles déclencheraient un tollé. Cependant, il restait d'un calme olympien. Et son assurance troublait Charlotte.

— Je vous détruirai ! explosa Trant, oubliant soudain toute retenue. Je vous ruinerai !

Puis ce fut la cacophonie. Trant et Chatsworth criaient sur Merrick et hurlaient entre eux. Downing parlait froidement de certains choix qu'il fallait faire dans la vie. Quant à Roman Merrick, il demeurait imperturbable, comme s'il avait orchestré la partie depuis le début. Cependant, Charlotte ne parvenait toujours pas à deviner ses motivations.

La jeune femme détourna le regard de ces hommes qui s'invectivaient à son propos, comme des chiens se disputant un os auquel ils ne tiendraient pas réellement.

De toute façon, elle était habituée à être traitée comme quantité négligeable. Cette idée lui arracha un sourire amer. De toute façon, elle ne serait jamais libre tant que son père pourrait contrôler le destin de sa sœur.

— Et votre honneur ? lança Merrick à son père. Qu'en faites-vous ?

L'honneur de son père ! Charlotte avait presque envie de rire. Cela faisait bien longtemps que Bennett Chatsworth avait jeté son honneur aux orties.

— Mon honneur ? répliqua son père, outragé. Comment osez-vous me parler d'honneur, maudite racaille de basse extrac...

Il s'interrompit au milieu de sa phrase, horrifié par sa propre audace.

— Je préfère « modeste », le corrigea Merrick, narquois. *Racaille de modeste extraction*. Par opposition à

Trant, qui est une racaille de *haute* extraction. Merci de ne pas me confondre avec lui.

— Je vous détruirai ! répéta Trant, hors de lui. Je tournerai chaque membre du Parlement contre vous !

— Mon Dieu, fit Merrick, d'une voix moqueuse destinée à humilier Trant, j'en tremble dans mes bottes !

Et il baissa les yeux, tournant les chevilles pour examiner ses pieds.

Puis son regard bleu remonta lentement sur Charlotte, avec cette lueur provocante qu'elle commençait à bien lui connaître, désormais, et qui la mettait toujours aussi mal à l'aise.

— Ils auront votre tête, renchérit Bennett Chatsworth.

Son ton était loin d'être aussi assuré que lorsqu'il imposait ses volontés à Charlotte, ou qu'il lançait ses chiens de chasse sur un gibier.

— Pourquoi donc ? Pour avoir accepté votre enchère et l'avoir gagnée ? Désirez-vous que je porte l'affaire devant la justice ?

— Merrick... intervint Downing, d'une voix menaçante.

Merrick, soudain, ne souriait plus.

— Downing, dois-je vous rappeler ce dont nous parlons ?

Les deux hommes échangèrent un regard, comme s'ils se comprenaient à demi-mot, puis Merrick se tourna vers Charlotte avec un grand sourire :

— Alors, que décidez-vous, mademoiselle Chatsworth ?

— Pourquoi vous obstinez-vous à lui demander son avis ? s'insurgea Bennett Chatsworth. Elle fera ce qu'on lui dira de faire. Amusez-vous comme bon vous semble, Merrick. De toute façon, il est clair que vous ne cherchez qu'à vous jouer des gens, et à les mortifier.

— Croyez-vous ? répliqua Merrick, avec un sourire pour Charlotte. D'un autre côté, avouez que je serais idiot de renoncer à une telle prise. Vous n'êtes pas d'accord, Chatsworth ?

Bennett Chatsworth n'osait plus rien dire. Il avait beau souffrir dans son orgueil, Charlotte voyait bien que Merrick le terrifiait.

— Finissons-en ! lâcha-t-elle d'une voix glaciale. Cette comédie a assez duré.

Redressant les épaules, elle croisa les bras sur sa poitrine. Elle refusait de se saisir de la main qui lui était tendue, même si elle était disposée à capituler en faveur de Merrick. Elle ne voulait pas que quiconque, dans ce couloir, puisse se targuer d'avoir gagné.

— L'affaire est conclue depuis hier, ajouta-t-elle. Alors, restons-en là.

— Charlotte...

— Non, répliqua-t-elle, d'une voix cinglante. L'enchère sera honorée. Mais je compte sur vous pour ne plus jamais l'évoquer à l'avenir. Bonsoir, messieurs...

Sur ces mots, elle s'éloigna, sans autre but que celui de tourner le dos à cette sinistre farce.

Elle entendit les trois hommes continuer à se disputer, mais elle avançait toujours, apercevant devant elle l'escalier que la femme aux cicatrices avait emprunté tout à l'heure. Elle espérait qu'en dernier recours son orgueil la sauverait – du moins voulait-elle se raccrocher à cette idée, alors que tout s'effondrait autour d'elle.

Son père avait pratiquement scellé son destin. Trant avait essayé de faire de même. Quant à Roman Merrick, il semblait méditer le même projet.

Mais au moins pour cette fois, Charlotte était déterminée à prendre le mors aux dents.

5

Charlotte sentit que Merrick la rattrapait. Il eut le tact de ne rien dire, se contentant de la tenir par le bras pour la guider. Ils repassèrent devant la porte qu'avait empruntée la femme aux cicatrices – Charlotte ne put retenir un frisson au souvenir de son visage disgracié –, puis ils continuèrent en direction d'un autre escalier, qui menait, celui-ci, à un petit couloir percé de deux portes.

Merrick ouvrit celle de gauche au moyen d'une clé à la forme étrange. Puis, poussant le battant, il fit signe à Charlotte d'entrer.

La jeune femme pénétra à l'intérieur.

La pièce, immense, était décorée dans des tons de bleu foncé, d'or et d'acajou. L'ensemble était chaleureux, accueillant, mais aussi très masculin. Et c'était beaucoup plus luxueux et de bon goût que ce que Charlotte aurait imaginé trouver dans cette partie de la ville.

En fait, la pièce était à l'image de son propriétaire. Solide, imposante, et un peu sombre, aussi.

— Vous ne cessez de me surprendre, mademoiselle Chatsworth, dit-il, refermant la porte à clé derrière lui. Mais j'avoue que c'est pour mon plus grand plaisir.

Charlotte ne répondit rien.

Il se laissa choir dans un fauteuil usé, qui contrastait avec le reste, impeccable, de l'ameublement. Le fauteuil faisait partie d'une série de trois, entourant une table en marqueterie. Mais c'était le seul à servir régulièrement.

Charlotte aperçut une autre pièce, en enfilade de celle-ci. Elle entrevit même un bout de couvre-lit rouge et bleu.

Elle prit une profonde inspiration avant de se diriger vers l'un des deux fauteuils vacants, juste en face de Merrick. Elle se débarrassa de son manteau et le plia avec soin sur le dossier. Puis elle ôta sa voilette.

— Voilà qui est mieux, dit-il, la regardant, tandis qu'il faisait tourner entre ses doigts une babiole posée sur la table basse. Quel dommage, de dissimuler un aussi joli visage ! C'est presque un crime.

— Monsieur Merrick...

— Appelez-moi Roman.

— ... J'ai conscience que vous avez beaucoup plus d'expérience que moi de ce genre de situation, aussi...

— Vous imaginez-vous que je gagne une femme tous les jours ? la coupa-t-il, amusé.

— ... aussi, poursuivit Charlotte, pourrions-nous peut-être nous entendre sur une position commune ?

Soudain, elle réalisa la conséquence de son coup de colère, tout à l'heure dans le couloir – à présent, elle se retrouvait enfermée à clé avec cet homme !

— Une position commune ? répéta-t-il sans pouvoir dissimuler un sourire. Auriez-vous l'intention de rediscuter les termes de l'enchère ? Et croyez-vous vraiment que je veuille y consentir ?

Charlotte carra les épaules. Elle comprenait qu'elle avait été idiote de vouloir aborder le sujet. Et elle se reprochait d'avoir perdu son indifférence habituelle.

— Très bien.

Elle leva son pied droit et s'agrippa au fauteuil pour ôter son escarpin.

— C'était grand dommage de cacher également d'aussi belles chevilles, dit-il. Mais je vous avoue que votre geste me surprend.

— Je ne cherche qu'à vous simplifier la tâche, répliqua-t-elle, le plus calmement possible.

Il haussa un sourcil, puis il recula son fauteuil, pour s'emparer d'une carafe posée sur un guéridon.

— Me simplifier la tâche ?

— Je ne suis pas aussi naïve que vous semblez le penser, assura Charlotte, se débarrassant de son autre chaussure.

— Je ne crois pas vous avoir soupçonnée de naïveté.

— Il n'empêche que vous êtes convaincu d'avoir une vierge effarouchée devant vous, fit valoir Charlotte, qui s'efforçait précisément de ne pas passer pour telle.

— C'est bien possible, acquiesça-t-il, avec un sourire.

— Or, je ne suis pas du genre à atermoyer.

— Je suis moi-même quelqu'un d'assez direct, acquiesça-t-il, et son sourire, cette fois, montait jusqu'à ses yeux.

Cependant, Charlotte avait l'intuition qu'elle le surprenait.

— J'ai eu tort de vouloir négocier. Mais rassurez-vous, je n'ai pas l'intention de me débattre. Mon père a perdu. Je paie donc ses dettes.

Il la regarda un long moment, avant de remplir d'un liquide ambré deux verres posés sur la table basse. Puis il lui fit signe de s'asseoir.

— Avez-vous déjà fait cela auparavant ?

Charlotte s'obligea à sourire pour cacher son appréhension. Mais elle resta debout, pieds nus. Ce n'était pas parce qu'elle était sur le point de perdre son innocence qu'elle allait jouer à la courtisane.

— Non.

— Je ne vous l'aurais pas reproché, si cela avait été le cas. En revanche, j'aurais perdu encore un peu plus de respect pour votre père.

Il avait prononcé ces derniers mots avec une pointe de dédain dans la voix.

— Mon père n'est pas un méchant homme. C'est quelqu'un d'affectueux, même s'il a du mal à l'exprimer. Mais il traverse une mauvaise passe. Il aime trop le jeu. Ce qui semble bien vous profiter, du reste.

Elle désigna, d'un geste ample, le mobilier luxueux de la pièce, avant d'ajouter :

— Les pertes des joueurs malheureux comme mon père vous remplissent les poches. Leur entêtement fait votre fortune.

— C'est vrai, acquiesça-t-il en poussant l'un des deux verres dans sa direction. Croyez bien que leur générosité nous est un fardeau, mais nous avons appris à le porter.

Charlotte plissa les yeux. Elle n'était pas sûre d'apprécier son humour cynique.

Il eut un mouvement du menton en direction du fauteuil :

— Je vous en prie, asseyez-vous.

Il ne s'agissait ni d'un ordre ni d'une simple formule de courtoisie. Charlotte avait l'intuition qu'il n'avait pas besoin de demander qu'on lui obéisse.

— Ne préférez-vous pas jouir tout de suite de votre enchère, qu'on en finisse ? répliqua-t-elle, sans avoir le courage de croiser son regard.

Ainsi, elle pourrait rentrer chez elle, et oublier cette soirée – ou du moins, tenter de l'oublier.

Quoi qu'il en soit, elle avait renoncé à négocier. Cet homme était manifestement dangereux. Si elle le mettait en colère, elle risquerait de passer un très mauvais quart d'heure. Peut-être même ne reverrait-elle jamais la lumière du jour…

L'ennui, c'est qu'elle ne se sentait pas prête à endurer son sort – bien qu'elle essayât de lui faire accroire le contraire.

Cependant, contre toute attente, il semblait de plus en plus amusé.

— L'enchère stipulait une nuit entière en votre compagnie. Et je manquerais à l'hospitalité de ne pas vous laisser vous mettre à votre aise. Asseyez-vous, s'il vous plaît.

Cette fois, le ton était assez autoritaire – malgré sa politesse persistante – pour faire comprendre à Charlotte qu'elle n'avait pas le choix.

Elle s'assit, le dos raide.

— C'est très généreux de votre part de vous offrir à payer la dette de votre père avec autant de promptitude et d'enthousiasme.

Le sarcasme n'échappa pas à la jeune femme. En fait d'« enthousiasme », elle était consciente de s'être offerte très abruptement. Et sans la moindre délicatesse.

— Peut-être aimeriez-vous placer vous-même une enchère ? ajouta-t-il, faisant tourner le liquide dans son verre.

Charlotte aurait surtout aimé négocier. Elle connaissait trop bien le danger des enchères à répétition, qui montaient toujours plus haut à mesure que les joueurs en difficulté espéraient – en vain – se refaire.

— Étant donné les circonstances, cela ne me semble pas très raisonnable.

— Pourtant, vous pourriez gagner.

— Oh, cette perspective me semble trop aléatoire. Je crois savoir que les paris sont votre métier ?

— Plus ou moins, oui. Mais tout le monde a sa chance. C'est d'ailleurs cette conviction qui piège les joueurs.

Charlotte sentit la colère la gagner. Contre son père. Contre le désastre dans lequel il l'avait entraînée. Contre tout ce qui l'entourait.

— Et que pourrais-je vous proposer comme enjeu, monsieur Merrick ?

— Roman. Vous avez beaucoup à m'offrir, Charlotte. Me permettez-vous de vous appeler Charlotte ?

Elle peinait à croire qu'il pût sincèrement lui demander sa permission. Cependant, elle avait le sentiment qu'il préférait d'abord user de son charme avant d'avoir recours à la force. Et elle était convaincue que cela marchait neuf fois sur dix.

Cet homme devait être habitué à obtenir tout ce qu'il convoitait.

— Monsieur Merrick…

— Roman…

— Que pourrais-je bien mettre en jeu qui serait susceptible de vous intéresser ? Vous n'avez pas besoin de plus d'argent que vous n'en possédez déjà.

Il sourit.

— On a toujours besoin d'argent.

— De toute façon, moi-même je n'en ai pas à vous offrir. Sinon, mon père n'aurait pas été réduit à cet expédient. J'imagine que vous avez gagné gros, à l'issue de cette partie ?

— Figurez-vous que j'ai donné tout ce qu'a perdu Trant – soit douze mille livres – aux Orphelins de la Liberté.

Charlotte était stupéfaite d'apprendre que les enchères pouvaient atteindre de telles sommes.

— C'est vrai ?

Un sourire angélique éclaira son visage.

— Ils en avaient bien besoin, les pauvres !

— Je trouve votre humour vulgaire et de très mauvais goût.

Il plaqua une main sur son cœur – l'autre continuait d'agiter le contenu de son verre.

— Vous m'accablez sans motif valable.

Donner douze mille livres à un orphelinat ? La croyait-il assez stupide pour ajouter foi à ce mensonge grossier ?

— Je juge rarement sans motif valable. En outre, j'ai travaillé pour cet orphelinat et je n'ai jamais aperçu votre nom dans la liste des donateurs.

Il sourit avec indolence.

— Quoi qu'il en soit, démarrer l'enchère avec un déficit de douze mille livres rend le jeu encore plus intéressant.

— Parce que pour vous, tout ça n'est qu'un jeu ?

— Je vous trouve trop divertissante pour me priver de m'amuser un peu.

— J'ai du mal à comprendre l'intérêt que vous me portez.

— Des hommes ne vous composent-ils pas des poèmes enfiévrés ?

Elle ne put s'empêcher de sourire.

— Si. Mais il n'empêche pas que je n'arrive pas à comprendre que *vous* puissiez vous intéresser à moi.

— Pourquoi donc ?

— Je doute fort que vous manquiez de compagnie féminine.

Charlotte avait entendu dire que des femmes se pâmaient pour lui. Ce qui n'avait rien d'étonnant : Roman Merrick était le type même du séducteur débauché, charmant et dangereux à la fois, et donc irrésistiblement attirant.

— Vous dites cela comme si j'attrapais n'importe quelle femme à ma portée.

— Non, j'essayais juste de vous expliquer que vous n'avez pas de raison valable de me considérer comme un enjeu de prix.

— Vous ne vous trouvez donc pas belle ? Pourtant, vous l'êtes.

— Beaucoup d'hommes me l'ont dit, en effet.

— Mais ce n'est pas votre avis ?

Charlotte baissa les yeux. Sa réaction pouvait passer pour de la pudeur, alors qu'elle était destinée à cacher son embarras.

— Je connais mon visage. Je sais que les hommes aiment ses lignes symétriques, et mes grands yeux en amande. Je sais aussi que ma blondeur est leur couleur de cheveux préférée. On m'a également dit que j'avais de belles lèvres. Et ma couturière m'accorde des réductions pour continuer à être la seule à m'habiller.

Avec des robes bien au-dessus de ses moyens, d'ailleurs.

— Donc, vous n'ignorez pas que vous êtes belle ?

Chaque fois qu'elle se regardait dans le miroir, Charlotte voyait une image parfaite. Mais totalement glacée.

— Non.

— Alors, pourquoi ne m'intéresserais-je pas à vous ?

Elle sourit – de ce sourire qu'elle était habituée à arborer en public.

— Vous avez raison. Pardonnez mon erreur, monsieur Merrick.

— Si vous m'appelez encore une fois M. Merrick, je vous donne une telle fessée que vous ne pourrez plus vous asseoir pendant huit jours.

C'était dit sur le mode de la taquinerie, mais Charlotte n'en frissonna pas moins.

— C'est entendu, Roman. Je ne répéterai plus mon erreur.

Prononcer son prénom lui laissa un goût indéfinissable dans la bouche.

Il porta son verre à ses lèvres, sans cesser de l'observer. Son regard était indéchiffrable, cependant, et il semblait irrité.

— Je ferai ce que vous me demanderez, ajouta Charlotte sans même réfléchir. Je n'ai pas envie de finir comme la femme que j'ai aperçue tout à l'heure dans le couloir.

Il se figea un instant, son verre à moitié vide à la main.

— Vous avez peur que je ne vous lacère le visage ? Vous me croyez responsable de ses cicatrices ?

Charlotte contempla la cicatrice qui barrait sa joue et remarqua pour la première fois qu'elle continuait dans son cou. Elle se demanda comment il avait pu survivre à une telle blessure.

— Je ne sais pas quoi penser, monsieur Merrick. Si ce n'est pas vous, je suppose que je vous ai offensé. Malheureusement, je vous connais trop peu pour me forger un avis.

Elle regrettait, à présent, de ne pas avoir davantage prêté l'oreille aux ragots circulant sur les frères Merrick. Elle maudissait aussi sa fierté, qui l'avait retenue de confier sa mésaventure à Miranda.

Elle vit ses doigts se crisper sur son verre. Il ne souriait plus.

— Je ne vous ferai jamais aucun mal, mademoiselle Chatsworth. Vous avez ma parole.

Charlotte, après un silence, hocha finalement la tête. Cependant, elle n'avait aucune raison de le croire, et il semblait en être conscient.

— Je ne suis pour rien dans ce qui est arrivé à Marie, ajouta-t-il. C'était l'œuvre de Noakes.

Son aveu inspira des sentiments contradictoires à la jeune femme. Un mélange de soulagement, de curiosité et de circonspection – après tout, il pouvait très bien lui mentir pour endormir ses soupçons.

— Vous l'avez tué ?

Il haussa un sourcil.

— Souhaitez-vous vraiment le savoir ?

Elle ne répondit rien, et il poussa de nouveau son verre dans sa direction.

— Buvez. Je vous promets que je ne l'ai pas empoisonné. Vous vous sentirez mieux après.

Charlotte prit le verre d'une main tremblante et avala une grande rasade, comme si elle était habituée à boire de l'alcool.

Elle sentit une traînée de lave couler dans sa gorge. Elle toussa un peu, mais la sensation n'était pas si déplaisante.

— C'est la spécialité d'Un-Œil, expliqua-t-il. Parfaite pour faire croire qu'on boit du véritable alcool. Ce subterfuge peut se révéler très utile dans certaines circonstances où il est indispensable de conserver toutes ses facultés de raisonnement, face à des gens qui n'apprécient pas de ne pas vous voir un verre à la main.

Charlotte réalisa qu'il venait de lui confier quelque chose qu'elle pourrait utiliser contre lui. Mais cela changerait-il quoi que ce soit, si les gens apprenaient qu'il faisait simplement semblant de boire de l'alcool ?

Il l'observait, comme s'il devinait ses pensées.

— Je crois qu'il est préférable de ne pas savoir avec quoi c'est fabriqué, dit-il, faisant à nouveau tournoyer ce qui restait dans son verre. Vous sentez-vous mieux ?

Charlotte hocha la tête, juste pour le rassurer. Mais la vérité, c'est qu'elle se sentait *réellement* mieux. Elle termina son verre.

— Revenons à nos moutons, reprit-il avec un sourire. Pourquoi m'intéresserais-je à vous ? Eh bien, par exemple, parce que je sais beaucoup de choses sur votre compte mais qu'en même temps, je ne connais presque rien de vous.

C'était une manière implicite de lui avouer qu'il avait entendu des rumeurs à son sujet. Mais qu'en même temps, il savait faire la part des choses et ne confondait pas l'image qu'elle donnait d'elle dans le monde avec la vérité de son âme.

Elle le laissa remplir son verre.

— Et même si je vous trouve belle, ajouta-t-il, je sais que la beauté n'est qu'apparence, et qu'il serait futile de juger les gens sur cet unique critère. D'un autre côté, je ne suis pas sûr que vous auriez attiré mon attention, la première fois que je vous ai vue, si vous aviez été quelconque, et vêtue de couleurs ternes. Ceux qui prétendent que la beauté est une malédiction n'ont pas tout à fait tort. Elle influence inévitablement le jugement qu'on porte sur autrui.

— Quand m'avez-vous vue pour la première fois ?

Il sourit.

— Je vous avais déjà vue avant notre rencontre chez M. Hunsden.

— Vous saviez qui j'étais ? Alors... vous avez parié avec mon père en toute connaissance de cause ?

Tout allait si vite, que Charlotte n'avait même plus le temps de réfléchir à ce qui lui arrivait. Mais elle aurait dû se douter de quelque chose, tout à l'heure, quand elle avait découvert que l'homme qui l'avait gagnée aux cartes était le même que celui qu'elle avait rencontré dans la boutique de rubans. Car *lui* n'avait pas semblé surpris de la retrouver, ce soir.

Il hocha la tête.

— J'avais eu du mal à vous oublier après la première fois. Cela est devenu tout à fait impossible les deux fois suivantes. Et la dernière fois, hélas pour vous, votre sort a été scellé.

Charlotte n'avait aucune idée de ce qu'il voulait dire par là.

— Pour ma part, je ne vous avais jamais vu jusqu'à avant-hier, affirma-t-elle.

Elle s'en serait souvenue : un homme comme Roman Merrick n'était pas facile à oublier.

— Mon frère et moi vivons comme des vampires, dit-il sur le mode de la plaisanterie. Nous ne sortons que la nuit, pour sucer le sang des riches !

Sa formule imagée évoquait à Charlotte quelque monstre au teint blême et cadavérique. Or, l'homme assis en face d'elle semblait passer une grande partie de son temps dehors. Sa peau était hâlée.

— Votre frère ne donne pas l'impression de voir beaucoup la lumière du jour. En revanche, vous avez beaucoup plus de couleurs que lui.

— Ne voyez là que la conséquence de mes lointaines origines tziganes. Origines dont je ne songe nullement à me plaindre : c'est sans doute d'elles que je tiens mon insolente chance au jeu. Aussi aurais-je très mauvaise grâce à déplorer l'impureté de ma lignée.

Il haussa les épaules et fit de nouveau tournoyer le contenu de son verre. Ses yeux bleus et ses cheveux blonds, qui n'avaient rien de tzigane, étaient la preuve de cette « impureté » qu'il évoquait. Mais c'était à croire qu'il avait hérité des meilleurs traits de chacune de ses origines, le tout composant un ensemble assez stupéfiant.

— Mon frère et moi ne nous aventurons dehors qu'en de rares occasions, que nous jugeons propices. Quoi qu'il en soit, le soleil n'oserait pas effleurer la peau d'Andréas.

Il souriait, comme s'il s'amusait seul de quelque plaisanterie, puis se redressa brusquement sur son siège.

— Maintenant, si nous décidions du marché que vous désirez me proposer ?

Charlotte sentit un étrange frisson la parcourir.

— D'autres nuits comme celle-ci ? suggéra-t-elle. Je suppose que vous n'êtes pas le genre d'hommes à convoquer une femme toute la nuit uniquement pour lui faire la conversation.

Il contemplait son verre, mais son regard était plus éloquent que des mots.

— Si je perdais, ajouta-t-elle, même un mariage avec M. Trant ne réussirait pas à sauver ma réputation.

— Mais vous pourriez gagner, objecta-t-il avec un sourire charmeur.

Il semblait prendre plaisir à ce petit jeu.

— Qu'arriverait-il, si je gagnais ?

— C'est justement ce que j'aimerais savoir. Que désirez-vous, Charlotte Chatsworth ?

Sa question fit frissonner la jeune femme.

La liberté. Voilà ce qu'elle désirait par-dessus tout.

Elle s'obligea à sourire.

— Rien qui ne puisse se donner, monsieur… Roman.

— Il existe pourtant beaucoup de choses qui peuvent se donner. Ne visez-vous pas trop haut, Charlotte ?

Son regard était amusé, mais en même temps très incisif.

— Par exemple, vous pourriez me demander de rentrer chez vous, votre vertu intacte, reprit-il. Vous pourriez aussi formuler une requête plus pragmatique, comme de l'argent, pour combler les dettes de votre père. Ou bien... simplement vouloir que je vous soulage.

— Me soulager ?

Il lui ôta son verre de la main, pour le reposer sur la table. Puis, prenant les doigts de la jeune femme dans la sienne, il fit doucement glisser son gant. Charlotte enlevait ses gants plusieurs fois par jour et connaissait cette sensation. Cependant, elle n'avait encore jamais rien éprouvé de tel. Les doigts chauds de Merrick effleuraient sa peau à mesure qu'elle se dénudait, et ce contact semblait lourd de promesses.

Il sourit, à la manière d'un prédateur, avant de relâcher sa main et de garder le gant dans la sienne. Il l'examina quelques instants, puis il le posa sur le dernier fauteuil, resté vide. Après quoi, il reprit son propre verre et s'adossa tranquillement à son siège.

Charlotte resta muette un long moment, avant de risquer :

— Si je gagne, je pourrai enlever mon autre gant ?

— Vous enlèverez ce que vous souhaiterez. Ou vous me demanderez de le faire à votre place, comme si j'étais votre esclave.

Tout à coup, elle ne trouvait plus rien de glacial à son regard.

— Je me demande qui gagnerait, dans ce cas ?

Il sourit avec amusement.

— Moi, bien sûr. Mais vous pourriez jouer avec cette idée : vous en remettre à moi, et me laisser tout faire à votre place. Voilà pourquoi je vous parlais de vous soulager. Chaque fois que vous perdrez, je me chargerai moi-même de vous ôter une pièce de vêtement.

Il se pencha vers elle et lui reprit la main. La sienne était plus rugueuse que les mains des gentlemen qu'elle fréquentait d'ordinaire. Mais la sensation n'était pas déplaisante.

— Qu'en dites-vous ?

Bonté divine ! Charlotte se sentait soudain si troublée qu'elle était sur le point d'accepter !

Elle retira sa main.

— Je... je ne pense pas que ce soit une bonne idée.

De nouveau, il s'adossa à son siège.

— Vous avez sans doute raison. Ainsi, la partie se terminerait trop vite. Maintenant que nous avons commencé à jouer, je ne suis moi-même pas pressé d'en finir.

— Je... je n'ai pas encore dit que j'étais d'accord pour jouer.

— Non ? fit-il, souriant toujours, comme s'il semblait en douter.

— Je n'arriverai jamais à gagner assez d'argent pour rembourser toutes les dettes de mon père. Et même à supposer que j'y parvienne, il serait capable de s'en servir pour jouer encore, plutôt que de payer ses créanciers.

— Je pourrais facilement effacer toutes ses dettes, suggéra-t-il, d'une voix si caressante que Charlotte se demanda si ce n'était pas ainsi que Lucifer marchandait les âmes. Et sans passer par votre père.

Charlotte s'abstint de lui demander comment il s'y prendrait. Ce n'était pas la question la plus urgente.

— Pourquoi feriez-vous cela ?

Il sourit encore.

— Acceptez-vous de jouer ?

— Pour effacer les dettes de mon père ? demanda-t-elle, incrédule.

— Oui. Et pour d'autres nuits comme celle-ci.

— Si j'ai bien compris votre marché, je récupérerai une partie des dettes de mon père chaque fois que vous perdrez et je... je vous promettrai une nuit avec moi dans le cas contraire, c'est bien cela ? Je... je ne peux pas accepter ces termes.

Sinon, elle risquait fort, d'ici à demain matin, de se retrouver endettée à vie auprès de lui.

— Non ? Mais nous ne sommes pas obligés de gagner ou de perdre plusieurs fois dans la nuit. Nous pourrions choisir un jeu qui nous mènera jusqu'à l'aube. De cette manière, il n'y aura qu'un seul perdant, et qu'un seul gagnant. Et dès que le soleil sera levé, je disparaîtrai.

Charlotte s'entendit demander, d'une voix lointaine qu'elle reconnaissait à peine :

— Quelle sorte de jeu proposez-vous ?

— Je vous laisse le soin de choisir, répliqua-t-il, comme s'il avait déjà tout prémédité.

Charlotte pesa le pour et le contre, consciente que si elle refusait sa proposition, il serait libre de faire ce qu'il voudrait d'elle, pour le restant de la nuit.

— Aimez-vous les échecs ? proposa-t-elle.

Ce n'était pas le genre de jeu qu'elle associerait, d'instinct, avec l'homme assis en face d'elle. Mais elle avait au moins une chance de gagner, ou de prolonger la partie jusqu'à l'aube.

— Je vais finir par croire qu'Andréas a du sang tzigane, lui aussi, murmura-t-il.

Quel étrange commentaire ! N'avait-il pas évoqué sa propre ascendance tzigane, ce qui laissait supposer que son frère la partageait avec lui ?

Mais Charlotte, se souvenant de l'autre homme vu chez M. Hunsden, comprit tout à coup : ces deux-là n'étaient pas frères. Du moins, pas par le sang. Ils étaient trop dissemblables. Mais dans ce cas, pourquoi portaient-ils le même nom ? Par adoption ?

Roman attrapa une boîte ouvragée sur l'étagère derrière lui et il l'ouvrit devant Charlotte, pour qu'elle choisisse.

C'était un très beau jeu, finement ciselé. La jeune femme caressa la tête de la reine blanche. Son père avait vendu leur jeu d'échecs l'année dernière, et Charlotte ne s'était toujours pas remise de cette perte.

Même si les échecs quand le sort s'acharnait chaque jour sur vous, ne prodiguaient qu'un maigre réconfort.

— Vous ne pouvez pas savoir combien votre choix me ravit...

Charlotte sentit sa poitrine se contracter. Un homme qui conservait un échiquier à portée de la main était forcément familier de ce jeu.

Nom d'une peste ! se serait écriée Emily, avec son langage un peu cru.

6

Roman vit la bouche de la jeune femme s'affaisser brutalement, avant qu'elle ne se ressaisisse. Il s'obligea à rester de marbre malgré son envie de sourire.

— Je n'ai pas joué depuis des années, assura-t-il d'un ton qu'il voulait nonchalant. Mais je garde toujours ce jeu à portée de main, au cas où un visiteur voudrait honorer un pauvre débutant.

— Je ne suis pas stupide, monsieur… Roman.

Roman disposait déjà les pièces sur l'échiquier. Il ne releva pas les yeux pour voir son expression.

— Je sais. Je vous fais crédit de votre intelligence.

Leurs doigts se frôlèrent quand il posa le roi noir. Charlotte recula prestement sa main, comme si elle s'était brûlée.

— Et c'est bien ma chance d'être tombée sur un maître d'échecs, ajouta-t-elle.

Il décela une petite fêlure dans sa voix – comme après chaque fois qu'il l'avait touchée.

Roman eut tout à coup envie de lui faire des choses. Des choses bestiales. De plaquer ses lèvres sur les siennes. D'ébouriffer sa coiffure trop parfaite. De la renverser dans ses draps pour la faire gémir de plaisir.

Ses pensées devaient se lire sur son visage, car la respiration de la jeune femme s'accéléra. Mais il n'aurait pas su dire si c'était d'inquiétude ou de désir.

Alors, Roman afficha sa façade la plus charmante. Celle qu'il arborait chaque fois qu'il souhaitait mettre ses interlocuteurs à l'aise. Mais elle semblait provoquer la réaction inverse chez cette femme très intelligente. Son regard se fit davantage circonspect, et elle se mit à l'observer avec autant d'acuité qu'il l'observait.

Enfin, pas tout à fait. Car ils avaient, l'un et l'autre, des raisons très différentes de se trouver face à face.

Roman s'en voulut de s'amuser ainsi à ses dépens, et de l'avoir placée dans une situation où elle courait le plus grand risque de perdre. Il était conscient de la tenir en son pouvoir de manière abusive, cependant il ne pourrait pas se résoudre à la libérer de ses chaînes tant qu'il n'aurait pas découvert ce qui l'intriguait chez elle – et qui l'avait poussé à mettre en danger son petit empire, qu'il partageait jalousement avec Andréas.

Pour la même raison, il n'avait pas pu se résoudre à la laisser partir, tout à l'heure, dans le couloir. Ni à la rendre à son père.

Même les mises en garde de Downing n'avaient pu le dissuader de mener ce petit jeu à son terme. Il avait fait croire à Downing qu'il laisserait Charlotte décider en dernier ressort, tout en tentant de convaincre le vicomte que c'était sans doute mieux ainsi, car la jeune femme pourrait alors montrer à son père jusqu'où sa folie du jeu pouvait les entraîner tous deux.

Malgré sa fureur, Downing avait fini par s'incliner – sans doute parce qu'il était persuadé qu'elle refuserait de jouer avec Roman.

Alors que Roman, au contraire, était à peu près certain qu'elle accepterait, trop orgueilleuse pour renoncer. Toutefois, avec ou sans les menaces de Downing, si elle avait clairement exprimé qu'elle refusait d'honorer l'enchère de son père, Roman l'aurait laissée partir sans insister. Il savait qu'il l'aurait de toute façon retrouvée un soir ou l'autre dans une réception. Et qu'il aurait fini par la séduire.

Mais elle avait mis un terme à la conversation, pris congé de son père et tourné les talons sans rien ajouter.

Par orgueil. Par colère. Et sans doute aussi pour une autre raison, que Roman croyait deviner. La façon dont elle réagissait chaque fois que leurs mains se touchaient lui semblait suffisamment éloquente.

— Une partie d'échecs est toujours plus agréable si votre adversaire est à peu près de votre niveau, dit-il. J'espère que nous allons passer un bon moment.

Elle n'eut pas besoin de répondre : son regard montrait assez qu'elle ne partageait pas son point de vue.

Être le seul à détenir le pouvoir pouvait se révéler grisant, mais cela ne durait jamais. L'ennui survenait toujours très vite. C'était du reste la raison pour laquelle la plupart des liaisons de Roman se terminaient rapidement. Il préférait les partenaires capables d'attendre, de calculer leurs coups, de frapper à l'improviste et de l'obliger à élaborer une stratégie.

— Et moi, j'espère bien mettre votre roi en échec, dit-elle.

Elle avança sa première pièce. Un pion blanc, future victime du massacre qui ne manquerait pas de survenir.

Roman joua à son tour. Pendant un moment, ils déplacèrent leurs pièces en silence.

— J'aime l'idée qu'une femme pourrait me battre, dit-il, d'un ton qui laissait entendre qu'il ne croyait pas une seconde que cela fût possible.

Elle plissa les yeux, avant d'esquisser un sourire – typiquement féminin.

— Je serais ravie de satisfaire votre désir…

Roman avait regardé, fasciné, ses lèvres former ce dernier mot, tandis qu'elle se concentrait sur son jeu. Elle souleva son fou, comme si elle s'apprêtait à effectuer quelque mouvement audacieux. Puis, lui jetant un regard par en dessous, elle déplaça son fou pour s'emparer d'un de ses pions – une décision très risquée de sa part, en effet.

Mais Roman préférait qu'elle ne prenne pas de gants.

Elle rangea avec soin le pion capturé sur le côté de l'échiquier, avant de regarder son adversaire droit dans les yeux, comme si elle l'invitait à témoigner de la même audace.

Elle lui avait promis de *satisfaire son désir*.

Roman se retint de sourire, et déplaça prudemment un pion.

Quand elle se servit une nouvelle fois de son fou pour s'emparer de celui qui protégeait le roi de Roman, il dut faire appel à toute sa volonté pour ne pas envoyer valser l'échiquier, et l'attirer sur ses genoux pour la prendre, là, tout de suite. Elle l'excitait de plus en plus, avec sa froideur calculée qui tentait de dissimuler un tempérament volcanique. Un joueur moins averti aurait pensé qu'elle se hâtait de perdre. Mais ce n'était pas exactement cela. Elle essayait plutôt de provoquer le destin.

Dans l'intention de leur accorder *à tous les deux* ce qu'ils désiraient.

Par le diable ! Roman pouvait déjà presque sentir les jambes de la jeune femme s'enrouler autour de sa taille et voir une expression de jouissance se peindre sur son visage.

Il déplaça une pièce.

La mauvaise pièce.

Bon sang ! Il demeura de marbre, cependant, donnant l'illusion qu'il avait réellement voulu faire ce mouvement.

Mais ses rêves prenaient le pas sur la réalité, ce qui était dangereux. Il ferait mieux de se concentrer sur le jeu placé devant lui, avant d'imaginer ce qui se passerait ensuite.

Il calcula soigneusement ses prochains coups et se concentra sur la partie.

Cela faisait une semaine qu'il n'avait pas pu profiter d'une nuit – ou d'une journée – complète de sommeil. Cela pouvait expliquer son inattention, mais ce n'était pas l'unique raison. Du reste, il avait souvent eu l'occasion de constater qu'il avait l'esprit davantage disposé à la logique lorsqu'il était fatigué. Cela faisait tant d'années qu'il était habitué à vivre des situations extrêmes que garder la tête froide en toutes circonstances était devenu chez lui une seconde nature.

La jeune femme fronça les sourcils, examinant l'échiquier avec attention, comme si elle essayait de deviner sa stratégie.

— Je suis vraiment enchanté que vous ayez accepté de jouer, dit-il pour la distraire.

Elle étudiait toujours l'échiquier.

— Pour que je puisse rembourser une partie des dettes de mon père ? Après le chaos dans lequel il m'a plongée ? L'offre était trop tentante pour que je puisse y résister.

Ce n'était pas la seule raison pour laquelle elle avait accepté cette partie. Roman en était convaincu, même si elle se refusait à l'admettre.

— Si les dettes de votre père s'effaçaient d'un coup, que pensez-vous qu'il vous arriverait ? demanda-t-il, d'un ton délibérément détaché.

Elle eut un rire amer.

— Les intentions de mon père à mon égard ne changeraient pas d'un iota. Simplement, il aurait davantage de temps devant lui. Et moi, un peu plus de liberté…

Elle s'interrompit, comme si elle en avait déjà trop dit.

Allons, allons, l'encouragea Roman en silence. *Dévoilez-vous un peu.*

Mais elle n'ajouta plus rien, et déplaça une autre pièce.

— Vous avez beaucoup d'atouts, Charlotte. Servez-vous-en.

Elle secoua la tête.

— Vous raisonnez en homme.

Roman haussa les épaules.

— Votre père ne peut pas vous obliger à vous marier. Vous pourriez vous enfuir de Londres avec l'un de vos soupirants.

Elle rit encore.

— Pour faire quoi ? Vivre en disgrâce à la campagne ?

— Je me suis laissé dire que l'amour venait à bout de tous les obstacles.

— Oui, jusqu'à ce que la désillusion ne prenne le dessus.

Roman s'obligea à ne pas montrer sa satisfaction.

Confiez-m'en encore juste un peu plus, pour que je puisse enfin vous cerner.

— Je vous trouve bien amère.

— L'amour est une chose merveilleuse pour ceux qui peuvent se permettre de s'y adonner, répliqua-t-elle, essayant vainement de masquer le sarcasme de son ton. De toute façon, mon père se servirait de mon escapade pour…

Elle s'interrompit encore. Mais Roman n'avait pas besoin qu'elle continue pour deviner la suite. Il savait, à présent, de quoi Bennett Chatsworth était capable.

Il déplaça machinalement une pièce, sans cesser de regarder la jeune femme.

Elle contemplait l'échiquier, tapotant des doigts sur le rebord. De toute évidence, elle cherchait un moyen de ralentir le jeu, qui menaçait de s'emballer.

Roman la laisserait faire et la partie durerait jusqu'à l'aube. Et il en profiterait pour lui ravir le plus de secrets possible…

La partie ne faisait que commencer.

Il sourit. Il saurait attendre.

Le sourire de Roman inquiétait Charlotte.

Il ne donnait pas l'impression d'être quelqu'un de patient. Ni d'aimer s'embarrasser de détours quand il pouvait aller droit au but. Alors, pourquoi se comportait-il comme si c'était le cas ? Elle avait d'abord imaginé qu'il jouerait la rapidité. Ses premiers coups l'avaient confortée dans cette hypothèse. Mais à mesure que la partie progressait, elle n'était plus sûre de rien. Il semblait *s'obliger* à la patience, comme si la partie qui l'intéressait vraiment ne se jouait pas sur l'échiquier.

En outre, il semblait assez talentueux pour anticiper les mouvements de Charlotte. Ce qui l'inquiétait davantage encore.

— Vous n'aimeriez pas connaître l'amour ? demanda-t-il, d'une voix cajoleuse, tout en déplaçant un pion avec une nonchalance calculée. De quoi avez-vous peur ? De l'intimité que cela implique ?

Charlotte déplaça son fou.

— Peur de l'intimité ? Alors qu'il n'y a rien de plus éphémère ?

Il parut s'amuser de sa réponse. Mais son regard était perçant.

— Croyez-vous ? Si je vous portais maintenant dans mon lit, pour vous ravir votre virginité, pensez-vous qu'il s'agirait d'intimité ?

Elle le regarda, interloquée.

Roman se pencha sur le jeu, et déplaça sa reine.

— Ou n'avez-vous pas plutôt le sentiment que la véritable intimité, c'est d'être assise ici, devant moi, à partager vos pensées avec moi ?

— Je suppose que l'acte charnel...

Elle déglutit, pour chasser les étranges sensations que ce mot lui inspirait soudain.

— ... ne crée qu'une intimité factice. Mais pour que notre conversation devienne intime, il faudrait déjà que *nous soyons* intimes. Ce qui n'est pas le cas.

— Non ? J'ai l'intuition que vous êtes intime avec très peu de gens. Qu'ils parlent avec vous de la pluie ou du beau temps, ou d'autres choses insignifiantes, sans réellement vous connaître. Mais que moi, ce soir, j'ai la chance d'avoir la vraie Charlotte en face de moi.

— Vous vous avancez beaucoup…

— Peut-être. Ou peut-être pas.

Elle déglutit une nouvelle fois.

— Vous croyez vraiment que nous partageons un moment d'intimité ? Que vous découvrez mes secrets ?

— À moins que ce ne soit le contraire.

— Vous ne m'avez rien dit de vous.

Il sourit.

— Pourtant, je vous ai donné certains détails dont vous pourriez faire usage.

Charlotte ne savait pas comment maîtriser les émotions qu'il faisait naître en elle. Alors, elle désigna l'échiquier.

— C'est à vous de jouer.

— Oui.

Il contempla un instant le jeu, avant de déplacer une pièce et de demander :

— Appréciez-vous de travailler pour les Orphelins de la Liberté ?

Elle parut soulagée que la conversation dévie sur un sujet moins périlleux. En même temps, elle semblait s'inquiéter qu'il ait une nouvelle idée derrière la tête.

— Oui. Ce n'est pas ma priorité, mais je passe de bons moments avec eux.

— Pas votre priorité ? Comment pouvez-vous considérer que des orphelins ne constituent pas une priorité ?

Elle plissa les yeux.

— Vous compliquez les choses. Les Orphelins de la Liberté profitent déjà de l'action d'un grand nombre de généreux donateurs. Ils n'ont pas autant besoin de mes efforts que d'autres groupes…

— Comme cette association féminine qui se charge d'offrir une seconde chance aux femmes ayant essuyé un coup du sort ?

Elle déplaça une pièce d'un geste brusque, renversant un pion au passage.

— Dois-je être flattée que vous connaissiez mes centres d'intérêt, monsieur… Roman ?

— Oh, je l'ai simplement entendu dire à l'occasion, assura-t-il, avec un geste vague de la main. Je suis moi-même toujours à la recherche de nouveaux centres d'intérêt. Peut-être devrais-je envisager de soutenir quelques-unes des causes que vous jugez valables ?

— Pour que vous puissiez ensuite vous en vanter auprès de vos conquêtes ? N'est-ce pas là ce qu'on appelle de la duplicité ?

— Duplicité, mensonge, duperie… autant de subterfuges bien utiles, ne trouvez-vous pas ?

— Ce n'est pas mon avis.

— Non ? Pourtant, vous y recourez vous-même.

— Pardon ?

— Y compris contre vous-même. Je me trompe ?

Elle serra les lèvres, pour lutter contre la panique qui la gagnait.

Il accrocha son regard.

— Mais pas ce soir, n'est-ce pas, Charlotte ? Peut-être parce que cette nuit avec moi a quelque chose de particulier ? D'*intime* ?

— Vous vous accordez décidément beaucoup d'importance.

— Uniquement dans la mesure où j'interprète vos réactions à mon égard. Je ne jouerais pas à ce petit jeu avec quelqu'un qui ne m'intéresserait pas, ou qui ne s'intéresserait pas à moi.

— Je ne vous crois pas.

— Non ? Pour ma part, j'ai du mal à croire que vous puissiez ignorer votre valeur.

Elle détourna le regard.

— Qu'est-ce qui a de la valeur, pour vous, Roman ? Les parties que vous gagnez ?

— Peut-être. Ou les gens qui m'appartiennent.

— Leur appartenez-vous, en retour ?

Il eut un sourire délicieux.

— Bien sûr. Sinon, cela n'aurait aucun intérêt.

— Je ne vous crois toujours pas. Très peu d'hommes aiment s'engager totalement. Et vous ne me donnez pas l'impression d'être capable de vous engager avec qui que ce soit.

— Où est votre sens de l'aventure, Charlotte ? Votre goût de la compétition ? Votre envie de gagner ?

— Ne suis-je pas en train de jouer ?

Elle déplaça une pièce, avant d'ajouter :

— Mais les notions que vous évoquez appartiennent au passé, pour moi.

— Eh bien, nous allons les déterrer ! Charlotte Chatsworth va retrouver tout son mordant et son éclat !

Charlotte gardait les yeux rivés sur l'échiquier, mais les paroles de Roman la remuaient en profondeur, éveillant en elle un désir mêlé de peur. Il semblait parfaitement savoir comment lui parler, comme si elle n'était qu'un pantin dont il tirait les ficelles.

— Venez, dit-il.

Il passa une main sous la table, et Charlotte entendit une série de déclics. Puis, devant ses yeux médusés, il souleva le plateau de la table, qui se désolidarisa de ses pieds.

— Suivez-moi, Charlotte, lui intima-t-il d'un ton lourd de promesses.

Que devenait leur partie d'échecs ?

Tandis qu'il tenait le plateau de la table d'une main, il tendit l'autre à Charlotte, pour l'aider à se relever.

— Venez, répéta-t-il.

Elle accepta sa main.

— Où cela ?

Charlotte n'aurait pas su dire si elle aurait eu la présence d'esprit de relâcher sa main une fois debout. Mais il le fit à sa place.

— L'aube se rapproche. Comme toutes les créatures de la nuit, j'ai besoin d'un endroit plus sombre où me cacher.

Portant l'échiquier avec soin, comme un serviteur tient un plateau, il prit la direction de la pièce voisine – celle avec le couvre-lit rouge et bleu.

Sa chambre...

— Je vous promets que je n'ai pas d'autre intention que de continuer la partie, lui lança-t-il par-dessus son épaule. Du moins, pour l'instant, ajouta-t-il, à voix plus basse, comme si elle n'était pas vraiment destinée à entendre cette précision.

La jeune femme aborda la chambre avec un mélange de circonspection et d'appréhension. Comment cette nuit se terminerait-elle ?

Le lit était si grand qu'il semblait, à première vue, occuper tout l'espace. Charlotte aurait pu y dormir avec Emily, et il serait encore resté de la place pour au moins deux personnes.

Le couvre-lit était somptueux. Les broderies écarlate et bleu roi qui le composaient dessinaient des motifs évoquant quelque tapisserie orientale. Le tout était tissé de fils d'or. Charlotte n'avait jamais rien vu d'aussi magnifique. Elle s'autorisa à le toucher : l'étoffe était soyeuse, n'accrochant le doigt que là où courait le fil d'or.

Roman Merrick posa l'échiquier au milieu. Puis il monta sur le lit et s'allongea sur le côté.

— Ce sera plus confortable ainsi, dit-il avec un grand sourire.

Décadent, sans aucun doute. Mais certainement pas confortable.

Charlotte s'assit au bord du lit, le dos raide, pour ne pas succomber à la tentation de l'imiter en s'allongeant elle aussi.

— Allons, Charlotte. Vous êtes trop loin pour bien voir l'échiquier. Votre position risque de nuire à votre jeu.

— J'ai bien peur que ce nouvel arrangement ne nuise pas seulement à mon jeu…

Il haussa un sourcil.

— Oublieriez-vous que je vous ai donné ma parole de gentleman ?

Charlotte se décida à allonger ses jambes, mais elle garda le dos bien droit. Lui, au contraire, se tenait sur un coude, la chemise ouverte au col, dans une posture d'abandon.

Il offrait l'image même de la dépravation.

Charlotte se mordit les lèvres – geste qu'elle interpréta comme la manifestation de sa nervosité.

— Craindriez-vous soudain pour votre virginité ? demanda-t-il d'un air amusé, tandis qu'il redressait les quelques pièces du jeu qui s'étaient renversées pendant le transport.

— Je devrais ?

— Tout dépend de ce que vous ferez avec vos charmantes lèvres. Elles promettent bien des choses – des choses contradictoires…

Charlotte redressa le menton dans une attitude de défi.

— Je ne suis pas une femme perdue !

— Oh ! dit-il – et cette fois son amusement était flagrant – pour ce qui est de votre virginité, je n'en doute pas une seconde !

— Pourtant, vous ne sembliez pas en être totalement convaincu, au début de la soirée.

— Votre manière très directe de vous offrir en pâture m'a fait douter, j'en conviens. Du reste, si vous n'aviez pas été vierge, cela aurait rendu les choses plus faciles. Et plus compliquées, en même temps.

Comme Charlotte ne semblait pas saisir, il sourit.

— Je vous laisse le soin d'interpréter ce point, dit-il, manifestement ravi de l'avoir déroutée.

Charlotte plissa les yeux.

— Ce ne doit pas être si compliqué, répliqua-t-elle d'un ton glacial. Les hommes n'aiment pas que d'autres aient déjà emprunté le chemin qu'ils souhaitent ouvrir seuls.

Elle avait en tête l'histoire pathétique d'une de leurs voisines, à la campagne. La malheureuse avait succombé à un séducteur qui ne pensait qu'à la posséder. Elle lui avait offert sa virginité, croyant gagner son cœur, et elle en avait été disgraciée à jamais. Aucun autre homme, ensuite, n'avait voulu l'épouser.

Une maîtresse pouvait être souillée. Mais pas une épouse.

Même Trant avait manifesté son dégoût, ce soir. Il voulait si fort Charlotte qu'il était prêt à se montrer tolérant, mais la jeune femme était convaincue qu'il lui ferait payer ce qui s'était passé cette nuit une fois qu'ils seraient mariés.

En revanche, Roman Merrick semblait très amusé par sa réponse.

— Il est vrai que *certains* hommes désirent s'approprier la virginité d'une femme uniquement pour clamer qu'ils ont été les premiers. C'est assez risible de leur part. Où est-il le plus utile d'être le premier ? Dans une partie de cartes, par exemple, remporter la première main ne veut pas dire que vous serez gagnant au bout du compte. Il n'y a que les joueurs débutants pour s'imaginer une chose pareille.

Il couva un instant Charlotte des yeux – de son regard de prédateur –, avant d'ajouter :

— Les vrais gagnants sont ceux qui savent prendre leur temps. Et attendre que leurs partenaires flanchent.

Charlotte ne savait pas trop quoi répondre à cela. Ni au trouble qu'elle ressentait en voyant ses yeux s'attarder sur ses lèvres – alors qu'ils se trouvaient sur un lit, pour faire bonne mesure !

— Contrairement aux apparences, vous seriez donc un homme patient ? résuma-t-elle, s'obligeant à se concentrer sur la conversation.

En réalité, elle en doutait toujours. Car même s'il se comportait, depuis tout à l'heure, comme un homme qui avait tout son temps, elle était convaincue que ce n'était pas de la patience. Il jouait à un jeu – un jeu qui n'était pas une simple partie d'échecs.

— Andréas désespère souvent de moi, reprit-il, le sourire aux lèvres. Si je désire quelque chose très fort, je suis capable de tout risquer aux dés. Mais être le premier ne m'a jamais intéressée. Ce que je veux, c'est *gagner*.

Charlotte sentit son pouls s'emballer.

— Que voulez-vous de moi, exactement ? murmura-t-elle.

— Voilà une très bonne question, répliqua-t-il, avant de lui désigner l'échiquier : mais c'est à votre tour…

Charlotte prit l'un de ses cavaliers dans ses doigts. Cette conversation commençait à lui tourner la tête.

— Comptez-vous jouer avec moi toute la nuit ?

Il sourit encore.

— N'appréciez-vous pas la partie ?

Elle n'avait jamais joué, de sa vie, à *ce genre* de jeu – le seul qui importait, ce soir. Après avoir déplacé son cavalier, elle reporta son attention sur Roman.

— Si, répondit-elle. Mais j'ai peur de ne pas être au niveau de mon adversaire. Je n'ai pas son entraînement.

Du reste, elle se demandait souvent si elle possédait le niveau pour affronter toutes les épreuves qui s'accumulaient sur son chemin.

— Détrompez-vous. Je vous trouve très douée, au contraire.

— C'est vrai ? J'ai pourtant l'impression d'être au-dessous de tout.

Charlotte ne comprenait plus ce qui lui arrivait. Elle ne s'était jamais ouverte aussi spontanément à un homme qu'elle connaissait à peine.

Il la regardait avec attention, tandis que ses doigts caressaient une pièce de son jeu.

— J'ai souvent pu constater que la vie se montrait généreuse avec ceux qui faisaient preuve de détermination. Or, tout, chez vous, transpire la détermination, mademoiselle Chatsworth.

Charlotte ne bougeait plus d'un cil.

— La détermination, et l'instinct de survie, ajouta-t-il. C'est d'ailleurs ce qui, chez vous, a attiré mon attention. Et pourquoi je vous ai ravie à Trant.

Et comme s'il n'avait rien dit de particulier, il déplaça son cavalier d'un geste souple.

— Vous m'avez ravie à Trant ?

Elle avait l'intuition qu'il avait délibérément omis de préciser une troisième raison. Et elle s'apercevait qu'elle désirait par-dessus tout la connaître. Même si elle avait aussi l'intuition que cette révélation pourrait la bouleverser.

— Vous devez vous douter qu'il vous désire, n'est-ce pas ?

S'il avait été l'un des gentlemen de la bonne société qu'elle fréquentait, Charlotte l'aurait fusillé du regard, pour oser lui poser une question aussi indiscrète. Mais l'homme qui se trouvait en face d'elle méritait une réponse directe.

— M. Trant souhaite me demander en mariage. Mais il n'est pas le seul. Mon père a refusé bon nombre d'offres. Il rêve pour moi d'un parti très fortuné. Et titré.

Elle marqua une pause, avant de lâcher :

— Quoi qu'il en soit, je n'ai pas mon mot à dire.

Roman hocha la tête.

— Votre père a eu tort de décliner certaines propositions intéressantes. Sa position, aujourd'hui, ne lui permet plus de tenir la dragée haute à vos prétendants. Trant l'a compris, et il pourrait en profiter.

— Comment savez-vous tout cela ? ne put s'empêcher de demander Charlotte.

Il eut un geste vague de la main.

— Dans mon métier, il est indispensable d'être toujours très bien informé.

— Quel est exactement votre métier, *Roman* ?

— Mon métier est complexe et ennuyeux, commença-t-il. (Il sourit, avant de se reprendre :) Non, je retire cela. Il est complexe et très excitant. Mais un peu trop délicat à détailler pour les oreilles sensibles d'une lady. Vous risqueriez de vous évanouir avant que j'aie terminé mon explication.

— Mes oreilles sont solides. Et je ne me suis jamais évanouie.

— Il y a un début à tout. Au moins, vous êtes déjà sur le lit. Vous tomberiez de moins haut. Vous n'auriez qu'à vous renverser sur le dos, lèvres et jambes écartées, dans une posture de total abandon.

Il n'était pas nécessaire qu'il lui rappelle leur proximité, ni leur position. Cependant, Charlotte ne put s'empêcher de rougir.

— Vous voyez ! Vous êtes sur le point de défaillir !

— Vous confondez avec mon irritation croissante.

— Vraiment ? Je parierais que vous êtes très belle, lorsque vous êtes en colère. Hélas, je n'ai pas pu apprécier, tout à l'heure, dans le couloir. Votre voilette me cachait le plus intéressant.

— Je croyais que vous ne vous intéressiez pas à la beauté ?

Il sourit encore.

— Je m'intéresse *à vous*.

Charlotte baissa les yeux pour qu'il ne puisse pas voir ses émotions.

— Pourquoi ?

— Cela ne vous suffit donc pas de le savoir ? Pourquoi vous faut-il une raison ?

— Parce que nous avons toujours une raison, fit valoir Charlotte.

Et, sans s'expliquer pourquoi, elle désirait désespérément connaître la sienne.

— C'est vrai, j'en ai une, confessa-t-il. (Se penchant vers elle, il tendit la main vers son visage, renversant une pièce au passage.) Je vais vous posséder, Charlotte.

Il lui caressa le menton, puis sa main descendit dans le cou de la jeune femme, jusqu'à la naissance de sa gorge.

— Non seulement je vais vous posséder, ajouta-t-il, mais vous m'en supplierez.

Charlotte eut l'impression que son sang s'embrasait dans ses veines.

Il se pencha encore un peu plus vers elle. Cette fois, leurs lèvres se touchaient presque.

— La question est de savoir si vous accepterez passivement ma domination, ou si vous chercherez à me posséder en retour, murmura-t-il. Obtiendrez-vous que je vous supplie ?

Son regard se fit plus intense. Et il chuchota, plus qu'il ne murmura :

— Que choisirez-vous, Charlotte ? C'est la réponse à cette question – et le désir de connaître votre réponse –, qui m'intéresse.

Là-dessus, il retira sa main. Puis après avoir redressé la pièce qu'il avait renversée, il reprit sa position initiale, comme s'il ne s'était rien passé.

Charlotte le regarda. Son visage était redevenu indéchiffrable. Elle reporta alors son attention sur l'échiquier afin de réfléchir à son prochain coup. Mais elle restait convaincue qu'il ne lui avait pas avoué la *vraie* raison pour laquelle il s'intéressait à elle. Elle avait terriblement envie de la connaître mais en même temps, elle la redoutait, terrifiée qu'elle était par les émotions qu'il faisait naître en elle.

— Vous avez l'air fatigué, remarqua-t-elle.

— Je suis debout depuis trop longtemps. Gagner des vierges au jeu et les débaucher réclame beaucoup d'énergie.

Elle ne put se retenir de sourire.

— C'est ce que je constate.

Elle déplaça une pièce, et durant les minutes suivantes, ils se consacrèrent uniquement à la partie – malgré la tension presque palpable qui régnait entre eux.

À un moment, il posa sa tête sur un oreiller et ferma les yeux, pendant que Charlotte méditait son prochain mouvement. La partie se resserrait et chaque coup pouvait décider de l'issue finale.

Tout bien considéré, la jeune femme décida de pousser son dernier pion. Puis elle leva les yeux vers Roman.

Sa poitrine se soulevait doucement, au rythme de sa respiration. Il avait l'air d'un ange reposant sur un oreiller de nuages.

Il s'était endormi !

Décontenancée, Charlotte fixa les cernes sous ses yeux. Il avait dit être debout depuis longtemps, et c'était sans doute la vérité.

Mais… où était passé le prédateur ? Celui qui devait non seulement la séduire, mais la rendre pantelante de désir ?

C'était très étrange. Toute la soirée, il lui avait fait l'effet d'un homme très dangereux – un danger, cependant, qui l'attirait comme un aimant. Elle n'aurait pas imaginé un instant qu'il puisse baisser ainsi sa garde. Elle aurait encore moins imaginé qu'il puisse ne *rien lui faire*.

Mais était-il vraiment endormi ? Si elle tendait le bras dans sa direction, n'allait-il pas s'en saisir au vol, et la punir d'avoir pensé qu'il ait pu sombrer dans le sommeil ?

D'un autre côté, s'il dormait, elle pourrait en profiter pour s'enfuir. Mais où ? Et par quel moyen ? Dans quelques heures, son père viendrait la chercher. Mieux valait attendre ici. D'autant qu'elle se sentait déjà beaucoup plus à l'aise que la veille.

Plus exactement, elle n'avait plus aussi peur. Elle ne craignait plus que Roman Merrick ne la moleste, par exemple. En revanche, elle était très inquiète de voir la façon dont son corps réagissait à la présence de cet homme. Face à lui, elle avait l'étrange impression d'être attirée dans quelque abîme.

Finalement, elle fit quelque chose qu'elle n'aurait pas cru possible quand elle avait appris l'épreuve que lui infligeait son père – et encore moins quand Roman Merrick lui avait annoncé qu'il la posséderait : elle se roula en boule au pied du lit.

Quelques minutes plus tard, elle dormait à son tour.

Elle se réveilla en sursaut. Sa tête reposait sur un oreiller, et une couverture avait été tirée sur elle. Pourtant, elle se souvenait de s'être endormie au pied du lit, et sans couverture. Elle redressa brusquement la tête.

Elle était seule.

Une pâle lumière filtrait à travers les vitres, annonçant l'aube. La pendule de la cheminée affichait six heures un quart. Son père ne tarderait plus à arriver.

Elle posa ses jambes par terre, puis lissa les plis de sa robe avant de s'approcher de la porte séparant la chambre du salon. Où son hôte avait-il bien pu passer ?

Elle n'eut pas longtemps à se poser la question.

Il se tenait devant la fenêtre, dont il avait soulevé le rideau d'une main, et semblait fixer quelque chose dans le lointain. Tout son corps était immobile.

Cependant, à un imperceptible raidissement de sa posture, Charlotte comprit qu'il avait deviné qu'elle était là, à le regarder. Mais il ne bougea pas.

La pendule sonna la demie.

Charlotte s'éclaircit la voix.

— Je suppose que c'est l'heure des adieux, Roman, dit-elle d'une voix un peu rauque.

Il resta silencieux un moment, avant de laisser retomber le rideau et de se tourner pour s'avancer vers elle.

— Croyez-vous ? dit-il, avec un sourire qui réchauffa son regard.

Il était beaucoup trop proche, tout à coup.

— Je... oui, balbutia-t-elle.

Il la saisit délicatement par la nuque et l'attira à lui. Charlotte ouvrit la bouche pour protester, mais elle n'en eut pas le loisir.

— Dans ce cas, il ne reste plus qu'une chose à faire, dit-il avant de s'emparer de ses lèvres.

Son baiser n'avait rien à voir avec un chaste baiser de gentleman, ni avec ces furtives étreintes que certaines jeunes filles à marier pouvaient échanger avec leur soupirant.

Non. C'était beaucoup plus enfiévré. Et possessif.

Mais il relâcha presque aussitôt ses lèvres, se contentant désormais de les effleurer. Comme s'il voulait l'assurer d'une promesse.

Mais une promesse de quoi ? Il restait moins d'une demi-heure avant que la nuit ne s'achève, et son père ne tarderait plus à frapper à la porte pour la reconduire chez elle.

Roman relâcha sa nuque, tandis que de l'autre main, il glissait quelque chose dans la paume de Charlotte.

— Chevalier en D6, dit-il.

Charlotte ouvrit sa paume.

— Échec et mat, Charlotte.

Au même instant, on frappa à la porte.

7

Par la vitre de la voiture, Charlotte voyait les façades des immeubles se faire de plus en plus belles et rutilantes à mesure qu'ils se rapprochaient de Mayfair. Le roi blanc serré dans son poing, elle se passait rêveusement un doigt sur les lèvres. Roman Merrick était si... complexe. Pour l'instant, elle ne trouvait pas d'autre mot pour le définir.

Et dangereux, bien sûr. Très dangereux.

— Charlotte ?

Elle se tourna vers son père.

Celui-ci était débraillé. De toute évidence, il était venu la rechercher après avoir passé la nuit avec sa maîtresse. Il l'avait abandonnée à Roman Merrick et était parti, comme d'habitude, se consoler dans les bras de cette autre femme. Pour autant que Charlotte s'en souvenait, cela faisait des années que le lit conjugal restait désespérément vide et glacé.

— Tu vas bien ? lui demanda-t-il, d'une voix un peu bourrue.

Charlotte apercevait souvent sa maîtresse de loin – au théâtre, à Vauxhall, et celle-ci semblait toujours attendre dans l'ombre que son amant de longue date se libère quelques instants de sa famille pour venir lui tenir compagnie.

Elle serra plus fort le roi dans sa paume.

— Il ne m'a pas frappée, si c'est ce que vous voulez savoir ! répliqua-t-elle, du ton le plus cassant qu'elle osât employer avec son père.

Il serra les poings.

— Ce n'est pas ce que je te demandais.

— Il ne m'a pas touchée non plus. Je me porte aussi bien que possible, eu égard aux circonstances.

Elle résista à l'envie de se caresser de nouveau les lèvres. Roman ne l'avait pas « touchée » de la manière dont pensait son père. Mais il l'avait tout de même embrassée.

Le visage de Bennett Chatsworth parut se détendre.

— Parfait, dit-il.

Charlotte n'aurait pas su dire s'il la croyait, ou s'il *désirait* simplement la croire.

— J'ai voulu lui proposer autre chose en échange, ajouta-t-il. Mais il a refusé. Je m'en souviendrai, à l'avenir.

Charlotte se demanda ce que son père avait bien pu proposer d'autre – pas de l'argent, en tout cas. Mais surtout, elle comprit, un peu tard, qu'elle avait eu tort de le rassurer si vite. Elle devinait le raisonnement qu'il devait déjà se tenir : après tout, ce qu'il avait fait n'était pas si grave, puisque cela était resté sans conséquence. Alors, pourquoi se priverait-il de recommencer ?

Ce qui s'était passé cette nuit – cette étrange conversation qu'elle avait poursuivie, durant des heures, avec Roman Merrick – continuait néanmoins de la troubler. Et en même temps, elle lui donnait une force nouvelle.

— Ro... M. Merrick semblait considérer tout cela comme une farce, mentit-elle. Mais si vous deviez recommencer, je ne serai plus disposée à vous sauver, ajouta-t-elle, d'une voix ferme, en accrochant le regard de son père. Je vous abandonnerai à votre sort.

— Tu...

— Non ! coupa-t-elle sans ambages.

La conduite désastreuse de son père l'avait obligée, au risque du scandale, à passer une nuit avec Roman Merrick. Mais c'est sa propre conduite qui l'avait poussée à promettre une autre nuit à M. Merrick.

— Vous n'avez plus rien à me dire sur cette affaire, père, à moins que vous ne souhaitiez vous excuser. Quoi qu'il en soit, la prochaine fois, vous devrez vous débrouiller seul.

L'attelage s'immobilisa. Charlotte descendit de voiture sans même tourner la tête pour voir l'expression de son père.

Elle ouvrit elle-même la porte de la maison. Son père avait eu la bonne idée de donner congé à leurs quatre domestiques pour la soirée. L'occasion était si rare qu'ils s'étaient empressés de l'accepter.

Il referma la porte derrière eux.

— Charlotte...

Sa voix était presque suppliante. Mais Charlotte refusa de s'attendrir. Au contraire : elle s'endurcit dans ses résolutions.

Elle continuerait de jouer à la fille modèle. D'être parfaite en société. Elle conserverait toute sa dignité, sans jamais céder au découragement.

Si cette aventure lui avait appris une chose, c'est qu'elle devrait d'abord s'assurer de l'avenir d'Emily avant de songer au sien.

Elle partit vers l'escalier sans se retourner. Elle serrait toujours le roi blanc dans sa main.

— Bonne journée, père.

Charlotte, assise bien droite au bord du fauteuil, accepta de bonne grâce la tasse de thé que lui offrait son hôtesse, qu'elle remercia d'un sourire. Puis elle posa délicatement la tasse et la soucoupe de fine porcelaine sur ses genoux et s'intéressa à la douzaine de femmes, d'âges divers, qui l'entouraient.

Elle guettait un regard, ou un geste, trahissant que l'une de ces femmes avait quelque chose à révéler sur la nuit qu'elle venait de passer avec Roman Merrick – et qui prouverait à Charlotte que cette nuit n'était pas qu'un rêve étrange, connu d'elle seule.

Il lui avait fallu rassembler tout son courage pour venir ici, de crainte que la nouvelle de sa mésaventure n'ait filtré à l'extérieur, nourrissant les ragots.

Miranda Downing s'empara de la tasse qu'on lui offrait avec davantage d'enthousiasme que Charlotte, et elle la porta aussitôt à ses lèvres, comme deux autres dames l'avaient déjà fait avant elle. Mais avant de boire une gorgée, elle accrocha le regard de Charlotte par-dessus le rebord de sa tasse et, saisissant le message que celle-ci cherchait à lui envoyer, elle reposa prestement sa tasse sans y tremper les lèvres.

Charlotte s'empressa de capter l'attention de l'assemblée.

— Quel joli travail d'aiguille, lady Hodge ! s'écria-t-elle en désignant le napperon ornant la table basse. Je déplorerai toujours de ne pas avoir votre talent.

— Ne dites pas de bêtises, mademoiselle Chatsworth ! répliqua lady Hodge avec un sourire ravi. J'ai souvent eu l'occasion d'admirer vos œuvres. Si seulement toutes les jeunes femmes étaient capables d'en faire autant !

Lady Hodge appuya sa remarque d'une grimace réprobatrice à l'intention des quelques autres jeunes femmes de l'assemblée, lesquelles jetaient des regards curieux à Charlotte dès que leur hôtesse avait le dos tourné. Mais Charlotte était habituée à ce genre de regards. Elle savait qu'ils n'avaient aucun rapport avec une quelconque révélation la concernant.

Elle ne se sentait pas soulagée pour autant. Mais l'essentiel, dans l'immédiat, était d'avoir réussi à faire oublier la faute de goût de Miranda. Downing prétendait que sa femme n'avait pas besoin d'impressionner qui que ce soit. Cependant, Miranda avait confié à Charlotte, une semaine plus tôt, au début de la saison – la première de Miranda, car elle n'appartenait pas au grand monde avant son mariage –, qu'elle était déterminée à vaincre les réticences des matrones les plus strictes de la bonne société. Elle voulait que son mari puisse être fier d'elle en toutes circonstances, ce qui impliquait de maîtriser parfaitement les bonnes manières.

Un plateau de scones tout juste sortis du four et embaumant la cannelle fut posé sur la table. Miranda se pencha aussitôt dans leur direction, mais Charlotte réussit à temps à capter son attention et elle se redressa, le dos bien droit, copiant la posture de son amie.

Charlotte faillit laisser échapper un sourire amusé. D'une certaine manière, elle répugnait à forcer son amie à jouer cette comédie des convenances, mais elle s'obligea à chasser ses états d'âme et feignit d'approuver les commentaires d'une autre lady sur l'un des tableaux ornant les murs du salon.

— C'est un excellent travail de composition et de détail, disait la dame, interprétant le silence de leur hôtesse comme un encouragement. Regardez comme ces trois arbres sont parfaits ! J'imagine que ce tableau est dans votre famille depuis des générations ?

— Lord Hodge l'a déniché la semaine dernière, répliqua lady Hodge d'un ton glacial. C'est l'œuvre de quelque jeune peintre qui ne connaît rien à ses classiques. Je vais attendre un peu que mon mari finisse par se désintéresser de son acquisition et je la remiserai au grenier !

Quelques matrones échangèrent des œillades amusées. Mais celle qui avait vanté le tableau avait blêmi. Miranda la gratifia d'un regard de sympathie.

Charlotte partageait sa réaction, mais n'en laissa rien paraître. Ce qui passait pour de la compassion chez Miranda ne serait interprété, de sa part, que comme du mépris.

Les gens ne voyaient jamais que ce qu'ils souhaitaient voir et Charlotte n'était pas douée pour susciter la sympathie de ses semblables. Avant qu'Emily n'entre dans sa vie, elle n'était même pas capable de tenir quelqu'un dans ses bras ou d'exprimer la moindre chaleur. Quoi que pût penser Roman Merrick de sa nature passionnée, elle semblait avant tout destinée à figurer dans une vitrine en verre – comme ces babioles qu'on prenait quelques instants dans ses doigts pour les admirer avant de les remettre bien vite en place.

Miranda ouvrit la bouche pour dire quelque chose, mais à un regard de Charlotte elle s'empressa de la refermer avec un discret hochement de tête. Cependant, elle semblait se retenir de soupirer d'ennui.

Miranda, pour l'instant, s'accommodait des contraintes. Elle était même disposée à les subir. Mais elle savait qu'elle pourrait s'en libérer lorsqu'elle le souhaiterait. Elle était déjà vicomtesse, serait un jour marquise et son mari était non seulement riche, mais puissant. Elle avait besoin de connaître les usages de la bonne société, mais elle serait libre de s'en affranchir quand tout cela ne l'amuserait plus.

Mais Miranda ne devait cette liberté qu'à sa position et à la personnalité de son mari.

Charlotte serra sa tasse dans ses doigts. Emily pourrait profiter de la même liberté quand toutes deux seraient suffisamment bien installées au sein de la bonne société que même un ouragan ne pourrait plus les faire vaciller.

Elle s'était juré d'y parvenir. Et pour cela, il était indispensable qu'elle-même fasse un bon mariage. Du reste, sa position actuelle dans le monde était déjà dépendante de ce choix futur. Les gens s'attendaient à ce qu'elle s'unisse à un excellent parti : si elle était reçue partout à bras ouverts, c'est parce que les uns et les autres pariaient sur son futur statut.

— Et vous, mademoiselle Chatsworth ? Vous êtes-vous remise de votre indisposition d'hier soir ?

Charlotte se tourna vers son interlocutrice. Bethany Case la détestait cordialement.

— Oui. Merci, madame Case, de vous en inquiéter. Ce n'était qu'une migraine.

Charlotte n'avait pas d'autre choix que de mentir avec aplomb. Si ces femmes apprenaient ce qu'elle avait fait cette nuit par la faute de son père, non seulement sa réputation serait détruite, mais aussi celle d'Emily, par la même occasion.

Et cela, elle ne pouvait pas se le permettre.

La conversation se poursuivit, roulant sur les sujets les plus variés.

— Le pourpre à la mode cette saison est un péché exquis, lança la fille d'un duc, qui se passionnait surtout pour les questions de mode.

— Oui, acquiesça Bethany Case. Hélas, certaines femmes sont tellement engoncées dans leurs habitudes qu'elles semblent ignorer les nouvelles tendances.

Quelques femmes gloussèrent ou hochèrent la tête, sans regarder quelqu'un en particulier. Mais Charlotte n'était pas dupe : elle savait que ce commentaire désobligeant lui était destiné.

Du reste, elle était habituée à ces mesquineries et ne s'en formalisait pas. S'il n'avait tenu qu'à elle, elle aurait laissé dire sans répliquer. Mais les matrones de l'assistance observaient la scène, et attendaient.

Aucune ne viendrait à son secours et d'ailleurs, Charlotte n'attendait pas leur aide. Elle savait qu'elle gagnerait l'estime de ces femmes par la façon dont elle saurait gérer conflits et jalousies.

Naguère, elle avait pensé se faire une alliée de Bethany Case. Elle avait fini par y renoncer, en comprenant qu'il n'était pas possible d'être amie avec tout le monde – et avec certaines personnes encore moins qu'avec d'autres.

En outre, il n'était pas question qu'Emily puisse un jour être attaquée par la petite sœur de Bethany, ou par l'une des jeunes femmes présentes dans cette pièce.

Elle sourit.

— Le lilas est une couleur ravissante, qui conviendrait parfaitement à votre complexion, madame Case. Vos yeux sont magnifiques. Un pourpre très doux ne pourrait que souligner leur beauté.

C'était ainsi qu'elle avait été éduquée. Elle excellait dans l'art de la flatterie, et maîtrisait les mondanités à la perfection. Un mari respectable et respecté ne ferait qu'asseoir encore sa position. Elle occuperait alors une forteresse imprenable.

Sa tasse trembla légèrement sur sa soucoupe – ce fut si ténu que personne, dans l'assemblée, ne s'en aperçut. Charlotte serra les doigts sur l'anse et sourit. C'était *sa* scène qui se jouait en cet instant précis, et il était normal qu'une actrice ait toujours un peu le trac – du moins, l'avait-elle entendu dire.

Quand la guerre était déclarée – et c'était le cas avec Bethany Case –, des paroles délibérément aimables, mais prononcées avec un certain détachement produisaient souvent un meilleur effet qu'une réplique acerbe ou qu'un bon mot destiné à ridiculiser l'adversaire.

Lady Hodge souriait, ravie. Bethany, en revanche, donnait l'impression d'avoir mordu dans un citron.

— C'est très aimable à vous, mademoiselle Chatsworth, lâcha-t-elle entre ses dents.

Elle n'avait pas d'autre choix que de répondre poliment, mais toute l'assemblée devina ce qu'il lui en coûtait.

Charlotte venait de marquer un point.

La conversation reprit, détendue, sur un autre sujet de mode. Mais au bout de quelques minutes, Bethany, avec la détermination de Sisyphe, tenta de nouveau sa chance.

— J'ai entendu dire que les Shoove étaient partis pour le continent…

Elle n'eut pas besoin de préciser « pour toujours » : c'était implicite.

Les Shoove avaient accumulé les dettes et, à force de tirer sur la corde, ils avaient été obligés de s'enfuir de Londres avant que celle-ci ne lâche tout à fait.

Tout le monde était au courant, bien sûr. Mais il aurait été jugé vulgaire de formuler les choses aussi crûment. Bethany s'était donc contentée de rester dans le vague, comme si elle évoquait un voyage d'agrément.

Puis elle sourit à Charlotte :

— Mademoiselle Chatsworth, je crois savoir que votre famille envisage également un séjour à Paris ?

Cette fois, c'était Bethany qui marquait un point.

Charlotte hocha la tête.

— Ma mère aimerait beaucoup revoir le Louvre.

— J'adorerais m'y rendre, moi aussi, intervint Miranda avec enthousiasme. Paris est une ville fabuleuse. Et l'été, la Seine scintille littéralement sous le soleil !

Charlotte sentit la reconnaissance l'envahir. Elle avait été longtemps si seule, dans cette arène, qu'elle avait encore du mal à se faire à l'idée qu'elle pouvait désormais compter sur une alliée.

— J'oubliais que vous aviez bien connu Paris, lady Downing, répliqua Bethany, d'une voix mielleuse. C'était avant votre mariage, n'est-ce pas ?

Miranda avait été la maîtresse de Downing. Elle l'avait publiquement révélé, au moment où celui-ci s'apprêtait à se fiancer à Charlotte, puis elle avait quitté son amant et elle s'était enfuie pour Paris. C'est là que Downing l'avait retrouvée – et épousée.

— En effet, acquiesça Miranda, avec un grand sourire.

Elle but une gorgée de thé, avant d'ajouter, une lueur de malice dans le regard :

— Mais j'y ai aussi passé d'excellents moments avec lord Downing. Paris est un endroit rêvé, pour les amoureux.

Les femmes les plus âgées firent la grimace, mais les plus jeunes prirent soudain un air rêveur – à l'image de Charlotte.

Bethany plissa les yeux, avant de sourire de nouveau.

— Comme c'est charmant ! Vous êtes une recrue de choix dans notre petit cercle.

C'était une façon plus ou moins subtile de rappeler que Miranda n'appartenait pas, de naissance, à leur monde. Une nouvelle fois, Bethany était victorieuse. Elle poursuivit :

— Je suis bien contente que toutes ces rumeurs de paris au *White* se soient révélées infondées.

Miranda but tranquillement une autre gorgée.

— À quels paris faites-vous allusion ?

Le sourire de Bethany se crispa. Elle avait dû espérer que sa pique ne susciterait aucun commentaire.

— Oh, je ne voudrais surtout pas donner l'impression d'ajouter foi à des rumeurs…

Charlotte savait qu'elle aurait dû se taire, mais ce fut plus fort qu'elle :

— Il n'empêche que vous y faites allusion, madame Case.

S'il y avait bien une chose que Bethany détestait, c'était la confrontation directe.

— Détrompez-vous, mademoiselle Chatsworth. Lord et lady Downing sont de toute évidence heureux en ménage, et toute rumeur sur leur précédente relation ne serait que vulgaire et déplacée.

Charlotte s'abstint de répliquer. Bethany était capable d'endosser le rôle de la victime et de jurer que ses paroles avaient été déformées, sinon mal interprétées. Mais elle rêvait de pouvoir un jour la mettre en pièces. Quand elle serait marquise de Binchley, ou duchesse de Knowles, elle pourrait enfin lui rabattre son caquet.

Et mieux encore si elle épousait Roman Merrick !

L'idée qu'elle pourrait épouser Roman la laissa si stupéfaite que, jusqu'à la fin du thé, elle n'écouta plus la conversation que d'une oreille distraite.

Miranda l'accompagna jusqu'à la sortie.

— Vous allez chez les Delaney, ensuite ?

— Oui.

— Moi aussi. J'ai hâte de savoir ce qu'ils vont nous annoncer au sujet de leurs œuvres de charité. Si nous prenions la même voiture ?

Charlotte sourit de gratitude – mais aussi d'appréhension.

— Excellente idée !

Cependant, elle redoutait les questions un peu trop précises que pourrait lui poser Miranda. Des questions auxquelles elle n'oserait pas se dérober dans l'espace confiné d'un habitacle de voiture.

Miranda appela son valet, Benjamin. Il les aida à monter en voiture, avant de s'installer lui-même à côté du cocher. Puis l'attelage s'ébranla et Miranda se tourna vers Charlotte :

— J'attendais ce moment en privé avec vous, avoua-t-elle.

— Ah ?

Charlotte aurait voulu regarder n'importe où, excepté en direction de son amie. Mais ses yeux étaient comme rivés à ceux de Miranda.

— Vous sentez-vous bien ? demanda celle-ci, lui prenant la main.

— Oui, merci, répondit Charlotte, qui s'obligeait à se détendre, sachant qu'elle se trouvait avec une alliée. Que vous a dit Downing ?

Mieux valait aller droit au but.

— Il m'a dit que Roman Merrick vous avait gagnée aux cartes, il y a deux jours de cela, et que vous aviez passé la nuit dernière avec lui. Downing était furieux. Je... souhaitez-vous en parler ?

Charlotte feignit l'amusement.

— À vous entendre, il s'agit d'une grande aventure. Mais il ne s'est rien passé. Vous pourrez rassurer Downing.

— Je n'y manquerai pas. Mais dites-moi plutôt comment est M. Merrick ?

Charlotte haussa les épaules d'un air détaché. Cependant, le souvenir de leur baiser la fit frissonner.

— C'est un homme plaisant.

Il l'était, du reste. À sa manière.

— Et votre père...

— Je préférerais que nous ne parlions pas de lui.

— Je vous comprends, murmura Miranda. Mais je veux que vous sachiez que nous vous soutenons entièrement. Maxim et moi ferons tout notre possible pour vous aider, quoi qu'il puisse arriver.

Miranda regarda par la fenêtre de la portière, avant d'ajouter :

— Ou si quelque chose s'est déjà produit...

Charlotte força un éclat de rire.

— Je pourrais vous raconter de belles histoires, mais nous n'avons fait que parler. Et jouer aux échecs.

Elle s'abstint toutefois de préciser qu'elle avait perdu la partie – et qu'elle devrait donc passer une autre nuit avec Roman Merrick.

Miranda fronça les sourcils.

— Aux échecs ? Mais Maxim m'a dit... enfin, peu importe ! Roman Merrick a une réputation... bien établie, mais je n'ai rien détecté de particulier chez lady Hodge. Or, Dieu sait si Bethany Case serait ravie d'être la première à colporter la rumeur ! En revanche, M. Trant pourrait constituer une menace. Mais avec Maxim, nous veillerons à ce qu'il n'en soit rien. À nous deux, rien ne devrait pouvoir nous résister.

Maxim, bien sûr... Hors des salons, Miranda n'appelait jamais son mari que par son prénom.

— Vous avez eu de la chance de faire un mariage d'amour, Miranda, ne put s'empêcher de dire Charlotte.

Miranda la regarda avec gravité.

— Charlotte ?

Downing et Miranda s'aimaient réellement. Au moment d'annoncer ses fiançailles avec Downing, Charlotte savait très bien de quoi son avenir serait fait –

et elle l'avait accepté. Elle ne passerait jamais qu'en second, après la maîtresse de son mari. Mais elle s'était préparée à ce sort : après tout, ses parents vivaient déjà ainsi depuis toujours.

De toute façon, elle connaissait à peine Downing. Et elle était encore moins amoureuse de lui. Aussi avait-elle voulu se convaincre que tout ceci n'avait pas vraiment d'importance.

Mais la boule logée dans sa gorge lui avait fait comprendre qu'elle se trompait.

Miranda voulut dire quelque chose, mais Charlotte était lancée :

— Je suis heureuse pour vous, mais en même temps je suis un peu jalouse, confessa-t-elle, bien que son orgueil lui intimât de se taire. Car pour ma part, je serai obligée de me plier à la volonté de mon père si je ne veux pas porter préjudice à Emily. Et même à supposer que je trouve le moyen de mettre Emily à l'abri d'un péril familial ou social, de toute façon, je…

Elle eut un geste vague de la main. Elle se sentait vide.

— Oh, Charlotte ! s'exclama Miranda, lui étreignant la main. Votre situation est précaire, mais il n'y a rien de mal à désirer un mariage d'amour. Au contraire, je ne connais rien de plus merveilleux que d'être amoureuse… Cela vous arrivera aussi, Charlotte. J'en suis convaincue.

Charlotte s'obligea à sourire.

— Oui, bien sûr.

Après tout, qui pouvait dire si Trant, s'il réussissait à convaincre son père de lui accorder sa main, ou n'importe quel autre soupirant, ne l'aimerait pas sincèrement, et qu'elle ne l'aimerait pas en retour ? Certes, c'était peu probable, mais Charlotte ne voulait pas s'interdire d'y croire.

Depuis qu'elle était témoin de l'amour que se portaient Downing et Miranda, elle sentait ses défenses s'affaiblir.

Miranda lui étreignit de nouveau la main.

— Beaucoup d'hommes seraient ravis de pouvoir vous témoigner l'intérêt qu'ils vous portent.

— Mais mon père les renverra tous. Il menace de tous nous précipiter dans l'abîme, avec son idée insensée de réaliser le mariage du siècle.

— En tout cas, sachez que vous n'êtes plus seule. Nous vous soutiendrons, quoi qu'il advienne. Même si vous décidiez de vous enfuir à la campagne.

Charlotte se pinça la cuisse pour tenter d'endiguer son émotion.

— Charlotte ?

Charlotte secoua la tête. Quelques larmes roulèrent malgré elle sur ses joues.

— Charlotte ! s'exclama Miranda, bouleversée.

Downing et Miranda pourraient l'aider, bien sûr. Mais ils ne pourraient rien faire pour sauver Emily du torrent de boue qui l'atteindrait par ricochet.

L'attelage tourna pour s'engager dans la rue où habitaient les Delaney.

— Si jamais ce qui s'est passé cette nuit venait à être révélé ou devait se répéter…

De toute évidence, Miranda cherchait en vain une parade.

Charlotte repensa à sa nuit passée et aux sentiments étranges que Roman Merrick lui avait inspirés. Elle qui se croyait un bloc de glace, elle n'aurait jamais imaginé, avant de le connaître, d'être capable de ressentir aussi intensément certaines émotions.

— Merci, Miranda, mais je ne pense pas que je reverrai jamais Roman Merrick.

8

Charlotte se figea au moment de franchir l'une des portes-fenêtres des Delaney. La vision du roi blanc, posé sur sa coiffeuse, lui traversa l'esprit.

Les invités s'étaient disséminés dans le grand patio et sur la pelouse, conversant et riant librement entre eux, en attendant que M. et Mme Delaney ne sonnent le rappel. Il y avait du monde partout, mais Charlotte ne voyait qu'une seule tête.

Miranda, surprise par son arrêt intempestif, la heurta.

— Oh, pardon, Char… mademoiselle Chatsworth, dit-elle.

— Non, c'est ma faute, murmura Charlotte. Excusez-moi, lady Downing.

Mais elle était toujours incapable du moindre mouvement.

Il conversait avec M. Delaney d'un air très détendu. Charlotte avait l'impression de voir un plateau d'échecs danser devant ses yeux.

Une bonne cinquantaine d'invités, au moins, occupaient le patio. Cependant, elle ne pouvait pas détourner le regard de *celui-ci*.

— Mademoiselle Chatsworth ? la pressa Miranda.

Charlotte, revenant à elle, franchit la porte-fenêtre et se dirigea vers un groupe de ladies.

Miranda, qui l'avait suivie, eut la présence d'esprit de faire comme s'il ne s'était rien passé. Elle engagea aussitôt la conversation avec les autres dames.

Charlotte demeura en retrait. En d'autres circonstances, elle aurait mis son masque de jeune femme de la bonne société rompue à toutes les mondanités. Mais tout à coup, elle se sentait redevenue une débutante.

Une fleur blanche, tombée d'un prunellier, se posa comme en offrande sur sa manche. Tandis que la jeune femme la prenait dans ses doigts, la voix de Roman lui parvint – soyeuse, mais dotée de piquants, telle la fleur du prunellier.

— Nous serions ravis d'apporter notre assistance, monsieur Delaney, assurait-il.

Charlotte frissonna. Voilà qu'il prétendait s'intéresser aux œuvres de charité des Delaney ! Pourquoi ? Là était toute la question.

— Parfait, parfait ! se réjouit leur hôte. Ma femme a eu une excellente idée, n'est-ce pas ?

— Excellente.

Miranda donna discrètement un coup de coude à Charlotte et la jeune femme reporta son attention sur la conversation de ces dames. C'était la deuxième fois qu'elle s'oubliait en quelques minutes. Elle raidit l'échine et se composa une expression.

— Je me demande ce qu'ils mijotent, dit Miranda. Mlle Chatsworth est au courant, malheureusement elle est aussi muette qu'une tombe…

Le reste du groupe se tourna vers Charlotte. Ces femmes semblaient accoutumées à son mutisme, qu'elles devaient prendre pour du dédain.

— Cependant, reprit Miranda, j'ai l'intuition que les Delaney ont décidé de réunir tous les bienfaiteurs londoniens, d'où qu'ils viennent, afin qu'ils œuvrent ensemble. Je trouve leur idée magnifique.

Charlotte avait été du même avis – du moins, jusqu'à ces dernières minutes, avant qu'elle ne franchisse la porte-fenêtre.

L'une des dames eut un soupir de dégoût.

— Il n'y aurait rien de mal à conserver le système actuel.

En d'autres termes, laisser la société continuer à fonctionner par classes. L'aristocratie, la bourgeoisie, la petite bourgeoisie, les classes laborieuses... tout ce petit monde se côtoyant sans jamais se mêler.

— Il ne s'agit pas de le renverser, intervint poliment Charlotte. Mais songez à tout ce que nous pourrions accomplir, en unissant nos forces et nos ressources ? Ce qui profiterait à l'est de Londres profiterait aussi à l'ouest. Davantage de richesse dans les quartiers pauvres, c'est plus de sécurité dans les quartiers riches. Songez aussi aux bienfaits que procurerait une meilleure éducation des pauvres.

La dame ne semblait pas convaincue.

— Votre point de vue est intéressant, mademoiselle Chatsworth. Mais certaines personnes, par leur naissance, sont plus à même de décider seules ce qui est le mieux pour l'ensemble de la population.

Charlotte était tenaillée par l'envie de lui adresser une réplique bien sentie. Mais pareille sortie ne pourrait lui occasionner que des ennuis. Elle s'efforça donc de garder le silence.

Cependant, elle avait le sentiment que sa réaction avait une cause bien précise, comme si Roman lui avait insufflé à distance un désir de rébellion – un désir que sa présence chez les Delaney avait suffi à raviver.

La dame soupira encore.

— Avons-nous vraiment besoin de nous mêler à ces gens ? J'ai entendu dire que le couple là-bas, près du rosier, possédait une *boutique de vêtements*. Quel sera le prochain sur la liste ? Le boucher du coin ? Nous pourrions très bien nous réunir séparément, sans que cela nous empêche de participer à des projets communs.

Et ainsi, ces dames n'auraient plus la crainte d'être souillées en fréquentant de trop près des gens de basse extraction.

Miranda tapait discrètement du pied, ce qui n'était jamais bon signe, de sa part. Cependant, Charlotte était de plus en plus séduite par l'idée de ne pas retenir son amie.

— Madame Kerringly, rien ne vous obligeait à venir aujourd'hui, lâcha soudain cette dernière.

Mme Kerringly prit un air offensé. Mais elle s'abstint de réagir car Miranda, depuis son mariage, n'était plus seulement la nièce d'un modeste libraire. Et elle posséderait toujours plus de grâce et d'élégance que Mme Kerringly ne pourrait en rêver pour elle-même.

— Les frontières de classe sont comme les rivières. Si elles existent, c'est que la nature avait ses raisons de les créer, marmonna Mme Kerringly, avant de s'éloigner, avec deux de ses amies tout aussi guindées qu'elle.

Du reste, les frontières de classe ne se brisaient jamais totalement. Il existait très peu de passerelles entre la bonne société et ceux qui n'en faisaient pas partie. Et même dans ces lieux de mixité sociale, comme le salon littéraire de lady Banning, les différences de statut restaient toujours visibles.

— Bon débarras, nous n'avons pas besoin de ces chauves-souris ! commenta Mme Johnson.

Puis, regardant les groupes assemblés dans le patio ou sur la pelouse, elle ajouta :

— Il y a ici beaucoup de gens que je n'ai jamais rencontrés. Mais j'ai toujours jugé qu'il était agréable d'élargir le cercle de ses connaissances. N'est-ce pas votre avis, mesdames ?

Charlotte n'avait pas besoin de suivre son regard pour savoir qui Mme Johnson regardait *en particulier*, avec cette lueur d'intérêt dans les yeux.

Une autre femme, cependant, suivit son regard, et elle éclata de rire.

— Refrénez vos ardeurs, madame Johnson. Sinon, ces chauves-souris, comme vous les appelez, seraient capables de vous bannir de la bonne société londonienne. Vous n'auriez plus qu'à vous réfugier à la campagne.

— Ne dites pas de bêtises, madame Tapping ! répliqua l'intéressée. L'homme dont nous parlons s'entretient présentement avec notre cher hôte. Et j'aperçois au moins trois autres gentlemen qui brûlent d'envie de se joindre à leur conversation.

— Ils y parviendront tôt ou tard, assura Mme Tapping. Mais je suis convaincue que pour notre part, nous ne serons pas autorisées à lui être présentées.

— Pourtant, de toute évidence, il est riche, observa Mme Johnson. Et même sans doute très riche. Et quiconque a des yeux comprend tout de suite que c'est le genre d'homme à obtenir toujours ce qu'il désire.

Elle eut un sourire félin, avant d'ajouter :

— Pour ma part, je n'ai jamais laissé les règles absurdes de l'étiquette me barrer la route.

Charlotte devina que Mme Johnson devait déjà comploter pour trouver un moyen de faire la connaissance de Roman. Bizarrement, cette perspective la contraria.

— Vos parents pourraient vous désapprouver, fit valoir Mme Tapping, comme si elle cherchait à décourager sa rivale.

— Voilà longtemps que mes parents ne contrôlent plus mes faits et gestes ! répliqua Mme Johnson avec une suffisance que Charlotte lui envia. Et ce monsieur m'a tout à fait l'air d'un gentleman.

L'une des plus jeunes femmes du groupe afficha son scepticisme.

— Je ne sais pas, mais je le trouve plutôt inquiétant. Il est un peu trop beau à mon avis. Et j'ai l'impression qu'il cherche surtout à *passer pour* un gentleman.

Mme Johnson eut un geste vague de la main, comme pour balayer l'argument.

— Vous êtes trop jeune pour comprendre, ma fille, dit-elle avant d'ajouter à l'intention de Mme Tapping : Ma curiosité est décidément piquée. Qui est-ce ?

Mme Tapping, ravie de pouvoir faire étalage de ses connaissances, s'attira d'un coup tous les regards.

— Roman Merrick.

Charlotte vit ces dames tressaillir sous l'effet de la révélation.

— Je ne vous crois pas ! s'écria Mme Johnson, qui semblait avoir reçu un choc.

Miranda était restée silencieuse depuis que la conversation roulait sur Roman. Elle s'intéressa tout à coup aux rubans de sa robe, mais Charlotte n'eut aucune peine à deviner ce qu'elle pensait.

— Qui est Roman Merrick ? demanda, un peu trop fort, l'une des jeunes femmes, qui de toute évidence ne semblait pas subjuguée par sa présence.

Charlotte pria le ciel pour que Roman n'ait pas entendu la question. Car avec la chance qui la caractérisait, il pourrait s'imaginer qu'elle parlait de lui à ces dames. Elle préférait ne pas penser aux conclusions qu'il en tirerait et encore moins imaginer sa réaction.

Il serait capable de s'approcher d'elle par-derrière et de lui pincer les fesses !

Elle afficha délibérément une expression ennuyée, comme si cette discussion l'assommait. Elle aurait aimé s'éloigner du groupe et, en même temps, elle ne pouvait pas ignorer la conversation sous peine de ne plus entendre tout ce qui allait se dire.

— Jeune innocente ! répondit Mme Tapping, à l'adresse de l'insouciante qui avait posé la question. M. Merrick est l'un des hommes les plus fortunés de Londres. Mais aussi l'un des moins fréquentables.

Mme Johnson semblait tout à la fois déconcertée et excitée. Elle regardait toujours Roman.

— Êtes-vous si sûre qu'il soit infréquentable ?

Mme Tapping hocha la tête, réjouie d'être le centre de l'attention de leur petit groupe.

— Sûre et certaine. Ne vous fiez ni à sa beauté ni à ses airs angéliques.

— Pourtant, observa la jeune femme qui avait parlé, il a l'air très à son aise avec M. Delaney. Et celui-ci semble ravi de parler avec lui.

— L'argent, ma chère ! M. Merrick est riche. Et M. Delaney le sait. Ne cherchez pas d'autre raison à l'intérêt qu'il lui porte. Mais encore faut-il savoir d'où vient cet argent.

Mme Tapping était dans son élément. Parmi toutes les matrones qui fréquentaient la bonne société londonienne, elle avait réussi à s'imposer comme *celle qui savait des choses*.

La jeune femme afficha quelques instants un air mutin, avant de capituler et de poser la question que ses jeunes camarades, plus timides, brûlaient d'envie de formuler, sans oser s'y risquer.

— D'où vient-il ?

— De l'enfer du crime, des jeux de cartes, de la prostitution et de l'esclavage, répondit Mme Tapping, sans prendre de gants. On raconte que si vous ne faites pas attention lorsque vous pénétrez sur le territoire des frères Merrick, vous pouvez disparaître comme cela – elle claqua dans ses doigts – et vous réveiller dans un bordel, ou enchaînée à fond de cale dans un bateau qui vous conduira aux colonies. Ou pire encore...

Charlotte retint sa langue, mais elle aurait voulu demander ce qui pouvait être pire. Pour savoir si Mme Tapping avait une réponse précise à donner, ou si elle se contentait de fabuler à mesure qu'elle parlait, pour se rendre intéressante.

La fiction, cependant, se mêlait souvent d'un peu de réalité. Toute la question était de savoir quelle était la part de l'une et de l'autre pour ce qui concernait Roman Merrick.

— Vous souhaitiez ajouter quelque chose, mademoiselle Chatsworth ? la pressa Mme Tapping, devant son air pensif.

— Je ne pense pas que même la rançon d'un roi lui permettrait d'acheter son entrée dans une réunion comme celle-ci, s'il pratiquait vraiment le trafic d'esclaves, ainsi que vous l'insinuez. Ou alors, les Delaney et nous tous serions complices d'un tel forfait.

Elle voulait se convaincre qu'elle défendait les Delaney – plutôt que *lui*.

— Pourquoi n'iriez-vous pas lui poser la question, mademoiselle Chatsworth ? suggéra Mme Tapping, piquée au vif. Vous verrez bien si vous en ressortez indemne.

Charlotte se retint d'éclater de rire. Nul doute qu'elle provoquerait chez toutes ces dames une crise d'apoplexie si elle leur révélait qu'elle avait déjà fait la connaissance de Roman Merrick – et qu'elle y avait parfaitement survécu, merci.

Elle n'osait pas non plus croiser le regard de Miranda, de peur que celle-ci ne la trahisse en souriant à sa place.

— Je ne pense pas avoir manifesté d'intérêt à son endroit, madame Tapping. J'exprimais simplement des doutes sur les assertions le concernant. À vous entendre, sa présence ici nous mettrait en danger moral et physique. Pourtant, il est venu à cette réunion pour aider les gens dont vous prétendez qu'il viole les droits.

— Bah... L'argent, mademoiselle Chatsworth, je vous le répète : l'argent peut tout.

— Même blanchir une réputation ?

— Bien évidemment !

— Cependant, je persiste à penser... commença Mme Johnson.

— Eh bien, la coupa Mme Tapping, sans plus chercher à cacher son irritation pour sa rivale, allez donc engager la conversation avec lui. Sait-on jamais, peut-être s'intéressera-t-il à vous ?

Mme Johnson plissa les lèvres.

— Surveillez votre ton, madame Tapping. Je préfère vous quitter. Je vais bavarder avec Mme Delaney.

Et tenter de savoir, du même coup, si elle pourrait trouver un moyen de rencontrer Roman Merrick et de le séduire sans provoquer de scandale, devina aisément Charlotte. Mme Johnson n'était pas assez douée pour masquer ses intentions.

Le cercle se resserra pour combler la place laissée vacante par Mme Johnson. Et Mme Tapping redevint le centre de l'attention.

— Vous avez parlé des « frères Merrick », rappela une jeune femme, qui semblait un peu nerveuse, comme si elle venait de découvrir un nouveau danger qu'elle ignorait jusqu'ici. Ils sont donc plusieurs ? Et les autres sont-ils ici ?

— Ils ne sont que deux, expliqua Mme Tapping. Et l'autre frère ne fréquente jamais les salons. Pour le rencontrer, il faudrait vous aventurer dans son territoire. À vos risques et périls, bien entendu.

Charlotte en déduisit que Mme Tapping n'avait jamais vu Andréas et qu'elle ignorait même à quoi il ressemblait. Elle sourit à l'idée de sa réaction si elle entreprenait de le décrire.

Mais son amusement s'évanouit d'un coup, quand elle réalisa que sa position serait vraiment intenable si la nouvelle filtrait qu'elle avait passé la nuit dans la chambre de Roman Merrick.

La conversation roula ensuite sur un autre sujet, mais Charlotte n'y prêtait plus guère attention. La boule qui lui serrait la gorge n'avait pas tout à fait disparu, et elle se sentait soudain envahie par une foule d'émotions contradictoires qui lui tournaient la tête.

Au bout d'un moment, Miranda les excusa et toutes deux s'approchèrent du buffet des rafraîchissements.

— Je comprends mieux, maintenant, votre trouble, dit Miranda à voix basse, ainsi que les descriptions de Georgette à son sujet.

Charlotte haussa les sourcils.

— Je pensais que vous le connaissiez.

Miranda secoua la tête.

— Non. J'avais entendu parler de lui, bien sûr. Mais mettre des noms sur des visages est le passe-temps de Georgette, pas le mien.

— Au fait, où est-elle ? Ne devait-elle pas venir ? demanda Charlotte dans l'espoir de dévier la conversation – et en s'obligeant à ne pas regarder en direction de Roman.

Georgette, l'amie d'enfance de Miranda, était la fille d'un riche négociant. Charlotte et Georgette n'avaient aucun lien particulier entre elles – en dehors de leur commune amitié pour Miranda –, mais elles s'entendaient toujours très bien chaque fois qu'elles se voyaient.

— Non. Georgette est à Douvres, pour aider son père, expliqua Miranda. Mais elle était très déçue de ne pas pouvoir venir aujourd'hui.

Elle laissa le silence retomber, avant de demander :

— Alors, c'est donc lui ?

— Oui…

Il y eut un nouveau silence. Puis Miranda lâcha :

— Je dois avouer que si vous aviez capitulé…

— Miranda !

— Il est quand même très bel homme ! Pas aussi beau que Maxim, bien sûr. Mais une jeune femme célibataire ne…

— Miranda !

Miranda ne put retenir un gloussement, qu'elle essaya d'étouffer en toussant discrètement dans sa main. Puis elle attrapa deux verres de punch et entraîna son amie à l'écart. Mais on voyait bien qu'elle se retenait toujours de rire.

Charlotte réprima à grand-peine l'envie de croiser les bras – ce qui ne se faisait surtout pas en public.

— Qu'il soit bel homme ne veut pas dire que son caractère est au diapason.

Miranda redevint sérieuse.

— Vous avez raison, Charlotte. Pardonnez-moi…

Charlotte prit le verre que son amie lui tendait.

— Il n'y a rien à pardonner. C'est moi qui suis un peu nerveuse, ces temps-ci.

Et la cause de cette nervosité avait un nom : Roman Merrick.

Miranda lui étreignit le bras, en signe d'affection.

— C'est bien compréhensible. Et si je me permettais de plaisanter, c'est que vous n'avez pas l'air très effrayée par lui. Vous l'avez même défendu devant ces dames. Et cela semblait bien vous amuser.

Elle parut vouloir ajouter autre chose, mais elle fut interrompue par leur hôte.

— Mesdames, messieurs, lança M. Delaney, frappant dans ses mains pour obtenir le silence. Ma femme et moi sommes ravis de vous accueillir aujourd'hui, et nous serions aussi très heureux de profiter de votre temps et de votre générosité.

Des rires fusèrent dans la salle.

— Si vous voulez bien vous rapprocher, Mme Delaney va vous expliquer notre projet.

Les différents groupes d'invités convergèrent vers les maîtres de maison, sans toutefois totalement se fondre entre eux. Charlotte sentait la présence de Roman à une douzaine de pas d'elle – et les personnes entre eux ne semblaient pas avoir plus de consistance qu'un vague brouillard.

C'était une chance qu'elle fût déjà informée du plan des Delaney, car elle se révéla incapable de se concentrer sur ce qui se disait.

— Et je remarque, murmura Miranda, tout en feignant d'écouter leur hôtesse, qu'il a les yeux rivés sur vous.

— Cessez donc de le regarder ! intima Charlotte.

Mme Delaney parla pendant un bon quart d'heure pour exposer leur projet. Le père de Charlotte apporterait à contrecœur une somme modique, destinée à sauver les apparences – somme qu'il tenterait de gagner au jeu ou d'emprunter. En revanche, la jeune femme était toujours plus disposée à donner de son temps que la plupart des bienfaiteurs réunis ici.

Travailler pour une œuvre de charité lui donnait le sentiment d'être utile. Elle se sentait moins vide, en aidant les autres.

Beaucoup de gens, à l'inverse, se montraient uniquement généreux avec leur argent, certains par authentique sincérité, d'autres parce qu'ils voulaient étaler en public leur générosité.

Roman Merrick était-il de ceux-là ? Sans doute donnerait-il une très grosse somme, mais il se servirait ensuite de cet argument pour réclamer des faveurs ou une indulgence lorsqu'il en aurait besoin.

Le discours de Mme Delaney terminé, il s'écoula un autre quart d'heure en questions et réponses, puis l'assistance commença de se disperser, les invités se rendant à d'autres rendez-vous.

Roman Merrick, cependant, était toujours là.

Charlotte et Miranda se dirigèrent à leur tour vers les portes-fenêtres, prêtes à partir.

Mais une main frôla le bras de Charlotte – celui sous lequel la jeune femme serrait son réticule.

— Pardonnez-moi, mesdames, glissa Roman, comme pour s'excuser de son geste, qui pourtant devait être parfaitement calculé.

Charlotte vit du coin de l'œil que Miranda s'était tournée vers lui. Mais elle-même n'osait pas l'imiter, malgré la forte attirance qui, comme la première fois dans l'arrière-boutique des Hunsden, la poussait à accrocher son regard.

Elle savait qu'elle n'en retirerait rien de bon mais pourtant, elle ne put s'en empêcher.

Ses yeux, aujourd'hui, semblaient refléter la couleur exacte du ciel. Il esquissa un sourire et la seconde d'après, il avait disparu dans la foule environnante.

Si seulement cet homme qui suscitait en elle de telles émotions pouvait appartenir à la bonne société ! songea Charlotte avec tristesse.

Hélas, c'était loin d'être le cas. Et elle n'était plus une jeune collégienne, pour s'enticher du premier visage venu.

Miranda la regardait avec insistance, tandis qu'elles regagnaient leur voiture.

— Oui, lady Downing ?

— Oh, je pensais juste que je devais vous ressembler il y a deux ans, lâcha-t-elle nonchalamment.

Charlotte fronça les sourcils.

— Que voulez-vous dire ?

Miranda haussa les épaules avec un sourire.

— C'est souvent difficile de savoir, avec vous, Charlotte. Mais vous ne m'avez pas paru effarouchée lorsqu'il vous a frôlée. En revanche, votre expression m'a rappelé les paroles de Georgette quand elle évoquait l'effet que semblait produire sur moi ma rencontre avec Maxim.

Charlotte en resta muette de saisissement. Miranda, devant sa réaction, éclata de rire.

Son amie était de nature optimiste. Elle était convaincue que tout finissait toujours bien, alors que Charlotte savait que c'était rarement le cas. Du moins, pour ce qui la concernait.

Cependant, elle ne put empêcher son cœur de s'emballer quand, quelques minutes plus tard, ouvrant son réticule pour en tirer un mouchoir, elle trouva un petit billet manuscrit.

Il ne comportait qu'un seul mot : « Bientôt ».

9

La soirée des Lancaster battait son plein. La musique de l'orchestre se déversait à flots par les portes-fenêtres grandes ouvertes qui donnaient sur la terrasse et les jardins. Les invités plaisantaient, riaient, ou parlaient entre eux de choses plus ou moins sérieuses – comme la politique.

Bethany Case feignit de ne pas apercevoir Charlotte, alors qu'elle croisait pourtant le chemin de la jeune femme. Charlotte attendit patiemment que le petit groupe – Bethany ne se déplaçait jamais sans sa cour – soit passé, avant de poursuivre son chemin sans se départir de son sourire.

Elle contourna ensuite son père, qui paradait auprès d'un groupe de gentlemen. Elle s'obligeait toujours à sourire, mais elle ne put empêcher ses oreilles d'entendre une partie de la conversation.

— Regardez comme elle est belle, disait son père. Et imaginez les héritiers qu'elle produira !

L'attitude de son père l'avait mortifiée, autrefois. Mais depuis, Charlotte avait réussi à s'y habituer. Il cherchait à la « vendre » comme une bête de concours, et il pouvait faire preuve d'une vulgarité confondante.

La jeune femme songea aux paroles de Roman Merrick – ce qu'il lui avait dit à propos de sa beauté. Ses propos avaient autrement plus de profondeur…

Son sourire se crispa. Roman ne cessait pas de la hanter, où qu'elle aille. Même ici, dans un lieu qu'il ne pouvait pas espérer fréquenter.

Elle prit la direction du buffet des rafraîchissements, dans l'espoir d'y trouver une boisson qui ressemblerait à celle qu'il lui avait fait boire avant leur partie d'échecs. Le breuvage lui avait miraculeusement calmé les nerfs, sans pour autant l'enivrer.

— Bonsoir, mademoiselle Chatsworth, lança M. Trant, surgissant soudain devant elle.

Il lui prit la main, la baisa, puis ajouta :

— C'est un plaisir de vous voir si ravissante, ce soir.

Charlotte inclina la tête avec politesse.

— Bonsoir, monsieur Trant.

Il la dévisageait avec attention, comme s'il cherchait à deviner, à ses traits, si elle s'était compromise, lors de sa nuit avec Merrick. Elle eut soudain l'impression d'être pour lui comme un bibelot précieux qui aurait été manipulé par des mains souillées de boue.

Il ne lâcha pas sa main.

— Me ferez-vous l'honneur de vous accompagner quelques minutes ?

Charlotte hésita. Mais Trant lui serrait à présent les doigts et elle ne pourrait pas se libérer sans provoquer une scène. Aussi finit-elle par hocher la tête.

Ils déambulèrent tout autour de la salle de bal. Accrochée au bras de M. Trant, Charlotte avait le sentiment d'être observée à son insu, et son instinct lui intimait de repousser son compagnon.

Elle s'efforça cependant de chasser cette idée ridicule. Il y avait toujours quelqu'un pour vous observer, dans une soirée comme celle-ci. Les amateurs de ragots étaient sans cette à l'affût, et se repaissaient de l'événement le plus insignifiant. Or, pour une jeune femme, se promener au bras d'un gentleman n'était pas totalement insignifiant...

— Vous êtes très en beauté, ce soir, mademoiselle Chatsworth, répéta Trant.

Charlotte se rappelait les paroles de Roman Merrick à propos de la virginité des femmes. Il...

Non. Cesse de penser à lui !

— Merci, monsieur Trant. Vous êtes vous-même particulièrement séduisant.

C'était vrai. Même si son regard était inquisiteur – il cherchait toujours l'indice qu'il n'avait pas encore pu déceler.

Charlotte, cependant, ne pouvait pas s'imaginer prendre plaisir à jouer aux échecs avec un tel homme. Oh, elle était convaincue qu'il aimait les échecs, mais pas pour la finesse du jeu : pour la satisfaction de détruire son adversaire.

Roman aussi jouait pour gagner. Et il était bien plus dangereux que Trant. Pourtant, Charlotte s'était sentie à son aise, en sa compagnie. Malgré – ou peut-être à cause – du danger qu'il incarnait.

Voilà qu'elle pensait encore à lui !

Elle serra un peu plus fort le bras de Trant.

— Vous ne vous sentez pas bien ?

— Si, très bien. Mon indisposition est passée. Je me sens exactement comme il y a deux jours.

Ce qui était une façon de tout dire, sans rien révéler. Et c'était ce que Trant désirait entendre. Charlotte sentit, aux muscles de son bras, qu'il se détendait.

— Je suis ravi de l'apprendre. Si jamais votre... malaise devait revenir, prévenez-moi sans tarder afin que je puisse vous apporter mon aide.

— Je pense que cela ne sera pas nécessaire.

Pourquoi avait-elle le sentiment persistant d'être espionnée ?

— Certaines gênes ont tendance à se répéter, fit valoir Trant.

Charlotte se força à rire.

— Oui, vous avez raison. Merci de m'avoir mise en garde.

— Je m'inquiète pour vous, vous savez, assura-t-il. Et pour votre avenir.

Après une pause, il précisa :

— Pour *notre* avenir.

Charlotte voulut rire à nouveau, mais cette fois elle ne trouva pas le courage de feindre l'amusement.

— Je suis flattée de vos attentions, monsieur Trant, mais vous vous avancez beaucoup.

— Il serait... très regrettable que quelqu'un apprenne ce qui s'est passé, murmura-t-il. Je ne songeais qu'à votre intérêt, ma chère.

Il relâcha son bras. Et, avec un sourire, il ajouta :

— Peut-être m'accorderez-vous une danse, tout à l'heure ?

Charlotte accepta machinalement. Il salua et prit congé, la laissant méditer ses dernières paroles, pareilles à une menace à peine voilée.

Le regard de la jeune femme accrocha celui de sa mère, assise avec un groupe de matrones, qui l'observait depuis son fauteuil. Elle s'était installée, comme à son habitude, à l'écart du groupe : elle ne s'investissait jamais dans aucun cercle. C'est pourtant de cette manière qu'elle aurait été le mieux à même d'aider ses filles.

En fait, sa mère était parfaitement transparente. Elle ne se faisait jamais remarquer, mais elle ne manifestait jamais non plus la moindre attention envers quiconque. Encore Viola était-elle dans l'un de ses « bons jours ». Elle avait monopolisé Charlotte toute la journée, ne laissant aucune occasion à Bennett d'interroger sa fille. Celui-ci semblant pour sa part vouloir éviter son épouse, il avait préféré garder ses distances.

Charlotte n'avait pas boudé sa bonne fortune, mais nourrissait à l'égard de sa mère des sentiments très mitigés. Viola n'avait jamais manifesté l'ambition ni même le désir d'épargner à sa fille les épreuves ou les menaces, laissant celle-ci les affronter seule.

Or, Trant venait de formuler une menace. Le message était clair : Trant garderait le silence sur ce qui s'était passé la nuit précédente aussi longtemps qu'il estimerait que cela servait son intérêt. Mais sinon…

La jeune femme observa un jeune homme au sourire chaleureux demander à une charmante jeune femme la permission de danser avec elle. Celle-ci rougit légèrement – le jeune homme aussi, et ils gagnèrent la piste de danse en s'échangeant des regards énamourés.

Charlotte eut soudain envie de se retrouver dans son lit, blottie sous ses couvertures.

Elle vit d'autres jeunes femmes rire et danser avec des jeunes gens de leur choix, et partager avec eux une affection réciproque, sincère, qui n'avait rien à voir avec un quelconque jeu de séduction. Elle s'intéressa aussi à un groupe de jeunes femmes qui chuchotaient entre elles, échangeant des ragots qu'elles se chargeraient ensuite de propager.

Cela faisait déjà un moment que Charlotte Chatsworth ne passionnait plus les colporteurs de rumeurs. Personne ne s'intéressait à un bloc de glace – hormis lorsqu'il se mettait à fondre…

La mère de Charlotte avait été très belle, autrefois – du moins, à ce que l'on racontait. Les meilleurs jours, Charlotte pouvait deviner les vestiges de cette beauté dans les traits de sa mère. Mais son père ne s'intéressait qu'à sa maîtresse, une femme au physique presque ordinaire, mais vibrante de sensualité.

Charlotte aurait aimé posséder cette vitalité, cette force – qu'avait aussi Miranda. Mais elle finirait comme sa mère : froide et distante. Éteinte…

À ceci près que sa mère n'avait sans doute jamais rêvé de se retrouver allongée en travers d'un lit, pour jouer aux échecs avec un homme à la chemise déboutonnée qui lui donnait des frissons dans tout le corps.

Cesse de penser à lui !

Après tout, qui sait si Trant ne serait pas capable de l'aimer pour elle-même ? De la rendre heureuse ? Ou alors, le marquis de Binchley ?

Charlotte faillit éclater de rire à cette idée. Elle toussa dans sa main pour cacher son hilarité – fortement teintée d'amertume.

Puis elle tourna la tête en direction des portes-fenêtres. La nuit étoilée promettait d'être superbe. Peut-être lui apporterait-elle l'apaisement.

Mais la nuit était aussi peuplée de fantômes, de menaces et de dangers.

Charlotte s'efforça de chasser le mauvais pressentiment qui l'accablait et sortit sur la terrasse. Quelques invités s'y trouvaient déjà, qu'elle salua avant de descendre sur la pelouse.

Le jardin et ses zones d'ombre l'appelaient irrésistiblement.

La jeune femme caressa de la main les clématites qui retombaient du mur bordant la propriété. En début de soirée, elle avait dansé avec le comte de Tewksbury, que ses rhumatismes empêchaient de revenir une deuxième fois sur la piste. Ensuite, elle avait accordé deux danses à cet assommant marquis de Binchley. Et Trant lui avait arraché la promesse d'une autre valse.

Ses deux premiers cavaliers possédaient des titres anciens et respectés. Le troisième avait de l'ambition. En épousant l'un de ces trois hommes, Charlotte était certaine d'assurer son avenir et son statut social. Plus d'une femme présente à cette réception pourrait lui reprocher sa mélancolie, mais aucune ne pouvait s'imaginer que lorsqu'elle laissait libre cours à ses émotions, Charlotte les jalousait *toutes*.

À présent, toutefois, au lieu de ressentir un grand vide, elle était en proie à de nouvelles sensations, étranges, qui la déconcertaient.

Elle pensait à Miranda. À sa voisine disgraciée de la campagne. À ces jeunes femmes libres de choisir leurs soupirants. Et tout à coup, elle se sentait plus proche d'elles toutes.

C'était à la fois très excitant et un peu inquiétant. Car qu'allait-elle faire de ces nouvelles émotions ?

Elle s'enfonça plus avant dans le jardin. Elle avait besoin de quelques moments de solitude pour faire le point, mais chercher un peu de liberté comportait des risques. Un débauché pouvait l'avoir vue s'éloigner et décider de la suivre pour tenter sa chance.

Cependant, Charlotte attirait rarement les séducteurs audacieux. Elle était trop froide à leur goût.

D'ailleurs, elle ne comprenait toujours pas ce que Roman Merrick avait pu lui trouver. Et s'il finissait par être déçu ?

Car les hommes ne tardaient jamais à s'apercevoir que, malgré ses manières distinguées, elle manquait de chaleur et de personnalité.

Elle s'ébroua dans l'espoir de chasser ses idées noires. Pour s'être déjà aventurée dans ce jardin à de précédentes occasions, elle savait qu'elle trouverait deux bancs, un peu plus loin, au milieu d'un bosquet. Si la pierre n'était pas trop humide, elle pourrait s'asseoir quelques minutes et s'enivrer du parfum du jasmin et des gardénias, volant ainsi quelques instants aux mondanités pour se retrouver avec elle-même.

Elle passa sa main sur la surface de l'un des bancs. Comme il était sec, elle s'y assit avec un soupir d'aise.

Était-il mal de sans cesse repenser à la caresse de Roman sur sa nuque, à son baiser, plutôt que de rêver à une nouvelle danse avec un autre cavalier ? Ces souvenirs-là, au moins, n'appartenaient qu'à elle.

Elle posa ses mains sur le banc et renversa la tête en arrière, les yeux fermés, offrant son visage à la caresse du clair de lune.

— Vous êtes encore plus belle, quand vous respirez ainsi la liberté...

Charlotte sursauta. La voix semblait tout droit sortie de son imagination, mais il était bien là, sous le couvert du bosquet. Entièrement vêtu de noir, sa chevelure blonde luisant de reflets argentés à la lumière de la lune. Il ressemblait à une statue d'albâtre parée des ombres de la nuit.

Charlotte sentit ses veines s'embraser.

— J'étais sûr que vous viendriez ici, dit-il avec un grand sourire qui dévoila ses dents d'un blanc éclatant.

Charlotte eut soudain l'impression que son cœur allait sortir de sa poitrine.

— Comment ?

Il se planta devant elle.

— J'étais sûr que vous viendriez ici, répéta-t-il, en détachant chaque syllabe.

Soudain, elle sentit la panique s'emparer d'elle. Maintenant que l'homme qui hantait ses pensées était devant elle, elle redoutait sa propre réaction.

D'autres invités se promenaient dans le jardin et Charlotte les apercevait de loin. Mais personne, pour l'instant, ne semblait regarder dans sa direction. Ni avoir remarqué qu'un homme se tenait un peu trop près d'elle.

Tout à coup, ce banc qui lui avait paru tout à l'heure un havre de paix lui semblait à présent un dangereux refuge.

— Ce fut un peu plus long que je ne l'avais pensé, mais je ne m'étais pas trompé.

— *Quoi* ? Vous m'attendiez ici, dans les fourrés ? En pensant que j'allais venir ? Seriez-vous fou ?

— Je savais que ce n'était qu'une question de temps. Vous suffoquiez, à l'intérieur. Vous aviez besoin de prendre l'air et de vous sentir libre.

Charlotte le regarda, médusée.

— Pourtant, vous me connaissez à peine, répliqua-t-elle, d'une voix à peine plus forte qu'un murmure.

— Donc, vous admettez que j'ai vu juste ?

Elle regarda en direction de la terrasse. Elle aurait dû se lever et rejoindre immédiatement les autres invités, fuir au plus vite le danger qu'il représentait.

Au lieu de quoi, elle reporta son attention sur lui.

— Pourquoi êtes-vous ici ?

Il sourit, d'un air de triomphe.

— Pour vous voir.

Quand l'un quelconque de ses soupirants lui récitait un poème ou lui chantait une balade pour lui faire la cour, Charlotte écoutait en souriant, avant d'applaudir poliment. Souvent, elle éprouvait de l'embarras pour le soupirant en question – ou pour elle-même. Mais elle n'avait jamais, dans ces occasions, ressenti de *réelle* émotion.

Ce n'était pas l'envie qui lui en avait manqué, cependant. Elle aurait aimé sentir son cœur palpiter devant ces vibrants hommages à sa personne. Mais rien. En revanche, un regard ou quelques mots de cet homme suffisaient à la troubler plus qu'elle ne voulait l'admettre.

— Et maintenant que vous me voyez ? souffla-t-elle.

— Ah ! C'est la bonne question, dit-il. Maintenant que je vous vois, je crois que je ne saurai pas résister à l'envie d'en vouloir davantage.

Charlotte aurait juré que de la lave coulait dans ses veines. Et cela lui ressemblait bien peu.

— Savez-vous ce qui arriverait, si l'on vous trouvait ici ?

— Je serais obligé de resserrer mon nœud de cravate, comme les balourds qui paradent à l'intérieur ?

— Vous seriez arrêté.

— J'espère qu'on m'emmènerait les chaînes aux pieds. L'effet serait plus saisissant.

Charlotte plissa les yeux.

— Ne prenez pas cela à la légère. Un homme a été surpris en train de s'introduire dans une réception, la semaine dernière. Il est passé au tribunal pour fraude et violation de propriété et il a été jeté en prison.

— Hmm... Mais je possède des informations sur la plupart des hommes qui sont invités ici. Et les autres me doivent de l'argent. Je pense que je pourrais m'en sortir à moindre coût.

Charlotte médita l'argument quelques secondes.

— Si c'est vrai, vous risqueriez encore plus gros d'être découvert. Nombre de vos débiteurs seraient ravis d'être débarrassés de vous.

Il sourit.

— Vous inquiéteriez-vous pour mon sort ?

— Plutôt pour votre santé mentale.

— J'étais prêt à la brader pour me retrouver en votre compagnie, chère Charlotte.

Charlotte sentit un frisson courir dans son dos, tandis qu'il ajoutait :

— J'espérais votre venue, mais en même temps, je n'étais pas sûr que vous pourriez vous arracher à la cohorte de vos soupirants.

Malgré son sourire, Charlotte crut déceler, dans ses mots, une émotion – de la jalousie ? – qu'il s'efforçait de contenir.

— Ils ne sont pas aussi assidus que vous le suggérez.

La plupart des hommes étaient en réalité rebutés par sa froideur.

— De toute façon, vous ne pouviez rien voir, d'ici, ajouta-t-elle.

— Hmm ? Et ce vieillard décrépit, qui vous a demandé si vous aviez aimé les lis qu'il vous avait fait envoyer – alors que vous préférez les roses ou les fleurs des champs. ?

Charlotte était sidérée.

— Comment pouvez-vous savoir ce que m'a dit lord Tewksbury ? Et connaître mes préférences ?

Elle l'aurait senti, s'il s'était trouvé dans la salle de bal. Il bluffait forcément. Personne n'était capable de se faufiler avec autant de discrétion dans une assemblée, encore moins un homme comme lui, qui se remarquait au premier regard.

Un homme capable d'enfoncer un poignard dans le ventre de quelqu'un, et de tourner tranquillement les talons avant que sa victime ne se soit effondrée.

Il parut s'amuser de sa réponse.

— Vous ne savez rien, ajouta-t-elle. Vous ne faites que supposer.

— Croyez-vous ? À moins que je n'aie obtenu de précieuses informations grâce au bavardage de votre père ?

Charlotte pinça les lèvres.

— Il n'y aurait pas de quoi se vanter.

— Vous ne semblez pas goûter ma franchise ?

— Je m'interroge toujours sur vos motivations à mon égard. Et je vous rappelle que nous n'avons pas terminé la partie dans les normes. *Vous vous êtes endormi*.

Non mais ! Elle l'avait attaqué sur sa virilité. Mais, avec le recul, elle trouvait aussi très déprimant qu'il n'ait même pas été capable de rester éveillé, pour la posséder avant la fin de la nuit. Et si elle était vraiment un éteignoir ?

Il s'esclaffa.

— Avec une autre femme, j'aurais pris le plaisir qu'elle m'offrait, puis je lui aurais tourné le dos pour m'endormir. Mais vous avez raison, Charlotte. *Nous n'en avons pas terminé,* tous les deux.

Bizarrement, Charlotte sentit l'euphorie la gagner.

— Auriez-vous apporté votre échiquier, par hasard ? Comptez-vous me proposer une partie dans ce jardin ? Ou utiliser l'une des chambres de la maison ?

Il sourit avec nonchalance.

— Vous savez très bien que nous en avons fini avec *ce jeu-là*. Vous êtes trop intelligente pour ne pas être parvenue à cette conclusion. Mais peut-être préféreriez-vous que je vous conduise dans l'une des chambres que vous évoquiez, pour… que nous en discutions ?

Le cœur de Charlotte battait si fort dans sa poitrine – d'excitation et d'appréhension mêlées –, qu'il menaçait d'exploser.

— Non !

Il se pencha vers elle.

— À votre prochaine halte de la soirée, alors ? Ou la suivante ?

Elle restait muette.

— Dites-moi où, insista-t-il. Comme cela, je pourrais vous attendre dans un lit. Notre nuit n'était qu'un prélude, Charlotte. Vous avez pu sauver votre vertu. Et vous pouvez encore la garder, si vous le souhaitez.

Son regard la perçait, et elle eut l'impression qu'il ressentait son émoi.

Il se pencha un peu plus vers elle.

— Mais ce n'est pas ce que vous souhaitez, chuchota-t-il à son oreille. Je me trompe, Charlotte ?

Charlotte ferma les yeux. Comme si elle se résignait au baiser du vampire – et l'espérait tout à la fois.

— Je pourrais vous quitter maintenant, reprit-il, mais vous ne me le pardonneriez sans doute pas.

Ses lèvres caressèrent le cou de la jeune femme.

— Alors, on se terre dans le noir ? lança une voix stridente. À moins que vous ne vouliez retrouver un amant ?

Charlotte rouvrit les yeux dans un sursaut et regarda, affolée, autour d'elle, *mais il n'y avait plus personne*. Elle faillit partir d'un rire hystérique avant de se recomposer une attitude et de se tourner en direction de la voix.

— Je voulais simplement respirer le jasmin, répondit-elle. Vous êtes venue faire la même chose ?

Bethany Case inspectait les environs du regard, comme si elle cherchait les traces d'une autre présence. Mais Roman semblait bel et bien s'être volatilisé. Cependant, Charlotte se retint de trop regarder elle-même pour ne pas éveiller les soupçons.

Bethany Case fit la grimace.

— Ça sent mauvais, ici.

Charlotte se releva.

— Oui, maintenant que vous êtes là, je m'en aperçois aussi.

Bethany lui agrippa le bras.

— Attention, Chatsworth. Bientôt, vous ne serez plus qu'un souvenir.

Charlotte se libéra.

— Auriez-vous l'intention de quitter notre chère Angleterre ?

Bethany Case eut un rire vulgaire.

— Vous avez eu beaucoup de chance, jusqu'ici. Mais personne n'est parfait. Vous finirez par commettre un faux pas. Et je serai aux premières loges pour assister à votre chute.

— Oh, ça, je n'en doute pas une seconde, répliqua très tranquillement Charlotte, avant de s'éloigner dans l'allée. Je n'attends rien de mieux des cafards dans votre genre.

Elle entendit un grognement outré dans son dos, mais elle continua son chemin.

— Bientôt, Chatsworth ! lui lança Bethany Case. Vous ne perdez rien pour attendre. Et votre chute sera irréversible.

Charlotte s'obligea à ignorer le mauvais présage – mais il faisait écho, d'une manière différente, à ce que lui inspirait Roman.

En effet, elle avait le sentiment de marcher au bord d'un gouffre et d'être irrésistiblement attirée par le vide.

La piste de danse ne désemplissait pas. Mais Charlotte s'employa à la contourner, sans croiser le regard de quiconque, pour ne pas risquer une invitation.

Cela faisait bien longtemps qu'elle ne prenait plus aucun plaisir à danser. L'année de sa première saison, elle s'était laissé emporter par son enthousiasme juvénile. Mais à présent, elle ne voyait plus dans la danse qu'une façon de plus de nouer des alliances entre familles.

Elle repéra les Downing, arrivés pendant qu'elle se trouvait dans le jardin, et elle se porta à leur rencontre.

— S'est-il passé quelque chose de notable en notre absence ? demanda Miranda, quand ils se furent salués.

Charlotte évita de regarder en direction du jardin.

— Rien du tout, non...

Bethany Case apparut au même instant. Elle gratifia Charlotte d'un sourire de défi qui ne présageait rien de bon

Charlotte frissonna. Si Roman avait pu s'introduire dans le jardin des Lancaster et l'aborder, cela signifiait qu'il serait désormais capable d'apparaître n'importe où, à n'importe quel moment.

— Peut-être aurons-nous plus de chance à notre prochaine destination ? suggéra Miranda. Nous n'allons pas nous attarder ici. Comptez-vous vous rendre à la soirée des Slatterly ?

— Oui.

Le mur d'enceinte de la propriété des Slatterly était beaucoup moins haut que celui des Lancaster, et Charlotte sentit son cœur s'emballer de nouveau.

Il ne se montra pas chez les Slatterly. Ni à aucune des deux autres réceptions à laquelle se rendit encore Charlotte ce soir-là. La jeune femme dut faire appel à toute sa volonté pour contenir ses émotions, garder un sourire poli toute la soirée, converser aimablement avec Miranda et Downing et même danser avec Trant.

Mais quand elle remonta dans sa voiture pour rentrer enfin chez elle, elle trouva une fleur de sainfoin sur la banquette. Un petit papier plié était attaché à la tige. Il ne portait qu'un mot. Toujours le même : « Bientôt ».

10

Roman tapotait le papier plié dans sa main. Où pourrait-il bien le laisser ? Il n'était évidemment pas possible – question d'orgueil – qu'il puisse se répéter. Ce qui éliminait les bancs de jardin, le réticule de Charlotte, sa voiture, un messager dans Hyde Park et même son décolleté – elle avait gémi d'effroi, l'autre jour, à une fête de charité, quand il l'avait entraînée dans un recoin discret pour glisser le bristol dans son bustier.

À ce jour, c'était son meilleur coup.

Il se demanda si le glisser dans ses bas serait considéré comme une répétition ? Après tout, il viserait cette fois le *dessous* de sa robe.

Roman fit tourner le papier dans ses doigts, s'amusant avec. Ce petit jeu l'enchantait.

Ou alors, sur son oreiller ?

Il savait où se trouvait sa chambre. Un-Œil s'était chargé de le découvrir à sa place – Roman n'avait pas voulu risquer de s'aventurer trop près de peur de céder prématurément à la tentation. Il connaissait trop bien sa nature impulsive.

Mais cette fois, le moment était peut-être venu ?

On frappa à la porte de son bureau et il cria d'entrer.

Deux jeunes garçons pénétrèrent dans la pièce. Le premier était si décharné qu'il donnait l'impression que le moindre coup de vent suffirait à le renverser. Mais son regard était alerte – comme s'il était capable de discerner la direction du vent avant que celui-ci ne puisse l'emporter. L'autre était plus grand, plus robuste aussi, et encore n'avait-il pas terminé sa croissance. Adulte, il ne manquerait pas d'intimider par sa seule stature.

Le maigre arborait une cicatrice sur le front. Roman était prêt à parier que la cicatrice devait à peu près coïncider avec l'époque où ce garçon s'était initié à la – cruelle – existence de petit mendiant des rues.

Il triturait son misérable chapeau en feutre entre ses mains, plaquées sur ses cuisses.

— Tu n'as pas de raison d'être nerveux, lui lança Roman, très calmement.

— Je ne suis pas nerveux, répliqua l'autre d'un air mutin.

Mais il triturait toujours son chapeau.

Celui-là était un Andréas en herbe. Ou un petit Un-Œil. Orgueilleux à se damner.

— Non ? fit Roman, attardant délibérément son regard sur son chapeau.

Le gamin parut courroucé. Mais il carra les épaules et s'obligea à ne plus tenir son couvre-chef que d'une seule main, et sur le côté.

L'autre s'était un peu voûté, et il serrait les lèvres, comme s'il attendait une réprimande, convaincu qu'il s'en attirerait forcément une, même s'il ne l'avait pas méritée.

Celui-là était un Milton ou un Lefty en miniature. Il avait déjà perdu espoir dans la vie.

Roman l'observa un instant, avant de lui expliquer :

— Nous avons plusieurs postes à pourvoir. En salle. Pour s'occuper du jardin. Pour porter des messages, se charger des courses d'épicerie... Va en cuisine, et demande à parler à Henry. Il te donnera à manger et te décrira plus en détail ce dont nous avons besoin. Peter te montrera le chemin.

Le garçon hocha la tête et s'empressa de quitter la pièce, comme s'il craignait que la proposition ne tienne pas longtemps.

L'autre, qui n'avait pas bougé, demanda :

— Vous auriez un poste en cuisine ?

Roman pouvait lire, dans ses yeux, ce qu'il avait en tête. Du reste, ce n'était pas très difficile à deviner, quand on voyait sa maigreur.

— Oui. Tu iras toi aussi chercher quelque chose à y manger aussitôt que nous en aurons fini, mais ce n'est pas là que je voudrais t'employer.

Le garçon plissa les yeux, mais ne dit rien. Il soutenait son regard, cependant. Roman se promit d'attendre un peu avant de le présenter à Andréas. Son frère ne supporterait pas de voir quelqu'un qui lui rappellerait trop sa propre enfance.

— Peter prétend que tu possèdes un don pour voler et faire les poches des gens.

Le regard assuré du gamin était assez éloquent.

— Et alors ? C'est pour ça que vous voulez m'embaucher ?

Roman haussa les épaules.

— Tes facultés pourraient s'utiliser de diverses façons. Les voleurs sont toujours très bons pour démasquer les autres voleurs, par exemple. Mais tu pourrais aussi choisir de développer ton talent, si tu le souhaites. Peter t'a expliqué les règles ?

Elles étaient peu nombreuses, mais il n'était pas question de déroger à une seule.

Le gamin hocha la tête.

— Ouais. Nous verrons bien.

Ils verraient, en effet. La confiance ne se gagnait qu'avec le temps. Personne, pas même un gamin, n'acceptait de gaieté de cœur de se plier à l'autorité de quelqu'un d'autre. Mais la plupart des hommes avaient besoin de se raccrocher à quelque chose – une sorte d'instinct naturel, un besoin d'appartenance.

Roman donnait à ce gamin cinquante pour cent de chances de réussite. Il était de toute évidence intelligent, mais ce serait à lui de choisir. Et parfois, il était trop difficile de triompher de son passé.

— Quand Peter reviendra, demande-lui de te présenter à Milton. Il te mettra au parfum. C'est un ancien cambrioleur, devenu l'un de nos directeurs.

Il scruta le gamin, vit une lueur d'espoir s'allumer furtivement dans ses yeux – avant d'être combattue sans merci. Roman révisa ses chances à la hausse : soixante pour cent.

— Oui ? Combien de personnes ont eu sa chance ? répliqua-t-il d'un air de défi.

Cinquante-cinq, s'il n'apprenait pas à mieux contrôler sa langue. Savoir la tenir lorsque c'était nécessaire, et savoir s'en servir pour porter l'estocade.

— Quelques-uns.

Le garçon plissa les yeux.

Roman haussa les épaules.

— Peu importe que tu me croies ou non, dit-il, posant ses coudes sur le bureau – il détestait les bureaux : c'étaient des meubles pratiques, mais qui ne lui avaient jamais paru naturels. Je ne suis ni assez stupide ni assez naïf pour m'imaginer que tu vas boire mes paroles, et toi non plus. Fais la connaissance des autres. Parle avec eux. Et ensuite, tu pourras juger.

L'espace d'un éclair, le regard du gamin trahit son ambition.

Roman monta son score à soixante-quinze.

Leur petit empire, à Andréas et à lui, tenait en grande partie grâce à sa cohésion interne. Et à la loyauté de leurs employés. Ils savaient trouver, chez eux, un havre qui les protégeait des dangers de la rue.

Le gamin hocha la tête et Roman, jugeant qu'il en avait assez dit, le congédia.

Certaines graines nécessitaient une longue maturation, avant de germer. D'autres se contentaient d'un peu d'eau et d'un petit rayon de soleil. Quoi qu'il en soit, Roman était reconnaissant à Peter d'avoir déniché ces deux recrues dont il avait manifestement deviné le potentiel.

Cependant, il n'était pas toujours possible de triompher de son passé, ainsi que Roman le lisait parfois dans les yeux d'Andréas. Dans ces moments-là, il essayait de faire fondre le mur de glace derrière lequel s'abritait son ami en le poussant à la confidence.

Revenant à sa première préoccupation, il tapota de nouveau dans sa paume le petit morceau de papier plié.

Cette fois, il avait trouvé l'endroit parfait où le placer.

Il se redressa pour aller ouvrir la porte. Puis hélant un serviteur, dans le couloir, il lui lança :

— Convoque-moi Un-Œil, Travers, Johnson, Burns, Crowny et Deuce.

Ses hommes arrivèrent très vite, pour recevoir leurs instructions. Après leur départ, Roman quitta définitivement la pièce. Les deux dés, dans sa poche, lui pesaient. Hélant un autre serviteur qui passait, il les lui confia :

— Table douze...

Le serviteur hocha la tête. Roman savait que les dés seraient rapidement remis à leur place.

Beaucoup de gens, à Londres, rêvaient d'en faire autant avec lui. Ses ennemis étaient à l'affût de la moindre erreur, du moindre faux pas qu'ils s'empresseraient d'utiliser à leur profit. Et Charlotte Chatsworth leur fournirait la plus belle opportunité dont ils pourraient jamais rêver.

Il se rendit à pied jusqu'à sa destination, dans le centre de Londres. Il n'avait pas voulu dépêcher l'un de ses hommes à sa place : certaines visites requéraient une... sensibilité particulière.

Il se cacha dans un recoin, le temps de laisser passer un groupe d'hommes bien habillés. Ils discutaient entre eux, insouciants de leur environnement, ignorant que quelqu'un les épiait dans l'ombre. Roman aurait pu disposer d'eux en quelques minutes, sans qu'ils aient le temps de réagir. Ces hommes étaient stupides de ne pas se méfier – même en plein jour. Le danger rôdait partout.

Désormais, Charlotte ne s'aventurait plus seule dans un corridor un peu sombre sans y regarder à deux fois, craignant qu'il ne la surprenne, songea Roman en caressant le papier plié dans sa poche.

Un homme sortit de l'immeuble, et Roman se glissa à l'intérieur avant que la porte ne se soit refermée. Puis il se faufila jusqu'à la pièce qu'il convoitait, dont personne ne gardait la porte. Les hommes de pouvoir se montraient souvent d'une arrogance inconsciente…

Roman tourna lentement la poignée pour signaler sa présence.

— Que me voulez-vous ? lui demanda son hôte, assis derrière un bureau massif, une plume à la main. Tout, dans sa personne et dans l'aménagement de la pièce, trahissait la fortune et la haute lignée. Il ne prit même pas la peine de demander comment Roman s'était introduit jusqu'à lui. Cela faisait longtemps qu'ils s'épargnaient, l'un et l'autre, ce genre de questions mesquines.

— C'est ainsi qu'on accueille un vieil ami ? ironisa Roman, refermant la porte.

Puis, avec un grand sourire, il se laissa choir dans l'un des fauteuils disposés face au bureau.

— Un de ces jours, Merrick, vous finirez la corde au cou, avec ce sourire insolent, lui promit son hôte. Que me voulez-vous ?

Roman haussa les épaules.

— Oh, rien de compliqué. Juste un petit renseignement que vous devriez pouvoir me fournir sans peine.

Son interlocuteur se raidit. Il n'était pas habitué à ce qu'on lui parle aussi librement. D'ordinaire, les gens usaient avec lui de déférence – pour ne pas dire de révérence.

Mais Roman n'avait jamais su se tenir à sa place.

— Que savez-vous de la famille Chatsworth ?

— Le père est un parvenu. Mais la fille est considérée comme d'une rare beauté, répondit son interlocuteur. Puis, plissant les yeux, il demanda : que pouvez-vous bien vouloir aux Merrick ?

Roman esquissa un sourire.

11

Bientôt.

Un simple mot, mais qui suffisait à la faire trembler d'anticipation et d'appréhension.

Charlotte, serrant le papier dans sa main, contemplait la porte devant elle. La jeune femme était en proie à des émotions contradictoires. Frapper au battant rendrait tout à coup la situation bien réelle. Mais en avait-elle le désir ?

Cependant, elle s'était précipitée ici dès qu'elle avait reçu son invitation – ou, plutôt, sa convocation.

Si elle avait encore été la Charlotte qui avait reçu une éducation stricte, elle s'en serait voulu de succomber aussi facilement et de lui abandonner la conduite des événements.

Mais depuis quelques jours, elle se reconnaissait à peine. Elle était devenue quelqu'un d'autre – quelqu'un de plus vivant, comme un bouton de fleur qui aspirait désespérément à s'ouvrir à la caresse du soleil.

Ces derniers soirs, chaque fois qu'elle se rendait à une réception, elle s'exposait à la lumière – et, du même coup, aux griffes de Bethany Case.

Dès qu'elle apercevait une tête blonde, Charlotte sentait son cœur s'emballer dans sa poitrine. Et quand elle réalisait que cette tête appartenait à quelqu'un d'autre, sa déception le disputait au soulagement.

Mais l'ancienne Charlotte n'avait pas totalement disparu. Et c'était cette Charlotte-là qui la retenait en cet instant de tourner la poignée de la porte.

Cette Charlotte d'hier qui repoussait la Charlotte d'aujourd'hui quand elle voulait trop s'approcher du soleil. Cette Charlotte qui ne pouvait pas s'empêcher de demander *ce qu'elle faisait ici*...

Elle serra le papier plus fort dans ses doigts.

« Sept heures du matin, devant votre porte. Prévoyez un manteau. Apportez ce mot. »

Un fiacre l'attendait. La course était payée d'avance et le cocher l'avait conduite au nord de la ville, jusqu'à une maison de brique environnée d'une profusion de fleurs roses...

La porte s'ouvrit soudain, et il apparut devant elle.

Des cernes noirs soulignaient ses yeux, sans que cela n'ôte rien à sa séduction. Sa nature sombre semblait davantage affleurer que d'ordinaire et Charlotte se demanda s'il avait dormi – et combien de temps.

— Bonjour ! lança-t-il avec un sourire. J'avais peur de vieillir prématurément à force d'attendre que vous ne vous décidiez à pousser cette porte. Alors, j'ai préféré prendre les devants. Sinon, je crois que mon cœur n'aurait pas résisté.

Charlotte pénétra à l'intérieur, le frôlant au passage.

— Si je comprends bien, à quelques minutes près, j'aurais pu enfin être débarrassée de vous ?

— J'avais bien l'intention de vous hanter depuis l'au-delà, lui murmura-t-il à l'oreille, tandis qu'il refermait la porte.

Charlotte déglutit.

— Vous me hantez déjà, confessa-t-elle. Ce ne serait donc pas très compliqué.

Son sourire s'élargit.

— Je me demandais si vous viendriez, dit-il, s'adossant au battant.

Charlotte se l'était elle-même demandé, mais elle avait finalement opté pour l'affirmative.

Deux enfants, un garçon et une fille, dévalèrent l'escalier qui terminait le hall. Leurs cheveux étaient ébouriffés et ils criaient l'un après l'autre.

— Rends-le-moi, voleur ! hurlait la fillette.

— Essaie de m'attraper ! lui répliqua le garçon, qui sauta à pieds joints les quatre dernières marches.

La fillette sur les talons, il poussa une porte battante, découvrant une pièce dans laquelle se tenait une femme. Charlotte eut le temps de voir que celle-ci était vêtue de rose et qu'elle avait les cheveux tirés en arrière.

La porte battit encore quelques instants sur ses gonds après le passage des enfants, mais Charlotte ne pouvait plus rien distinguer de précis.

Son cœur, cependant, s'était glacé. Elle se reprochait tout à coup sa naïveté.

— Ce sont vos enfants ? demanda-t-elle, d'une voix détachée, se réfugiant, comme d'habitude, derrière une politesse de façade.

— Grands dieux, non ! répondit-il, s'écartant de la porte. Éloignons-nous, car ces chenapans ne vont pas tarder à revenir.

Il désigna l'escalier avant d'ajouter :

— Après vous. Première porte à droite.

Charlotte monta l'escalier avec raideur. Des questions se bousculaient dans sa tête. Pourquoi était-elle venue ? Que faisait-elle ici ? Où la conduisait-il ? Pourquoi était-elle si résignée – à moins que ce ne fût de l'impatience – de courir à sa ruine ?

Elle poussa la première porte à droite, et fut surprise de découvrir un bureau, confortable, mais meublé sans ostentation.

Quand il lui fit signe de s'asseoir, elle choisit un fauteuil. À son grand étonnement, il prit place juste derrière elle, ce qui obligea Charlotte à se retourner pour le voir. Il souriait.

— Je dois être rentrée avant midi, dit-elle.

Il eut un geste vague de la main, pour la rassurer.

— Cela ne devrait pas prendre plus d'une heure. Pour aujourd'hui, en tout cas.

Charlotte attendit, en vain, qu'il s'explique davantage. Elle n'était pas sûre de très bien comprendre.

— Passer d'une nuit entière à une heure ne me semble pas être dans l'esprit du marché que nous avions conclu.

Il s'esclaffa, avant de s'emparer d'une cravache posée sur un guéridon, à côté de lui. Une cravache ? Envisageait-il de la frapper ?

— Ne me dites pas, Charlotte, que vous avez cru que je réclamais ma dette en vous mandant ici ?

Il examinait la cravache avec un sourire. Charlotte n'aurait pas su dire si c'était parce que l'objet lui plaisait ou parce qu'il s'amusait encore de sa réaction.

— Je n'ai rien cru du tout, assura-t-elle, furieuse qu'il puisse lire dans ses pensées.

— Pour ma part, j'ai pensé que nous pouvions peut-être renégocier les dettes de votre père, dit-il. Afin de vous donner un peu de temps pour respirer.

Respirer ? Pour l'heure, elle en était à peine capable.

— Pardon ?

— Vous m'avez dit que c'était ce que vous désiriez : un peu de répit. Je peux vous satisfaire.

C'était une promesse habile de sa part. Elle aurait voulu lui demander comment il comptait s'y prendre, mais une autre question lui brûlait les lèvres :

— Pourquoi ?

Il sourit.

— Oh, j'en tirerai moi aussi profit ! La clé d'une entente constructive repose toujours sur un bénéfice réciproque. C'est également le cas du projet des Delaney.

— Je... oui.

Charlotte avait considéré ce projet comme un travail commun, mais on pouvait aussi l'interpréter comme une façon de profiter mutuellement des compétences de l'autre en vue d'obtenir le résultat désiré.

— Alors, l'affaire est entendue ?

Elle sursauta.

— Rien n'est conclu du tout, dans la mesure où je n'ai aucune idée de ce que vous avez en tête !

— Y a-t-il des choses que vous vous refuseriez à faire, même en échange d'une grosse somme d'argent ? demanda-t-il d'un ton nonchalant.

— Évidemment !

Il y avait beaucoup de choses que Charlotte n'était pas disposée à faire, du moins le pensait-elle. Mais elle réalisa avec un certain malaise qu'en revanche, elle se montrerait beaucoup plus conciliante si on lui promettait un bon mariage. Cependant, dans son monde, la fortune était tout. Son père le lui avait assez souvent répété.

Elle s'obligea à sourire à Roman afin qu'il ne devine pas le cours de ses pensées.

— Supposons que je vous accorde autant de temps et d'espace que vous le souhaitez, dit-il. Que seriez-vous prête à m'accorder, en échange ?

Charlotte sentit son pouls s'accélérer.

— Je vous dois déjà une nuit. Je serais bien mal avisée de me lancer dans un autre pari avec vous.

Il lui souleva le menton pour l'obliger à le regarder droit dans les yeux.

— Ce que je veux, c'est vous. Vous, sans aucune retenue.

— Vous m'avez déjà. C'est à peine si je parviens encore à me contrôler en votre présence.

Il sourit encore.

— J'apprécie votre franchise, murmura-t-il avant de se pencher vers elle.

Leurs lèvres se touchaient presque. Et leur posture bizarre – lui, penché en avant, elle se tournant vers lui –

donnait l'impression qu'ils cherchaient à dresser un pont par-dessus quelque abîme invisible.

— Mais j'aimerais connaître le fond de votre pensée, ajouta-t-il.

Depuis deux semaines qu'elle le fréquentait, Charlotte avait l'impression de se laisser prendre un peu plus, chaque jour, dans ses filets.

— Non, répondit-elle. Cela vous donnerait trop de pouvoir. Et vous en avez déjà beaucoup.

— Vraiment ?

Il plaqua ses lèvres sur celles de la jeune femme, qui frissonna. Elle s'agrippa à son fauteuil – du moins, l'ancienne Charlotte, celle qui refusait de s'abandonner totalement à l'appel de ses sens – tandis que la nouvelle Charlotte était sur le point de succomber à la tentation.

S'il décidait de la porter jusqu'au sofa qu'elle apercevait devant la cheminée, la nouvelle Charlotte prendrait le pas sur l'ancienne, et elle ne lui opposerait aucune résistance.

Mais il abandonna ses lèvres et, se redressant, il s'adossa à son siège.

— Pourquoi vous êtes-vous assis derrière moi ? demanda-t-elle.

— J'aurais pu m'asseoir derrière le bureau. Mais je déteste les bureaux.

Il n'avait pas vraiment répondu à sa question.

— Les bureaux ne sont que des pièces de mobilier. Il n'y a pas de raison particulière de les aimer ou de les détester.

Il sourit encore.

— Vous dites cela parce que vous devez les aimer. Ça ne m'étonne pas. Leur rigidité doit vous plaire.

— Et vous, j'imagine que vous préférez les fauteuils un peu usés ?

Il tapota les accoudoirs du sien.

— Usés, mais solides. Un bon vieux fauteuil ne vous déçoit jamais.

Charlotte était médusée.

— M'auriez-vous convoquée pour me parler ameublement ?

— Non. J'essaie simplement de… meubler. Samuel ne devrait plus tarder à arriver.

Elle se raidit.

— Vous avez convoqué quelqu'un d'autre ?

Il eut un geste de la main pour balayer ses réticences.

— C'est sa maison, ici. Nous nous trouvons chez lui. Et ne vous inquiétez pas. Il ne révélera votre présence à personne. Samuel est une tombe.

Charlotte fut soulagée d'apprendre que cette maison, et tout ce qu'elle contenait – les meubles aussi bien que les gens – appartenaient à quelqu'un d'autre. Mais de quoi donc avait-elle eu peur ?

— C'est facile pour vous de me le promettre, objecta-t-elle. Ce n'est pas votre réputation qui est en jeu.

— Non, en effet. Mais revenons à ce qui nous réunit pour l'instant. Samuel souhaite participer au projet des Delaney. Mais… hmm, comment dire ? Il ne figure pas sur la liste des invités.

Charlotte inspecta la pièce du regard. Ce n'était pas luxueux, mais celui qui possédait cette maison n'était pas non plus quelqu'un de modeste.

Roman se massa la nuque, un geste qui alarma la jeune femme. D'ordinaire, il était toujours plein d'assurance.

— L'argent n'est pas toujours… propre, dit-il.

Voulait-il parler d'un criminel ?

— Vous étiez bien invité, pourtant, fit-elle valoir.

— Notre principale activité n'a rien de répréhensible. Même si nos méthodes sont loin de faire l'unanimité.

Charlotte se demanda quelles autres « activités » poursuivaient les frères Merrick – car il était facile de deviner que celles-ci, en revanche, tombaient sous le coup de la loi.

— Laissez-moi deviner… La prostitution rend les prostituées heureuses, c'est cela ?

Elle avait voulu plaisanter, mais Roman hocha la tête.

— C'est exactement cela. Très bon exemple.

— Que...

— Je me doutais que vous accepteriez de coopérer, la coupa-t-il. Vous viendrez ici tous les matins pendant une semaine et, chaque jour, je rembourserai l'une des dettes de votre père.

Charlotte ne parvenait pas à faire le lien avec sa plaisanterie sur la prostitution. Ou plutôt, elle redoutait de trop bien comprendre. N'était-il pas en train de suggérer...

— Je commencerai par les plus grosses dettes, bien sûr, précisa-t-il.

Charlotte déglutit.

— Et que devrai-je faire, en échange ?

— Oh, ce sera très facile. Donner des conseils. Vous rendre utile dans la mesure de votre possible.

Elle comprenait de moins en moins. Mais avant qu'elle ait pu poser une autre question, la porte du bureau s'ouvrit à la volée.

Un homme corpulent, affublé d'une démarche un peu raide, entra dans la pièce. Ses cheveux étaient soigneusement coiffés et sa chemise repassée de frais. Mais il semblait mal à son aise. Il salua d'un geste de la tête et s'assit derrière le bureau.

— Merrick ne m'a pas dit votre nom, commença-t-il d'emblée, comme s'il était pressé d'aller droit au but. Nous continuerons donc dans la discrétion. Le mien est Sam. Et je vous appellerai « Madame ».

Charlotte mit quelques secondes avant de pouvoir répondre :

— Très bien, Sam.

— Sachez que j'aime la franchise. Et qu'on soit direct avec moi.

— Vous avez raison.

— Parfait ! Alors, voilà l'affaire. Ma femme souhaiterait, euh... s'engager.

Charlotte fronça les sourcils. De quoi parlait-il ? De leçons d'étiquette ? Sa femme espérait-elle se lancer dans le monde ?

— Comme vous devez le savoir, toutes les prostituées n'ont pas envie de le rester. Mais certaines, si.

Charlotte s'en doutait, mais elle n'avait pas d'informations particulières sur ce sujet.

— Certaines font ça pour le plais… euh, pour gagner un peu d'argent. Les autres n'ont pas vraiment le choix. Mais ce n'est pas la majorité.

Si Charlotte n'avait pas été aussi médusée, elle aurait hoché la tête pour l'inciter à continuer. Heureusement, il ne semblait pas avoir besoin d'encouragements.

— Nous voudrions que leur condition soit examinée avec plus de clémence. Sally… enfin ma femme, a des idées. J'étais son souten… euh, je veux dire son patron, avant.

— Je… je vois, murmura Charlotte, effondrée.

Ainsi, Roman l'avait amenée ici pour qu'elle défende la cause des prostituées ?

— Parfait, répéta Sam, qui parut soulagé. Je suis prêt à investir de l'argent dans l'affaire. Le but est d'avoir l'oreille de quelques membres du Parlement.

Charlotte décida de se repasser en silence cette étrange conversation. Elle se concentra sur la tâche qui était réclamée, plutôt que sur ses éventuels bénéficiaires.

— Avez-vous déjà des idées précises, ou voulez-vous distribuer votre argent à des groupes qui soutiendraient votre cause ?

Sam s'adossa à son siège. Il semblait ravi.

— Les deux. Et je vous félicite de l'avoir deviné, madame.

Charlotte ne voyait pas Roman, mais elle était sûre qu'il souriait d'amusement dans son dos. Cependant, elle se piquait à la conversation, car elle avait l'intuition qu'il y avait quelque chose de très sérieux en jeu. Elle se concentra sur l'homme assis en face d'elle, tandis qu'il lui exposait son projet plus en détail.

Une demi-heure plus tard, Sam ressortit de la pièce beaucoup plus détendu qu'il n'y était entré. Il avait tiré sa chemise de son pantalon, pour se sentir plus à son aise. De toute évidence, il s'était mis sur son trente-et-un pour aborder cet entretien, mais il n'était pas habitué à être guindé, et il détestait cela.

Charlotte contempla un moment le siège qu'il venait de quitter, avant de se tourner vers Roman. Il jouait toujours avec la cravache, dans ses mains.

Elle attendit qu'il accroche son regard.

— Je pensais que vous auriez quelque chose à me dire ?

Il haussa un sourcil.

— Quelque chose du genre « Je m'excuse, Charlotte, je n'avais pas réalisé ce que je vous obligerais à faire », ou « Réveillez-vous, Charlotte, vous avez dormi trop longtemps »...

Il sourit.

— Je préférerais la deuxième hypothèse, plaisanta-t-il. (Puis, redevenant sérieux, il demanda :) Êtes-vous d'accord pour l'aider ?

— Oui.

Il sourit de plus belle. Et il sembla lui aussi se détendre.

— Le projet de Sam – enfin, le sien et celui de sa femme – me paraît tout à fait défendable, convint Charlotte. Et il a quelques idées intéressantes. Je connais certaines femmes haut placées susceptibles de soutenir ce genre de cause. Je ne sais pas encore comment je m'y prendrai pour leur exposer le sujet, mais je sais au moins à qui m'adresser.

— Merci.

— Vous auriez pu demander aux Delaney.

— Pourquoi l'aurais-je fait, alors que je pouvais vous solliciter ?

— Les Delaney ont davantage de pouvoir que moi.

Du moins, pour l'instant. Un jour, peut-être...

— Mais je leur aurais été redevable, alors que je préfère *vous* être redevable.

— Vous n'avez pas besoin de vous sentir redevable de quoi que ce soit, répliqua Charlotte.

Elle avait sans doute tort de rejeter déjà les bonnes cartes en sa possession, mais son orgueil le lui intimait.

— C'est une cause pour laquelle je puis m'investir sans rétribution, et vous le savez très bien, ajouta-t-elle.

Participer activement à des actions charitables l'aidait à se sentir utile, mais accepter de l'argent en échange allait contre ses principes.

— Oui, bien sûr. Mais je n'en rembourserai pas moins une partie des dettes de votre père. C'est un désir égoïste, si cela peut vous rassurer. Je voudrais vous savoir *libre*.

— Pourquoi aidez-vous Sam ?

— Oh, je ne le fais pas par gentillesse. Disons qu'il m'arrive d'avoir envie de *blanchir* mon argent.

Charlotte avait du mal à comprendre. Son nom ne circulait jamais dans les cercles de charité – son apparition chez les Delaney ayant constitué une exception –, ce qui pouvait expliquer ses paroles très égoïstes. Cependant, il semblait sincèrement s'intéresser aux actions charitables de Charlotte. Ils avaient plusieurs fois abordé le sujet, et chaque fois elle percevait le plus grand sérieux, derrière son éternel sourire goguenard.

La jeune femme retourna son fauteuil, pour se retrouver face à lui. Puis elle réfléchit aux options qui s'offraient à elle. À défaut de choisir son sort, du moins pouvait-elle choisir la façon dont elle sombrerait dans la perdition.

— Je souhaite payer ma propre dette, dit-elle. Cette deuxième nuit, que je vous dois encore. Je pourrais annuler mes engagements de demain soir en prétextant que je suis malade.

Il était enfoncé, presque avachi, dans son fauteuil. Mais son regard était en alerte.

— Pourquoi ?

Charlotte accrocha franchement son regard.

— N'en avez-vous pas envie ?

— Vous jouez avec le feu, Charlotte.

— Ah oui ?

Roman contemplait la femme assise en face de lui. Elle semblait très calme et elle donnait l'impression de se contrôler. Mais il devinait le feu qui couvait sous la glace.

Il ne réfléchit qu'une seconde à ce qu'il allait dire.

— Considérez que cette dette d'une nuit est effacée.

Elle cligna des yeux, stupéfaite. Et il lut de la déception dans ses yeux.

— Mais…

— Mais quoi ? la coupa-t-il. N'allez pas imaginer que je vous libère.

Cette fois, il pouvait lire l'incertitude – une délicieuse incertitude – se peindre sur ses traits.

— Non.

Il se pencha vers elle.

— Non. N'oubliez pas que je suis quelqu'un de très égoïste.

— Un homme égoïste prend toujours ce qui s'offre à lui.

— Non. Un homme égoïste veut davantage que ce qui s'offre à lui. Il veut *tout*.

Il tendit le bras, pour lui effleurer la joue.

— Je vous veux tout entière, Charlotte.

12

Les épreuves de la matinée n'étaient pas terminées. De retour chez elle, Charlotte tomba sur son père.

— Suis-moi dans mon bureau, lui ordonna-t-il, avec un geste impérieux du bras.

Enfant, elle adorait se rendre dans le bureau de son père pour y admirer les centaines de livres reliés de cuir qui ornaient les rayonnages très fournis de la bibliothèque. Mais la pièce s'était dénudée au fil des ans – à l'image du monde de Charlotte. Ils auraient même dû vendre la maison, et s'installer dans une demeure de taille plus modeste, dans un quartier moins chic de la ville. Mais son père tenait trop aux apparences, et s'accrochait autant qu'il pouvait à ces murs vides.

— Où étais-tu ? demanda-t-il d'un ton cassant.

Le problème n'était pas que Charlotte fût sortie, faussant compagnie à Anna. Son père n'aurait pas réagi si personne ne s'était inquiété de savoir où elle se trouvait. Ce qui voulait dire que quelqu'un l'avait cherchée en son absence.

La jeune femme prit un air contrit.

— J'étais partie marcher dans Hyde Park. J'avais besoin d'être un peu seule, pour m'éclaircir les idées.

Son père se tenait derrière son bureau, fouillant dans ses papiers et les remuant en tous sens, comme chaque fois qu'il était agité.

— Ne recommence jamais cela. Veux-tu notre disgrâce ?

— Bien sûr que non. Mais une promenade en tout début de journée n'est pas un crime. La bonne société est à peine réveillée, à cette heure-là !

— La moindre entorse à l'étiquette pourrait nous nuire, désormais.

— Très bien. J'essaierai de m'en souvenir.

La meilleure occasion de s'en souvenir serait quand Roman l'embrasserait de nouveau. Mais dans ces moments-là, Charlotte était incapable de raisonner.

— Des rumeurs circulent déjà.

La jeune femme retint son souffle.

— Ah ?

Quelqu'un les avait-il vus ? Quelqu'un avait-il remarqué Hadès séduisant Perséphone dans un recoin ?

— Les gens pensent que tu devrais déjà être mariée, expliqua son père. (Et, tapant du poing sur la table, il ajouta :) Ils ont raison.

Charlotte ne broncha pas. Mais elle était soulagée de ne pas entendre citer le nom de Roman.

— Le scandale nous pend au nez, ma fille. Il est grand temps de passer à l'action.

— Pourtant, je n'ai rien entendu dire au sujet de cette enchère que vous avez perdue contre M. Merrick, risqua Charlotte. Or les gens ne tiendraient pas leur langue, s'ils étaient au courant.

Son père grimaça.

— Ne sois pas idiote ! répliqua-t-il, les yeux rivés sur les papiers étalés sur son bureau – des factures, ou des échéances de dettes, pour l'essentiel.

Charlotte suivit son regard. Elle sursauta en remarquant un papier particulier.

Respirer.

— Qu'est-ce que cela, père ? On dirait une échéance qui a été honorée.

— Ça ne te regarde pas ! explosa son père. Tu ferais mieux de te concentrer sur ta tâche : attraper un prétendant bien titré. Mais tu n'as vraiment pas l'air pressé.

Charlotte lui offrit son sourire le plus lénifiant.

— Pardonnez-moi, père, mais il paraîtrait vulgaire de montrer que nous sommes aux abois.

Bennett Chatsworth plissa les yeux.

— Ne sois pas insolente…

Charlotte accrocha son regard.

— Combien d'offres avez-vous refusées, depuis deux ans ?

— Elles n'étaient pas assez valables.

— Ne vous inquiétez pas. Je finirai par me marier.

— Pour l'instant, tu n'en prends pas le chemin.

— Hier soir, j'ai dansé avec…

— Danser ! À quoi cela te mène-t-il ?

— Danser n'est pas qu'un passe-temps agréable et futile, père. Et cela ne se limite pas à former des pas sur un parquet. Mais je n'ai pas besoin de vous l'expliquer. Vous le savez très bien.

— Je ne constate aucun progrès de ta part. Tu te comportes comme si tu avais toute la vie devant toi.

— Je vous assure que j'ai conscience de l'urgence.

— Alors, prouve-le. Fais-les languir à tes pieds, au lieu de les laisser t'admirer de loin.

Charlotte se raidit.

— J'ai du mal à comprendre le rôle que vous souhaitez me voir jouer. Dois-je me comporter en trophée qui se mérite, ou en courtisane ?

— Les deux !

— Dans ce cas, peut-être devriez-vous me jouer plus souvent aux cartes, pour que j'apprenne à devenir une bonne courtisane.

Il contourna le bureau, furieux, et il lui saisit le menton. La colère déformait ses traits.

— Apprends surtout à tenir ta langue.

Sa main tremblait. Il n'avait pas encore bu de la journée.

Charlotte s'exhorta au calme, et il finit par desserrer son étreinte.

— Tu as beaucoup plus de charme et de classe que la plupart des jeunes femmes de la bonne société. Je m'en suis aperçu quand tu avais treize ans. Si la perfection existait, elle aurait tes traits.

Charlotte ne répondit rien.

— J'ai besoin de toi, ajouta-t-il. Ta sœur ne m'est d'aucune utilité.

Elle libéra son menton.

— Emily vaut mieux que vous. Elle…

Il lui agrippa le bras – en prenant bien soin de ne pas serrer trop fort pour ne pas faire de marque. Son père n'était pas fou : il ne tenait pas à ce qu'elle perde de la valeur.

— Je la marierai à lord Kinley.

— Vous n'oserez pas ! répliqua Charlotte, avec plus de conviction qu'elle ne l'aurait imaginé.

Son père plissa les yeux.

— Il te voulait aussi, à une certaine époque. Mais il les préfère jeunes.

— Je ferai en sorte qu'elle soit veuve avant sa nuit de noces.

Il éclata de rire.

— Dans ces conditions, je devrais peut-être accélérer les choses.

Charlotte pleurait la perte de l'affection qu'elle avait autrefois éprouvée pour son père – avant qu'il ne sombre dans l'alcool et le jeu.

— Trant vous fera bientôt une offre, dit-elle, avec un mélange de colère contenue et d'amertume. Je suis convaincue qu'elle sera généreuse.

En voyant le visage de son père se fermer, Charlotte secoua la tête. C'était à désespérer.

— Mais je vois bien que Trant ne vous suffit pas. Malgré l'état désastreux de vos finances, vous continuez de rêver à un meilleur parti.

— Avec un peu de temps et de bonne volonté, tu pourrais devenir duchesse, assura-t-il.

Il voulut lui caresser la joue, mais elle se recula.

— Et mon petit-fils serait duc un jour, ajouta-t-il. Cependant, tu as raison, le temps presse. Je vais essayer de convaincre Trant d'attendre la fin de la saison avant de faire son offre. Mais je n'irai pas plus loin. Ce qui veut dire que tu as six semaines pour trouver un prétendant plus huppé. Sers-toi de tes appâts, ma fille. Essaie de te faire inviter chez le duc de Knowles et de te faire compromettre par lui.

Charlotte n'en croyait pas ses oreilles. Comment son père pouvait-il s'abaisser à pareille suggestion ?

— À défaut de Knowles, tu devrais au moins pouvoir ferrer le comte de Tewksbury ou le marquis de Binchley.

Le duc de Knowles était non seulement fabuleusement riche, mais aussi très bel homme. Cependant, il s'entêtait à ne pas quitter sa propriété campagnarde et ne se montrait jamais dans les réceptions londoniennes. Le comte de Tewksbury approchait de la soixantaine – à moins qu'il ne l'ait déjà dépassée. Quant au marquis de Binchley, c'était un ivrogne sans la moindre conversation.

L'horizon de Charlotte semblait définitivement vide de tout espoir.

— Six semaines, murmura-t-elle, comme si la clé de son destin résidait dans ce laps de temps.

Son père abattit son poing sur la table.

— Six semaines, répéta-t-il. Mais je sais que tu en es capable.

D'ordinaire, Charlotte adorait se rendre à Vauxhall. Le spectacle, les illuminations, l'humeur joyeuse qui y régnait, le public mélangé… Tout l'enchantait.

Mais avec l'ultimatum de son père qui résonnait à ses oreilles, la jeune femme avait l'impression que les cloisons de la loge où elle dînait se refermaient lentement sur elle tel un piège mortel.

Le marquis de Binchley rota à côté d'elle.

Elle était consciente que la foule l'observait, comme si le roi en personne s'était invité dans sa loge.

Charlotte se tapota les lèvres avec sa serviette sans se départir de son sourire distant. Les journaux loueraient son port de reine, songea-t-elle.

Mais un frisson lui vrilla soudain l'échine et elle se raidit. Il n'y avait qu'un homme, un seul, pour lui donner de telles sensations.

Elle scruta la foule du regard, jusqu'à ce que ses yeux ne s'arrêtent sur une chevelure d'un blond parfait. Même entouré d'une foule de gens qui se pressaient les uns contre les autres, il dominait encore l'espace. Charlotte reconnut les deux hommes qui lui parlaient – mais auxquels il ne semblait pas prêter qu'une oreille distraite. Cependant, à l'instant où leurs regards s'accrochèrent, il esquissa un sourire avant de reporter son attention sur ses interlocuteurs, comme s'il ne l'avait même pas vue.

Charlotte, en revanche, était incapable de détourner le regard, réprimant à grand-peine son envie de bondir hors de la loge pour le rejoindre.

— Ça ressemble à des grenouilles. Sauf que leurs pattes ne sont pas palmées, disait Binchley.

Charlotte sentait sur la peau de sa poitrine le papier qu'elle avait trouvé en début d'après-midi – peu de temps après son entrevue orageuse avec son père. Un petit morceau de parchemin, encore accroché à une fleur des champs. La jeune femme l'avait glissé dans le bustier de sa robe et la sensation était d'autant plus délicieuse qu'elle avait quelque chose d'interdit.

Elle se tourna vers le marquis, dont les yeux étaient déjà injectés d'alcool. La routine, en quelque sorte.

— Pardonnez-moi, milord. Vous disiez ?

— Je parlais des crapauds. D'horribles bestioles…

— Vous avez raison.

Charlotte, se sachant constamment épiée par la foule, s'obligeait à ne pas se départir de son sourire. Cependant, quand Roman Merrick disparut de son champ de vision, elle éprouva un sentiment proche de la panique.

Mais les ombres des jardins lui murmuraient de s'échapper. Pour l'y retrouver.

Malheureusement, il ne lui serait pas facile de fausser compagnie à Binchley. Lui-même ne s'apercevrait sans doute pas de son départ, soûl comme il l'était, mais les autres… Depuis le début, ils observaient leur loge avec avidité. Du reste, Charlotte s'était ingéniée à faire croire qu'ils poursuivaient une conversation intime. Elle avait vu son père aux anges. Trant, quant à lui, fronçait les sourcils.

Binchley but une nouvelle gorgée de vin.

— Je ne vois pas de crapauds dans le ciel.

— Ce n'est pas leur habitat naturel, fit valoir Charlotte, non sans humour.

Elle essayait de garder son attention sur le marquis, au lieu de scruter la foule du regard. Et pour l'instant, elle était incapable de prendre un parti : rester ici, à subir cette conversation sans queue ni tête, ou s'échapper pour tenter de retrouver Roman.

Aussi, quand Miranda passa une tête dans leur loge, Charlotte réprima-t-elle difficilement l'envie de s'accrocher à elle comme à une bouée de sauvetage.

— Lady Downing ! s'exclama-t-elle.

Mais elle avait réussi à garder une expression détendue, dans l'espoir de convaincre son amie qu'elle passait une bonne soirée.

— Bonsoir, mademoiselle Chatsworth. Bonsoir, lord Binchley. J'espère que je ne vous dérange pas ?

— Non, pas du tout, assura Charlotte.

— Bonsoir, lady Downing, répondit Binchley d'une voix pâteuse. Puis, fronçant les sourcils, il ajouta : Maudits crapauds !

Miranda en resta un instant bouche bée, avant de se ressaisir.

— Laissez-moi trouver lord Downing, milord, dit-elle. Je crois qu'il voulait vous parler.

Et elle ressortit. Après son départ, Charlotte sourit avec plus de sincérité au marquis, sachant sa libération proche.

Binchley marmonna quelque chose d'inintelligible, qu'elle n'eut pas besoin de lui faire répéter car Downing arrivait, suivi de Miranda.

Entièrement vêtu de noir, le vicomte donnait l'impression d'être un démon pourchassant quelque proie.

— Binchley, votre mère vous cherche. Elle parlait d'un certain rendez-vous.

— Maudits crapauds ! marmonna une fois encore Binchley en se levant.

Il tenait en équilibre précaire sur ses jambes. Charlotte lui prit gentiment le bras, pour le pousser vers Downing, qu'elle gratifia d'un regard de reconnaissance. Quand Downing eut éloigné le marquis, Miranda s'accrocha à son tour au bras de Charlotte et les deux amies entamèrent une promenade au milieu de la foule.

— Avez-vous apprécié votre dîner ? voulut savoir Miranda.

Charlotte, tout à coup, se trouva incapable de parler. Pourquoi était-elle si angoissée ? Parce qu'elle sentait le terme approcher ? Quoi que pût dire son père, elle n'était pas différente des autres jeunes femmes de la bonne société. Son destin était scellé d'avance.

— Oh, ma chère, murmura Miranda, comprenant tout à coup son désarroi. Votre père…

— Je ne souhaite pas parler de lui, la coupa Charlotte.

Un frisson lui courut sur la nuque. Elle ne voyait Roman nulle part, mais elle *sentait* sa présence. Il ne devait pas être très loin.

— Très bien, acquiesça Miranda.

Les deux femmes restèrent silencieuses un moment. Puis Miranda risqua :

— Séparez Binchley de sa mère et je suis convaincue qu'il deviendra tout de suite plus supportable.

Charlotte imaginait assez bien la vie qui pouvait l'attendre avec Binchley. Même à supposer qu'elle parvienne à le soustraire à l'influence de sa mère, elle n'arriverait pas à le détourner de la boisson. Et probablement aussi du jeu. Elle ne connaissait que trop bien le mariage des deux.

— Son titre est dans leur famille depuis huit générations, ajouta Miranda. Et il est jeune. Il peut encore s'améliorer.

Plus jeune assurément que Tewksbury, qui aurait pu être le grand-père de Charlotte.

Voyant que celle-ci restait muette, son amie lui avoua :

— En fait, j'avais le sentiment que vous désiriez vous échapper. Je ne regrette pas d'être venue vous chercher dans votre loge !

— Oui, merci, murmura Charlotte qui s'efforçait de combattre son agitation intérieure.

Elle pourrait décider de rejoindre Tewksbury au lieu de s'enfoncer dans la pénombre à la recherche de Roman Merrick. Ou tenter d'apprendre les derniers ragots sur Knowles. Son père serait enchanté. Du reste, elle ne s'était jamais attendue à une autre existence. Elle avait été élevée pour être Charlotte Chatsworth, une jeune femme de la bonne société destinée à faire un beau mariage qui contenterait ses parents.

Cependant, ses émotions allaient à l'encontre de cette façade de bon aloi. Et le fait de se sentir sans cesse tiraillée lui gâchait la vie.

— Voulez-vous vous joindre à nous ? lui proposa Miranda, désignant un petit groupe qui se tenait à l'écart de l'allée principale.

L'appel des ténèbres était insistant mais la sagesse lui commandait de l'ignorer.

Charlotte hocha la tête.

Le petit groupe était pour l'essentiel composé du frère et de la sœur de Downing et de leurs amis, qu'elle connaissait tous au moins de vue. Elle avait toujours apprécié leur compagnie insouciante, qui lui permettait de savourer un peu mieux la légèreté de la vie.

Downing, qui s'était débarrassé du marquis, les rejoignit rapidement, et le petit groupe se mit en mouvement. Charlotte marcha à leur suite, sans chercher à repérer son père ni aucun de ses soupirants.

Sans chercher non plus à l'apercevoir, *lui*. Bien qu'elle sût qu'il rôdait non loin d'elle.

Elle s'obligea au contraire à se concentrer sur la conversation animée du groupe. Ou à admirer les illuminations des jardins – qui rendaient les zones d'ombre plus sombres encore…

C'était d'ailleurs tout le charme de Vauxhall, ce mélange d'intense luminosité et de ténèbres incitant à l'évasion. Des ténèbres qui attiraient d'autant plus qu'il semblait facile de s'y glisser…

Du reste, beaucoup ne s'en privaient pas. Ils étaient cependant moins nombreux d'année en année, à mesure que les cols montaient toujours plus hauts, et que les jupons tombaient plus bas. En effet, la société était de plus en plus guindée. Charlotte se souvenait que lors de sa première saison, il était plus facile qu'aujourd'hui de se perdre dans les bosquets de Vauxhall sans craindre de nuire à sa réputation. Si cela continuait ainsi, la moindre incartade en dehors des allées balisées ne constituerait pas bientôt un crime ?

Cependant, des couples disparaissaient encore, ici et là. Soit qu'ils fussent plus audacieux que les autres, ou tout simplement incapables de résister à un désir trop pressant.

Le petit frère de Downing murmura quelque chose – sans doute un commentaire salace, car cela fit rire les autres jeunes mâles du groupe. Puis il les entraîna, à sa suite, en direction du lac.

Downing les regarda s'éloigner en fronçant les sourcils, comme s'il voulait leur ordonner de revenir, mais Miranda lui décocha un coup de coude dans les côtes et il se résigna à continuer. Leur petit groupe arriva bientôt à un carrefour. La sœur de Downing et ses deux camarades firent à leur tour scission pour s'engager dans l'allée conduisant à la grande fontaine, sans s'interrompre une seconde dans leur joyeux bavardage qui parlait d'hommes et de chapeaux.

Si bien qu'il ne resta plus que Charlotte, Downing et Miranda.

Downing et Miranda marchaient devant, et penchés l'un vers l'autre. Ils semblaient partager quelques mots intimes, car Charlotte vit Miranda rougir et sentit son cœur se serrer à ce spectacle. Ces deux-là avaient réussi à se trouver et à s'unir, malgré la barrière, jugée infranchissable, qui les séparait.

Une feuille se détacha d'un arbre, au-dessus d'elle, et voleta dans l'air. Tout à coup, l'appel des ténèbres se faisait plus insistant que jamais.

Charlotte se laissa distancer. D'un pas, puis de deux. Finalement, elle s'immobilisa.

C'était pure folie que d'abandonner la compagnie des Downing, d'autant que son père, Trant et Bethany se trouvaient tous trois dans les parages. Qui sait ce qui pourrait lui arriver, si elle s'aventurait quelques minutes seule dans les bosquets ?

Et cependant, elle s'entendit annoncer :

— Je voudrais examiner la vigne, là-bas. Je propose que nous nous retrouvions à la statue de Vénus.

Miranda lui lança un regard de pure reconnaissance pour la remercier de leur accorder quelques instants d'intimité, avant de reporter son attention sur son mari.

Sans attendre l'approbation de Downing, Charlotte franchit la haie bordant l'allée, s'enfonça dans la pénombre et s'arrêta au bout de quelques pas, la respiration haletante. Puis, fermant les yeux, elle enroula ses doigts sur le papier qu'elle avait caché dans son bustier et ne put réprimer un soupir impatient.

Puis, se ressaisissant, elle inspecta les alentours. Tout était devenu très sombre, cependant elle était capable de s'orienter, pour être souvent venue se promener ici en plein jour. Elle saurait comment rejoindre l'allée qu'avaient empruntée les Downing.

Du reste, si elle était surprise, seule, en un tel endroit, les Downing prendraient sa défense et le scandale en serait atténué. Et puis, rien n'obligeait à ce qu'elle fût aperçue dans les parages.

Quoi qu'il en soit, c'était un risque à prendre. Quand on voulait jouer, il fallait accepter de perdre aussi bien que de gagner.

Avisant un banc de pierre, elle s'y assit, après s'être assurée que la pierre n'était pas humide. Des accords de musique traversaient les frondaisons jusque dans cette alcôve de verdure, mais ils étaient trop étouffés pour couvrir le chant des criquets et des autres insectes nocturnes qui s'en donnaient à cœur joie.

Tout à coup, un bruissement de feuillages la mit en alerte. Puis des pas résonnèrent dans l'allée.

Charlotte tressaillit. Quelqu'un approchait. Et, d'après les bruits de pas, il s'agissait d'une personne seule…

La jeune femme, paniquée, voulut se cacher dans un buisson. Mais les pas changèrent soudain de direction, et bientôt ils ne furent même plus perceptibles.

Charlotte cramponna les rebords du banc. Que faisait-elle ici, dans le noir ? Que faisait-elle *vraiment* ?

« L'allée de Vénus », était-il écrit sur le petit morceau de papier.

— Le diable vous emporte, Roman Merrick, marmonna-t-elle à voix si basse que personne ne risquerait de l'entendre.

— Qu'ai-je encore fait ?

Charlotte bondit sur ses pieds et regarda alentour, une main plaquée sur sa poitrine pour calmer les battements de son cœur. Ne voyant personne, elle finit par baisser les yeux sur le banc.

C'est alors qu'elle le repéra : allongé à même le sol, juste derrière le banc.

La jeune femme, dans sa furie, lui décocha un coup de pied dans le dos. Pour toute réponse, il éclata de rire. Elle leva le pied, dans l'intention de le frapper de nouveau, mais il lui saisit la cheville.

— Ne m'obligez pas à vous faire basculer et à ruiner votre belle robe dans l'herbe, lança-t-il d'un ton amusé. À moins, bien sûr, que vous ne souhaitiez me faciliter les choses.

— Que diable fichez-vous ici ?

— Oh ! mon Dieu ! Que voilà un langage cru, dans la bouche d'une jeune lady, railla-t-il, cependant qu'il lui posait le pied sur le banc pour lui caresser la cheville.

Charlotte aurait aimé plier sa jambe, mais elle risquait de perdre l'équilibre si elle tirait trop fort.

— J'espère que votre vocabulaire est riche d'autres mots encore plus grossiers, car je ne connais rien de plus divin que d'entendre une femme distinguée proférer des insanités pendant que je la pilonne.

Charlotte en resta un instant bouche bée.

— Que… comment ? bredouilla-t-elle.

Une fois de plus, il avait réussi à lui égarer l'esprit et à lui faire penser à des choses qu'une lady respectable devrait ignorer.

— Je suis sûr que vous connaissez tout plein de gros mots, murmura-t-il, tandis que ses mains remontaient à présent le long de son mollet.

Charlotte frissonnait de tous ses membres, mais elle trouva le courage d'arrêter sa main.

Il sourit, révélant des dents d'une blancheur éblouissante, au clair de lune. Puis, relâchant sa jambe, il se redressa avec une grâce féline, prit place sur le banc et assit la jeune femme sur ses genoux.

— Ne me dites pas que ma présence vous surprend, reprit-il. Vous êtes venue ici en parfaite connaissance de cause.

Elle pouvait difficilement nier : c'était la pure vérité.

Il lui caressait à présent la nuque, et leurs deux corps étaient pour ainsi dire lovés l'un contre l'autre.

— Comment avez-vous pu faire cela ? demanda-t-elle.

Il la souleva comme si elle ne pesait pas plus lourd qu'une plume, et disposa ses jambes de part et d'autre des siennes.

— Faire quoi ?

Charlotte avait du mal à se concentrer, obnubilée par le contact de ses cuisses puissantes entre ses jambes.

— Vous glisser derrière moi sans que je m'en aperçoive ?

— Qui vous dit que je n'étais pas là avant vous, à vous attendre ?

— Non, c'est impossible. Je vous aurais vu.

— Alors, vous rêviez sans doute si fort que je viendrais que j'ai pu me matérialiser comme par enchantement à côté de vous.

— Je ne rêvais pas à vous.

Il sourit encore, comme s'il savait parfaitement qu'elle mentait.

— C'est bien dommage, mais je vais essayer de remédier à cela.

— Pourquoi vous intéressez-vous à moi ? murmura-t-elle. Vous ne m'avez jamais répondu.

Elle savait que certains hommes aimaient collectionner les belles choses. Et elle avait pu constater, en visitant son intérieur, qu'il avait un goût pour les objets de luxe.

— Laissez-moi plutôt vous retourner la question, Charlotte : Pourquoi êtes-vous venue ici ? À cet endroit précis ?

— Je me promenais avec Miran…

Sa voix mourut brusquement dans sa gorge : il avait glissé une main sous ses jupes et il lui caressait maintenant l'intérieur des cuisses.

— Non, dit-il. Je veux une réponse sincère.

— Mais c'est la vérité ! protesta Charlotte, soudain submergée par un désir indicible.

La respiration haletante, elle s'agrippa à ses épaules, avant d'ajouter :

— Nous nous promenions !

Il la caressait toujours avec une lenteur étudiée.

— Cessez donc de vous cacher derrière votre petit doigt. Je veux que nous soyons comme aux échecs, à égalité en début de partie. Pour que nous puissions enfin commencer ce qui nous intéresse tous les deux.

— Quoi donc ?

— Notre liaison torride, pardi !

— Mais je ne veux pas avoir de liaison torride avec vous !

Sa main remonta encore plus haut. Charlotte aurait bondi, si elle l'avait pu. Mais il la tenait si fermement qu'elle ne pouvait pas lui échapper.

Quand elle sentit un doigt s'insinuer en elle, elle crut que le souffle allait lui manquer.

Il ne cessa pas pour autant son exploration.

— Je vous promets, au contraire, chuchota-t-il à son oreille, que cela va être extrêmement *torride*.

Charlotte renversa la tête en arrière et ferma les yeux. Elle avait envie de commettre quelque chose d'insensé. Elle avait envie de voler.

— Je ne peux pas, murmura-elle. Je ne peux pas avoir de liaison avec vous.

— Il n'y a pourtant rien de plus simple.

— Je ne suis pas mariée.

— Justement, c'est encore plus facile. Il n'y aura pas de mari jaloux pour nous mettre des bâtons dans les roues.

— Je… c'est impossible.

— Mais si, c'est très possible, au contraire. Et assez courant. Que croyez-vous qu'il soit arrivé à la fille Ganling, la saison dernière ? Et à la fille Uster ? Ne vous êtes-vous pas interrogée sur leurs mariages précipités ?

Charlotte tenta, en vain, de le repousser.

— Ce serait de la folie.

— Qui vous parle de perdre la tête ? répliqua-t-il, lui caressant la nuque de son autre main. Nous serons plus avisés qu'eux, voilà tout.

Charlotte n'aurait pas su dire ce qui était pire : la façon dont il savait l'exciter ou la manière dont son corps la trahissait.

— Et le profit que nous en tirerons vaudra amplement les risques que nous prendrons, ajouta-t-il. Croyez-moi : le jeu en vaut la chandelle.

Il la serra un peu plus contre lui, et Charlotte sentit son membre dressé contre ses cuisses. Un mélange de panique et d'excitation l'envahit.

— Dites-moi, Charlotte, murmura-t-il contre ses lèvres, à *qui* pensez-vous *exactement*, en cet instant ?

Elle avait la respiration de plus en plus haletante. À qui pensait-elle ? Depuis quatre semaines, une seule personne l'obsédait.

— À vous, concéda-t-elle.

Il riva son regard au sien.

— Votre aveu me ravit.

— Mes lèvres ont une fâcheuse tendance à me désobéir, quand vous êtes trop près de moi, tenta d'esquiver Charlotte.

Mais elle avait bien conscience qu'elle ne faisait, au contraire, que rendre plus crédible encore sa confession.

Il lui caressa la joue, puis son pouce dessina le contour de ses lèvres.

— J'ai tout de suite remarqué votre bouche, dit-il. La façon, si délicieuse, dont vos lèvres s'entrouvrent…

Charlotte se sentait comme enivrée par ses paroles.

— J'ai remarqué beaucoup de choses à votre sujet, ajouta-t-il. Mais par-dessus tout, j'ai été frappé de constater que vous vous étiez vous-même mise en cage. Comme si vous aviez délibérément dressé des barreaux entre vous et le monde extérieur. Ce qui m'amène à vous reposer ma question : pourquoi êtes-vous venue sur ce banc ?

— J'ai lu votre billet, murmura-t-elle.

— Et ?

Elle ne répondit pas. Son orgueil l'en empêchait.

— Mon billet était signé d'un homme qui vous proposait de vous retrouver dans la pénombre d'un jardin. Une lady respectable ne se serait-elle pas empressée de fuir dans la direction opposée ?

— Je voulais venir, murmura-t-elle, bien malgré elle.

Il hocha la tête.

— Je sais. Je sais, Charlotte. Laissez-moi vous libérer.

Elle n'avait aucune idée de ce qu'il voulait dire par là, mais elle sentait un désir sauvage monter en elle. Un désir qu'il lui avait inspiré depuis cette première nuit passée ensemble, dans sa chambre.

Un désir irrationnel.

— Oui, s'entendit-elle répondre, plus fermement cette fois.

— Parfait…

Toute idée de faire machine arrière la déserta quand il s'empara de ses lèvres.

Son baiser était brûlant. Dévorant. Et Charlotte se surprit à le lui rendre pour l'obliger à ressentir la même chose. Elle n'avait pas besoin de voir ses yeux – de toute façon, les siens s'étaient fermés tout seuls – pour savoir qu'il était aux anges.

Elle *sentait* son plaisir. À la façon dont ses mains se montraient à la fois caressantes et possessives. À la façon dont il la serrait plus fort contre elle, dont sa langue se glissait avec audace dans sa bouche.

Elle-même en voulait déjà davantage.

Il relâcha soudain les lèvres.

— Derrière ce banc, murmura-t-il, se trouve un charmant petit endroit où personne ne pourrait nous voir ni nous entendre. Et une liaison torride digne de ce nom ne saurait se passer de quelques petites taches d'herbe fraîche sur une robe.

Charlotte le fixait sans pouvoir répondre.

— À supposer que nous soyons découverts, imaginez la stupéfaction de la bonne société, reprit-il. La si parfaite Charlotte Chatsworth, surprise dans un bosquet, les jupes retroussées par-dessus sa tête ! Le scandale serait irrésistible.

Ses paroles irritaient Charlotte, mais il semblait en être parfaitement conscient. S'il trouvait parfois les mots pour la faire fondre, il paraissait en d'autres circonstances s'ingénier à la pousser à bout.

— Et comme cela, ajouta-t-il, je pourrais te donner ce que tu désires.

Tout en parlant, il caressait son mont de Vénus, et Charlotte avait l'impression de s'embraser de l'intérieur.

— Laisse ta fenêtre ouverte, cette nuit, murmura-t-il.

Il s'empara de nouveau de ses lèvres, avec beaucoup plus de douceur, cette fois.

Puis il la souleva dans les airs et l'instant d'après, elle se retrouva assise seule sur le banc, comme à son arrivée. À ceci près que la pierre, sous ses cuisses, était plus chaude que tout à l'heure.

Elle entendit un bruit de pas juste avant que Miranda et Downing n'apparaissent au coin de l'allée. Prise de panique, elle porta une main à son décolleté. Mais son bustier était parfaitement en place. Et Roman Merrick avait disparu.

— Charlotte ?

— Je suis là ! s'écria-t-elle, heureuse de savoir que l'obscurité dissimulait ses traits, car elle n'était pas certaine d'avoir réussi à se recomposer une attitude.

Les émotions qui l'agitaient étaient encore trop vives. Elle était furieuse contre Roman de l'avoir abandonnée ainsi. D'un autre côté, elle était terrifiée à l'idée qu'elle aurait préféré qu'il termine ce qu'il avait commencé, même si cela avait dû causer sa perte.

— Oh ! Dieu soit loué ! s'exclama Miranda, soulagée. Quand nous ne vous avons pas vue à la statue, nous nous sommes demandé ce qui vous était arrivé. Que diriez-vous de repartir, à présent ?

En même temps, Charlotte devinait, à la voix de Miranda, que son amie lui était reconnaissante de leur avoir accordé un moment d'intimité. La jeune femme en éprouva un sentiment de culpabilité. Si Miranda savait !

Une liaison…

Une vraie liaison, qui ne se limiterait pas à une seule nuit, et qui ne serait plus assujettie au paiement d'une dette de jeu.

— Oui, s'entendit-elle répondre. Je pensais que nous pourrions prendre la direction du lac, pour retrouver les garçons.

Une liaison…

Une relation plus *établie*. Faite de rendez-vous secrets et de petits mensonges, mais qui obéirait à d'autres règles – et aurait d'autres conséquences…

— Excellente idée ! approuva Miranda.

Charlotte en était la première convaincue. Il leur faudrait cinq bonnes minutes pour s'extraire d'ici. Cinq minutes à l'écart des lumières : cela devrait suffire pour que la température de son sang redescende à un niveau normal.

Une liaison !

Quelque chose qui les unirait l'un à l'autre, pour une période de temps indéfinie. Quelque chose de sérieux et de léger en même temps.

Elle désirait Roman. Il lui avait ouvert un appétit nouveau, qu'elle avait désormais hâte de combler.

Elle se leva et, avant de rejoindre ses amis, s'humecta furtivement les lèvres. Celles de Roman y avaient laissé leur empreinte, et elle voulait y goûter une fois encore.

13

Roman faisait les cent pas le long de la façade. L'herbe, humide de rosée nocturne, crissait sous ses bottes.

Toutes les fenêtres étaient plongées dans le noir.

— J'espère que vous savez ce que vous faites, marmonna Un-Œil – Bill, de son vrai nom.

Bonne question. Que faisait-il ?

— Bien sûr, répondit-il cependant, avec un sourire destiné à rassurer son compagnon.

Bill grimaça, mais il sembla quelque peu se détendre.

— Tu es bien certain qu'il s'agit de sa fenêtre ?

— Je l'ai encore aperçue tout à l'heure derrière la vitre, avant qu'elle ne tire les rideaux.

Cependant, le regard de Bill lui parut fuyant.

— Un-Œil, je te promets que si tu me fais pénétrer dans la chambre d'une domestique, je t'écorche vif.

— Non, c'est bien sa chambre, s'empressa de confirmer Bill.

Roman le fixa un moment, pour s'assurer qu'il ne mentait pas. Il comprit que Bill avait l'esprit ailleurs. Il avait dû se laisser séduire par quelque soubrette.

— Parfait. Merci. Maintenant, rentre à la maison, et dors un peu.

Bill se gratta le nez.

— Vous ne croyez pas que… euh…

Roman, d'un geste de la main, l'encouragea à continuer. Il aimait beaucoup Bill mais sa patience, pour l'heure, était plutôt limitée.

— Je… euh… vous ne craignez pas que ce ne soit un peu risqué ?

— Écoute, Bill, je ne suis pas d'humeur à discuter, répliqua Roman avec son sourire le plus charmeur pour atténuer la rudesse de son ton. Maintenant, rentre à la maison.

Cependant, Bill ne bougeait pas. Ou plutôt, il dansait d'un pied sur l'autre, mais sans manifester la moindre intention de partir.

— Euh… monsieur Merrick a dit…

— Quoi ? s'impatienta Roman. Andréas t'a demandé de me surveiller ?

— Non, patron, ce n'est pas exactement ça, mais…

— Je te signale que je n'ai plus douze ans, et que je ne suis plus puceau depuis longtemps.

— Non, bien sûr. Mais avec Cornélius qui cherche à nous causer des ennuis…

— Si tu ne pars pas tout de suite, murmura Roman d'une voix lourde de menaces, je ne réponds pas des *ennuis* qui pourraient t'arriver.

Bill battit prudemment en retraite.

— Je… euh, je vous attendrai dans la taverne au coin de la rue.

Et il tourna les talons avant que Roman n'ait pu lui répondre.

Roman le regarda se fondre dans la nuit. Puis, quand il fut certain que Bill était parti, il prit une grande inspiration pour se concentrer sur la tâche qui l'attendait. Il préférait ignorer, pour l'instant, la petite voix qui lui murmurait de façon insistante que, depuis un mois, il n'était plus le même homme et qu'il se montrait beaucoup moins prudent dans ses actions.

Il inspecta une dernière fois la maison, les yeux rivés sur la fenêtre qui l'intéressait. Et il s'interdit de penser à autre chose.

Le rideau bougea légèrement, comme si une main l'avait touché.

Un sourire s'esquissa sur les lèvres de Roman – comme à chaque fois qu'il pensait à Charlotte. Puis il commença de grimper à l'arbre qui se dressait devant sa fenêtre et qui semblait avoir été délibérément planté là en vue de lui venir en aide.

Il monta de branche en branche, avec aisance, jusqu'à ce qu'il parvienne à la hauteur désirée. Ses yeux, vite accoutumés à l'obscurité, repéraient aisément le passage le plus facile.

La fenêtre était entrouverte.

Merveilleux... Elle lui avait obéi. Dieu, ce qu'il appréciait ce petit jeu !

Il rampa jusqu'à l'extrémité de la branche, sauta sur le rebord de la fenêtre et se glissa à l'intérieur. L'espace de quelques instants, il demeura embusqué derrière le rideau, pour s'assurer que la voie était libre et que la jeune femme se trouvait seule.

La lumière du chandelier, sur la table de chevet, lui révéla qu'elle ne portait qu'une fine chemise de nuit. Et personne d'autre n'était visible dans la pièce.

Roman sortit de sa cachette.

— Bonsoir, Charlotte, murmura-t-il d'une voix suave – résultat d'années de pratique.

Il devina, avec un plaisir non dissimulé, qu'il la faisait frissonner.

Elle était magnifique. Et pas seulement d'un point de vue physique, mais aussi par la façon dont elle le regardait et par sa posture – à la fois tendue vers lui, et en même temps, en retrait. Elle le désirait et cependant, elle n'osait pas encore aller au bout de son désir. Et c'était beaucoup plus excitant ainsi...

Roman fit quelques pas vers elle avant de s'immobiliser. Que lui arrivait-il ? Il avait soudain l'impression d'être encore un gamin et de ne pas avoir perdu son pucelage.

Il s'intéressa alors au décor qui l'entourait, pour se donner une contenance le temps de recouvrer ses esprits.

Sa chambre était parfaitement en ordre. Ce qui n'était guère surprenant de sa part. Mais son ameublement était aussi très spartiate, et Roman se demanda s'il s'agissait de sa chambre ou d'une chambre d'amis.

Son regard s'arrêta sur la coiffeuse. Un roi blanc, en ivoire, se dressait devant le miroir. En sentinelle. Roman s'en approcha et le saisit.

Elle le rejoignit, pieds nus, pour lui prendre la pièce et la reposer sans bruit sur la coiffeuse. Puis elle croisa les bras sur sa poitrine.

C'était la réaction la plus surprenante que Roman lui ait jamais vue.

Voyant qu'elle frissonnait, il tendit instinctivement ses bras vers elle. Elle se raidit d'abord, à son contact, avant de se détendre. C'était toujours ainsi, avec elle : il suffisait d'un peu de patience, qui finissait à chaque fois par payer.

Il l'attira à lui, et elle se retrouva lovée dans ses bras.

Elle laissa échapper un petit soupir.

— Ça va mieux ?

Avec quelqu'un d'autre, elle se serait immédiatement reprise, se maudissant d'avoir baissé la garde ne serait-ce qu'un seul instant. Au lieu de cela, elle soupira de nouveau.

— Je n'étais pas sûre que tu viendrais, avoua-t-elle, d'une voix à peine audible.

— Non ?

Le ton de sa question était plus grave qu'il ne l'avait prémédité.

— Je me demandais si je n'avais pas rêvé tout cela.

Il haussa un sourcil.

— Peut-être suis-je d'ailleurs en train de rêver, ajouta-t-elle, s'esclaffant. Ce serait la seule explication possible à la présence d'un homme dans ma chambre, alors que ma mère dort dans la pièce juste au-dessus.

Roman ne lui posa pas la question de savoir où était son père : il savait comment Bennett Chatsworth passait ses nuits, se partageant entre les tables de jeu et le lit de sa maîtresse.

— Tu avais ouvert ta fenêtre, lui fit-il remarquer.

Il s'attendait à une réponse sarcastique, mais elle se contenta de murmurer un timide « oui ».

— Pourquoi ? ne put-il s'empêcher de demander.

Mais il s'en voulut aussitôt d'avoir posé cette question. Après tout, il n'avait pas besoin de connaître la réponse. Alors que depuis le début, c'était elle qui n'avait pas cessé de lui demander « Pourquoi ? », « Pourquoi ? », « Pourquoi ? ».

— Parce que... Parce que avec toi, je me sens vivante, confessa-t-elle.

Roman ne regrettait plus d'avoir cherché à savoir. Pour quelqu'un de si orgueilleux, elle s'épanchait de plus en plus facilement, comme un torrent que rien ne pourrait plus arrêter. Et elle lui offrait, un à un, les secrets de son cœur, que d'ordinaire elle gardait jalousement.

Dieu, ce qu'il avait envie de la posséder !

Il lui caressa le visage.

Elle entrouvrit les lèvres.

— Je ne sais pas ce que je fais, murmura-t-elle.

— Moi non plus, avoua Roman.

Il la souleva cependant dans ses bras, pour la porter jusqu'au lit, puis il s'allongea à côté d'elle.

Elle l'attira aussitôt à lui, pour l'embrasser.

Roman s'arracha à contrecœur à son étreinte pour demander :

— Tu n'as pas envie d'aller moins vite, Charlotte ?

Il recula légèrement, pour mieux la regarder. Malgré l'audace dont elle témoignait, il lisait de l'appréhension dans son regard.

C'était bien naturel, après tout. N'était-il pas ici dans l'intention de lui ravir sa virginité ? Cette même virginité qui était considérée comme le sceau de l'honneur dans le lit conjugal, lors de la nuit de noces ? Pourtant, la virginité des jeunes femmes se perdait beaucoup plus souvent que ne voulaient bien l'admettre les aînés – qui semblaient oublier un peu trop vite qu'ils avaient été jeunes, eux aussi. Et qu'ils avaient eu envie, eux aussi, de goûter au fruit défendu.

Roman entreprit de la débarrasser de sa chemise de nuit dont il défit les boutons un à un. Puis il passa le vêtement par-dessus la tête de la jeune femme. Elle n'osait pas accrocher son regard, mais elle n'essayait pas non plus de dissimuler sa nudité. Cependant, elle s'était un peu raidie et semblait attendre qu'il lui dise quelque chose.

Roman aurait pu lui dire qu'elle était belle, ravissante, magnifique. Tout cela était vrai.

Quand elle se décida à croiser son regard, ses prunelles exprimaient toujours de l'appréhension, bien sûr, mais Roman y lut aussi une supplique muette : qu'il comble le désir qu'elle éprouvait pour lui.

Un désir qui répondait à merveille au sien.

— Je vais te posséder, Charlotte, lui chuchota-t-il à l'oreille. Mais j'espère que toi aussi, tu vas me posséder.

Toute appréhension avait soudain déserté son regard, qui n'exprimait plus que le désir à l'état brut.

Roman eut un sourire satisfait. Il savait d'avance comment la caresser et il saurait anticiper toutes ses réactions. Il avait la chance, grâce à son charme et ses attraits physiques, d'avoir pu séduire les meilleures amantes, qui lui avaient enseigné l'art d'aimer.

Cependant, il se demandait si Charlotte avait pleinement conscience de ce à quoi elle s'engageait. Il ne se satisferait pas d'une seule nuit avec elle. Ainsi qu'il l'avait déjà mise en garde, il la voulait tout entière, et pour lui seul.

Il approcha sa bouche d'un de ses seins. Et après avoir dessiné des cercles avec sa langue autour de son téton, il referma ses lèvres dessus, pour le mordiller. Elle s'arqua violemment dans ses bras, tandis qu'un cri jaillissait de ses lèvres.

— Chuuut... lui murmura-t-il, avant de reprendre ses caresses.

Il aurait aimé la conduire loin, très loin, dans un lieu où elle ne se sentirait plus en cage. Pourquoi avait-il décidé de la posséder ici, dans sa chambre, sous le même toit que ses parents ?

La vérité, c'est qu'il n'avait pas réfléchi. C'était bien le problème. Il ferait mieux de s'arrêter. D'attendre une meilleure occasion...

Il se le répétait encore, trente minutes plus tard, tandis qu'il la pénétrait et qu'elle laissait échapper d'adorables gémissements étouffés par ses baisers.

Roman prenait à dessein tout son temps. Il voulait s'enfoncer très lentement en elle, faire durer le plaisir, puis la posséder sauvagement, au point d'en faire trembler le lit sur ses pieds.

Leurs regards s'accrochèrent. Elle lui sourit. Un sourire si beau qu'il ne put se retenir davantage : il la pénétra entièrement, savourant son plaisir d'être enfin en elle.

Elle s'arqua d'instinct sous lui pour en réclamer davantage. Roman s'y attendait, ayant toujours su qu'elle cachait un tempérament passionné. Et qu'elle ne demandait qu'à perdre le contrôle d'elle-même...

— Je... je... c'est merveilleux, murmura-t-elle.

Roman était convaincu depuis longtemps qu'un homme qui faisait souffrir une femme au moment de lui ravir sa virginité ne savait pas s'y prendre.

— Tant mieux, répondit-il.

Et avec toute l'expérience et la maîtrise qu'il savait posséder, il l'entraîna au fil de ses caresses dans la spirale du plaisir. Quand leurs deux corps qui ne formaient désormais plus qu'un seul se crispèrent en même temps, il cueillit le râle de jouissance de Charlotte avec ses lèvres.

Ensuite, il enfouit quelques instants son visage au creux de son cou, le temps de reprendre son souffle et ses esprits. Puis il roula sur le côté, l'attirant avec lui tandis qu'ils restaient enlacés. Elle souriait. Tout son visage était détendu. Plus détendu qu'il ne l'avait jamais vu.

Il lui caressa les cheveux, dernier geste de tendresse avant la tempête menaçante qui se profilait à l'horizon.

Roman était convaincu d'ignorer la peur. Cependant, il prenait tout à coup conscience de la situation dans laquelle il les avait tous les deux plongés. Et il en avait des sueurs froides.

14

— Tu es vraiment décidé à te rendre à ce bal masqué ?

Roman, hochant la tête, posa négligemment ses pieds sur la table de jeu qui venait juste d'être nettoyée. Andréas ne se laisserait pas impressionner par son attitude nonchalante, mais ils n'étaient pas seuls : des employés nettoyaient la salle et il était nécessaire de maintenir les apparences. Même si Andréas était assez furieux pour avoir lancé cette discussion hors de leur bureau privé.

— Je ne peux quand même pas décliner l'invitation qui m'est faite, Andréas.

Son frère lui jeta un regard noir avant de crier un ordre en direction d'un des serveurs qui s'occupaient de remettre les chaises autour des tables. Le pauvre garçon s'empressa de s'éclipser pour satisfaire la requête de son patron.

— Tu n'es pas obligé de rudoyer le personnel, lui fit valoir Roman, ironique.

Il fit rouler la paire de dés qu'il serrait dans sa main, avant d'ajouter :

— Pour ce soir, tu devrais m'accompagner. Ta présence causerait un sacré choc à ces vautours.

Andréas pointa un doigt sur le journal étalé devant lui.

— As-tu *l'autre* article ?

Roman jeta un vague regard en direction du journal. La presse d'aujourd'hui ne manquait pas de sujets dignes d'intérêt, mais il savait quel article Andréas désignait en particulier. Roman, cependant, le considérait comme de peu d'importance.

— Et alors ?

— Je croyais que tu avais la situation bien en main ?

— C'est le cas.

En voyant Andréas crisper les doigts sur le dossier de la chaise derrière laquelle il se tenait, Roman se demanda si le bois résisterait à la pression. Heureusement, ce n'étaient pas les chaises qui manquaient, dans l'établissement.

— Trant cherche à modifier la législation pour nous nuire.

— Ce n'est qu'une rumeur.

— C'est *un fait*.

Roman s'esclaffa – en se forçant un peu.

— Disons que c'est une menace. Mais il ne bougera pas le petit doigt s'il est assuré d'épouser Mlle Chatsworth avant la fin de l'été. Ce qui ne manquera pas d'arriver.

Andréas soupira.

— J'essaie de comprendre...

Roman haussa les épaules.

— Il n'y a rien à comprendre, assura-t-il, s'obligeant à sourire. Je reconnais que mes actes n'ont aucun sens.

Andréas détestait tout ce qui s'écartait de son univers parfaitement rationnel. Quiconque lui aurait avoué agir sans justification se serait fait immédiatement bannir – ou pire. Roman mesurait sa chance d'être toujours en grâce.

— Mais que feras-tu, si la menace devait se préciser ?

— J'aurai des arguments à lui opposer. Ne t'inquiète pas inutilement.

Andréas plissa les yeux.

— Au cas où tu l'ignorerais, plusieurs tricheurs ont été repérés, ces derniers temps. Je ne peux pas m'empêcher de trouver cela bizarre.

— Tu es décidément d'une humeur exécrable, aujourd'hui. J'ai chargé deux de nos hommes de résoudre ce problème de tricheurs. Mais tu étais déjà au courant. Dis-moi plutôt ce qui te trotte dans la tête.

— Ces tricheurs sont vraisemblablement envoyés par Cornélius. Ce qui veut dire qu'il se montre de plus en plus audacieux. Une rumeur prétend qu'il y aurait quelqu'un de très puissant pour le soutenir. Si c'est vrai, il tentera bientôt autre chose pour…

— S'il tente quoi que ce soit, je réagirai en conséquence, assura Roman.

Cornélius cherchait à détruire leur empire de multiples manières. Roman était conscient de l'avoir indirectement aidé en prenant des risques inconsidérés, ces dernières semaines. Mais Cornélius n'était qu'un homme de chair et de sang, qui désirait simplement accroître sa part du gâteau. Ce genre d'adversaire n'était jamais très compliqué à combattre.

Andréas le fusilla du regard.

— Si tu t'en prends tout seul à Cornélius, je te tranche les parties avec mon propre coutelas.

— Tu n'as pas de perspective plus réjouissante à me proposer ?

— Cornélius ne se charge jamais de faire le sale boulot, fit valoir Andréas.

— Je n'ai jamais pris Cornélius pour quelqu'un de stupide, objecta Roman. Mais je ne pense pas non plus l'être. Alors, pourquoi me sermonnes-tu comme si j'étais inconscient du danger ?

— Précisément parce que, depuis quelque temps, tu ne sembles plus prendre la mesure du danger, répliqua Andréas. Dès qu'il s'agit de cette fille, tu en oublies jusqu'à ta propre sécurité. N'as-tu jamais pensé que tu pourrais te faire agresser, quand tu pars la rejoindre en pleine nuit ?

— Si, assura Roman, qui s'efforçait de ne pas montrer sa nervosité à son frère.

Même s'il répugnait à l'admettre, il devait bien s'avouer qu'il ne prenait plus assez de précautions, ces derniers temps. Et s'il devait bientôt se faire tuer, ce serait à n'en pas douter à proximité de Charlotte – voire pendant qu'il serait dans son lit.

Cependant, à bien y réfléchir, s'il pouvait choisir ses derniers instants, il ne trouverait pas désagréable d'expirer en faisant l'amour à la jeune femme.

— Cela fait des années que nous devons sans cesse nous prémunir de nos ennemis, ajouta-t-il. Crois-tu que je puisse l'oublier aussi facilement ?

Andréas ne parut pas se dérider pour autant. Mais Roman croyait savoir pourquoi il était aussi furieux. Très peu de gens comptaient, dans le cœur de son frère. Aussi, chaque fois qu'il s'inquiétait pour quelqu'un, il était submergé d'un torrent d'émotions qu'il peinait à juguler. Et Andréas avait tendance à se montrer vindicatif dès lors qu'il était confronté à ses propres sentiments.

Il n'y avait donc rien d'étonnant à ce qu'il ait chargé Un-Œil de surveiller Roman de près. Mais il y avait aussi autre chose, cette fois, qui conditionnait la réaction de son frère. Roman n'était plus seul en cause : quelqu'un – Charlotte – était entré dans sa vie. Or, Andréas avait toujours eu un problème avec ce qui ressemblait de près ou de loin à la « famille ».

Andréas lui désigna de nouveau le journal.

— Et cette *autre personne* qui colporte des ragots ?

— Probablement quelque femme jalouse et frigide. Le monde en est rempli.

— Alors, pourquoi ne frayes-tu pas plutôt dans leurs eaux ?

Roman s'esclaffa et jeta les dés sur la table. Du coin de l'œil, il pouvait apercevoir l'un des serveurs occupés à nettoyer la pièce. Mais aucun de leurs employés ne se risquerait à s'approcher des deux frères sans leur permission explicite.

— Parce que j'ai mieux à faire, répondit-il.

— Tu risques d'être reconnu, si tu vas à ce bal, insista Andréas. D'autant que tu ne pourras pas te retenir de l'approcher.

Roman se contenta de sourire.

— Un jour, toi aussi, cela t'arrivera, mon frère.

— Jamais !

Roman haussa un sourcil devant le ton péremptoire d'Andréas. Il était cependant convaincu que son frère finirait par rencontrer une femme pour laquelle il serait prêt à tout.

Ôtant ses pieds de la table, il s'empara du journal pour y jeter un coup d'œil.

— Hmm, fit-il, avisant un encart publicitaire, le spectacle du Claremont est complet. Mais je connais quelqu'un qui possède des tickets. Au cas où tu voudrais le revoir… ajouta-t-il, d'un air détaché.

Andréas se raidit, avant de tourner les talons et de quitter la pièce sans un mot.

Roman s'esclaffa de nouveau. Il ne désespérait pas de parvenir à faire avouer certaines choses à son frère et s'amusait beaucoup à le provoquer. Son sourire, cependant, s'évanouit d'un coup lorsqu'il lut l'entrefilet évoqué par Andréas, et qui le mettait indirectement en cause.

L'article jetait le doute sur la pureté de Charlotte Chatsworth.

De toute évidence, la horde des vautours se nourrissait de spéculations méprisables. C'était la seule explication plausible. Ils ne pouvaient pas être au courant de la vérité. Ni même la soupçonner. Aucun de ceux qui connaissaient l'existence de la fameuse « nuit du destin » n'avait pu parler. Quant aux autres rencontres, elles s'étaient déroulées sans témoin.

Roman plissa les yeux. À moins que Bennett Chatsworth n'ait vendu la mèche, dans un moment d'égarement ? Mais, non. Chatsworth avait beau être un ivrogne patenté, il n'avait pas perdu la raison, et il savait très bien qu'il n'avait pas intérêt à ébruiter son enchère perdue.

Roman était depuis si longtemps habitué à vivre dangereusement que rien ne pouvait jamais le perturber très longtemps. Sinon, cela ferait longtemps qu'il serait devenu comme Andréas, qui broyait sans cesse du noir.

Cependant, la situation menaçait de lui faire perdre son sens légendaire de l'humour. Un humour qui, du reste, n'était qu'une façade destinée à masquer des sentiments plus contrastés, sur lesquels il préférait ne pas s'appesantir.

Sa relation avec Charlotte était périlleuse. À partir d'un certain stade de disgrâce, ni Trant, ni Downing – ni même le roi, ni aucun des personnages importants que Roman pouvait fréquenter –, ne seraient en mesure de blanchir la réputation de la jeune femme.

L'idée que Charlotte, rattrapée par le scandale, ne puisse jamais se marier et devienne libre de s'affranchir des contraintes de la société n'était pas forcément pour déplaire à Roman. Mais la jeune femme avait besoin de vivre en société. Même si elle y étouffait parfois, son monde était le grand monde. C'est là qu'elle était née. C'est là qu'elle rêvait de briller et d'être heureuse.

Il était donc indispensable qu'elle puisse se marier dans les règles, et avec un beau parti. Une fois qu'elle serait solidement installée – avec Trant, par exemple, dont Roman comptait se faire un allié en favorisant son désir d'épouser Charlotte – rien ne les empêcherait de continuer à se voir en secret. Bien au contraire.

Mais d'ici là, la réputation de la jeune femme devait demeurer irréprochable.

Roman examina de nouveau le journal, avec un froncement de sourcils.

Quelqu'un cherchait à lui mettre des bâtons dans les roues. Et il entendait bien découvrir de qui il s'agissait.

Charlotte scrutait pour la centième fois au moins l'assistance qui se pressait au bal masqué des Hanning. Si Roman venait la retrouver, ainsi qu'il le lui avait promis, cette réception serait en tout point merveilleuse.

C'était le gala de la semaine, sinon de la saison, comme le prétendaient certains. Quoi qu'il en soit, personne ne voulait jamais manquer le bal masqué des Hanning : c'était le genre de réception, par excellence, où il se passait *des choses*. Il était bien rare que la soirée ne se termine pas sans un ou deux scandales croustillants qui alimentaient les ragots durant plusieurs semaines.

Voilà pourquoi la moitié des invités s'amusaient ou se donnaient en spectacle, tandis que l'autre moitié ouvrait grands les yeux pour ne pas risquer de manquer un épisode savoureux.

Charlotte était convaincue que Roman serait capable de s'introduire à la soirée. Il circulait tant d'invitations qu'il était toujours facile d'en obtenir une, même si l'on ne figurait pas sur la liste – il suffisait de posséder du pouvoir et bien sûr, beaucoup d'argent. Du reste, les Hanning aimaient amuser l'assistance de multiples façons. On racontait que quelques-uns de leurs domestiques profitaient des déguisements pour se mêler à la fête. Comme il était impossible de le prouver, l'incertitude laissait planer un frisson d'excitation dans l'atmosphère.

Charlotte sentait le regard de Bethany Case rivé sur elle. Son ennemie intime ne la quittait plus des yeux, depuis quelques semaines. Comme si elle avait senti l'odeur du péché entourant Charlotte et qu'elle était décidée à percer son secret.

Bethany Case n'était d'ailleurs pas la seule à avoir remarqué quelque chose. Davantage d'hommes tentaient d'attirer son attention, remarqua Charlotte, et cela de manière beaucoup plus insistante qu'auparavant. Ce soir encore, John Clark, un débauché notoire, l'épiait du coin de l'œil depuis une bonne heure. Quand Roman la regardait ainsi, Charlotte sentait ses veines s'embraser. Mais quand c'était John Clark, elle n'éprouvait strictement rien. Au contraire : elle le trouvait plutôt pathétique.

Cependant, le simple fait qu'il s'intéressât à elle la rendait nerveuse. Clark disposait de davantage de pouvoir que le séducteur moyen et il était capable de la surprendre en un endroit où elle ne désirerait surtout pas être surprise.

Charlotte était convaincue que Bethany était à l'origine des ragots concernant sa pureté perdue. Certes, l'affirmation n'était pas dénuée de vérité. C'est même pour cela que la rumeur avait pu prendre. Bethany aurait été incapable de la lancer auparavant : faute de crédibilité, elle se serait retournée contre Bethany, qui aurait été accusée de se conduire comme une petite peste jalouse.

Mais à présent, la situation était bien différente. Et Bethany passait avantageusement pour l'initiatrice de cette rumeur qui, une fois lancée, s'alimentait de tout petits riens : de soudaines disparitions, des départs prématurés, des arrivées tardives, des joues qui rougissaient... Autrefois, Charlotte s'était toujours conduite de manière irréprochable mais désormais, elle s'accordait quelques libertés avec l'étiquette.

Juste assez pour donner prise à ses détracteurs...

Mais la vérité, c'est qu'elle n'en avait cure. Toute rationalité semblait l'avoir désertée. Tout ce qu'elle désirait, c'était être avec Roman. Le faire rire. Le sentir en elle. Avoir du plaisir dans ses bras. Se sentir vivante.

Rien que d'y penser, son pouls s'emballait déjà. Bonté divine ! Était-ce cela, être amoureuse ? Probablement. Pourtant, elle n'avait pas le sentiment d'aimer Roman. En revanche, elle avait besoin de lui, de sa présence.

Comme s'il lui avait jeté quelque sort, l'enchaînant à lui par les seuls sens.

Enfin, non. Pour être tout à fait honnête, si sortilège il y avait, elle l'avait accepté avec enthousiasme – pour ne pas dire appelé de ses vœux.

— M'accorderez-vous cette danse, ma chère ?

Charlotte tressaillit. Elle était à ce point plongée dans ses pensées qu'elle n'avait pas vu Trant s'approcher.

— Bonsoir, monsieur Trant, dit-elle, se recomposant une attitude tandis qu'il lui baisait la main.

Sa voix, hélas, manquait de naturel.

Trant la dévisagea en souriant, mais ses traits s'étaient légèrement crispés, comme s'il n'était pas dupe.

Charlotte lui offrit son bras et le laissa l'entraîner sur la piste de danse.

Trant était un cavalier accompli. Il dansait très bien, et contrôlait ses mouvements à la perfection. Charlotte se souvenait de sa première saison, quand il lui avait réclamé pour la première fois une danse. Elle l'avait trouvé charmant. Et comme, à l'époque, il ne convoitait pas sa main, leur relation avait été courtoise et détendue.

Depuis, les circonstances avaient changé – des deux côtés. Et Trant se comportait de plus en plus en stratège.

— Appréciez-vous votre soirée ? demanda-t-il.

— Le bal masqué des Hanning est toujours une réussite.

— Oui. Mais il faut savoir garder son quant-à-soi, dans ce genre de soirées.

Charlotte se demanda ce que Trant pouvait bien penser des rumeurs la concernant.

— Vous avez raison, dit-elle. La prudence est de règle.

Surtout quand le loup rôdait alentour.

Cesse de penser à lui !

— Je ne saurais trop vous inviter à passer le reste de la soirée en ma compagnie, reprit Trant. Ainsi, vous serez en permanence visible de toute l'assistance.

— J'apprécie votre sollicitude, monsieur Trant, assura Charlotte, juste au moment où sa manche frôlait la manche d'une autre invitée.

Son cavalier la fit tourner au même instant : Trant maîtrisait trop bien l'exercice pour risquer une collision.

— Je vais y réfléchir sérieusement, ajouta-t-elle.

Elle remarqua, avec déplaisir, que Clarke l'observait toujours, depuis le bord de la piste. Les débauchés avaient flairé le gibier susceptible de tomber dans leurs filets. Ils voulaient voir si la rumeur était fondée.

Charlotte savait qu'elle devrait accepter la proposition de Trant et rester près de lui. Ou rejoindre sa mère et ne plus la quitter d'une semelle.

Elle aperçut une chevelure blonde surmontant un masque et son cœur s'emballa. Mais la nuance n'était pas assez dorée. Ce n'était pas lui.

Son cœur, cependant, n'avait toujours pas ralenti. Et son estomac se contractait.

Ne montre rien.

En arrivant chez les Hanning, elle était impatiente de retrouver Roman. Mais à présent, elle commençait à s'inquiéter. Un mauvais pressentiment la taraudait.

— J'ai parlé tout à l'heure avec votre père, annonça Trant. À son club.

Il la dévisageait tout en parlant, comme s'il savait quelque chose – ou cherchait à le savoir.

Ne montre rien.

— Oui ?

— Je dois dire qu'il était de meilleure humeur que d'habitude. Et aussi beaucoup plus conciliant.

Charlotte déglutit péniblement. Mais elle s'obligea à sourire. Après tout, Roman n'était pas obligé de venir à ce bal. Il pourrait très bien se contenter de s'introduire, plus tard, dans sa chambre. Elle garderait sa fenêtre ouverte. Cette réception était au moins aussi dangereuse que Vauxhall, sinon plus.

Surtout avec Clark qui guettait la moindre de ses faiblesses. Mieux valait se montrer circonspecte.

Leur danse terminée, Charlotte resta avec Trant, ne le quittant pas pendant une bonne heure – jusqu'à ce que le désir de changer d'air ne finisse par supplanter sa prudence initiale.

Ses émotions lui attiraient toujours des ennuis. Depuis quelques semaines, des sensations diaboliques s'étaient glissées sous son masque de froideur. Des sensations qu'elle se trouvait désormais incapable de chasser et qui menaçaient de détruire toutes les barrières qu'elle avait patiemment érigées autour d'elle.

Sa mère. Elle avait besoin de voir sa mère au plus vite – Viola était le plus sûr remède qu'elle connût contre l'appel de la liberté.

Tandis qu'elle se frayait un chemin à travers la foule, pour rejoindre sa mère, une bribe de conversation lui parvint aux oreilles.

— Les Merrick ne sont pas à cela près, disait une voix.

Charlotte ralentit le pas.

— Combien leur devez-vous ?

Ils étaient trois hommes serrés entre un pilier et une plante verte.

Ne t'arrête pas ! Continue ton chemin !

Mais ses mains la trahirent. Elle laissa tomber son éventail. Se baissant pour le ramasser, elle en profita pour s'adosser de l'autre côté du pilier.

Et elle tendit l'oreille.

— Quarante mille livres.

L'un des trois hommes siffla entre ses dents.

— Mille livres sur les champs de course. Mille livres à mon tailleur. Mille livres à une table de jeu. Vous savez comment c'est : les dettes s'accumulent par petites sommes. Mais au bout du compte, le total finit par être gros.

— Et vous voilà redevable de quarante mille livres !

— Oui, mais ils ont consolidé toutes mes dettes. Toutes ! Jusqu'à la plus petite. Je n'ai plus cinquante créanciers sur le dos.

— Peut-être. Mais maintenant, vous êtes à leur merci.

— Je n'ai pas besoin que vous me fassiez la leçon !

— Savez-vous ce qu'ils *font* à ceux qui ne les remboursent pas ?

— Demandez à votre frère de vous aider. J'ai entendu dire qu'il rêvait de leur faire rendre gorge. Il serait ravi de les voir ruinés. Ou même, qu'il leur arrive *quelque chose*.

— Chut ! intervint la troisième voix. Êtes-vous inconscients ? Si jamais quelqu'un nous écoutait ?

Il y eut un murmure inintelligible, puis les trois hommes s'éloignèrent.

Charlotte sentit une sourde angoisse s'emparer d'elle. Qu'avaient-ils voulu dire, en évoquant l'hypothèse qu'il pût arriver *quelque chose* aux frères Merrick ?

Soudain, elle perçut un souffle chaud sur l'épaule. Elle tressaillit.

— Aurais-tu entendu quelque chose d'intéressant ?

Aucun membre de la bonne société ne possédait une telle voix, où l'accent des rues se devinait, quoique très maîtrisé, derrière chaque syllabe.

Le dos toujours collé au pilier, la jeune femme tourna la tête de côté et vit la Mort – ou du moins, ce qui y ressemblait – embusquée derrière la plante verte.

— Non, rien d'intéressant, mentit-elle.

Il esquissa un sourire – ses lèvres étaient la seule partie visible de son visage, car une capuche lui recouvrait presque entièrement la tête.

Charlotte comprit qu'il était sans doute là depuis plus longtemps qu'elle ne l'avait d'abord imaginé. Elle était devenue plus observatrice, et aussi plus perspicace, à force de le fréquenter.

— Tu es resplendissante, toute vêtue de blanc, avec tes cheveux blonds comme l'or. Incarnerais-tu quelque déesse grecque ?

— Plus ou moins, oui, murmura Charlotte, partagée entre le plaisir qu'il se soit finalement montré et l'appréhension de ce qui pourrait arriver s'ils étaient découverts. Et toi ? Tu es bien la Mort, n'est-ce pas ? Mais ne te manque-t-il pas un accessoire ?

— Je suis venu avec une faux, mais les cerbères de l'entrée me l'ont confisquée sous prétexte qu'ils ne voulaient pas d'accident, expliqua-t-il.

Puis, s'approchant de la jeune femme, il désigna le petit poignard qu'elle portait à sa ceinture :

— Comment se fait-il que tu aies réussi à le garder ? Il me paraît assez dangereux pour te permettre d'émasculer quelqu'un, si l'envie t'en prenait. Mais peut-être que personne ne te considère comme une menace ?

— C'est sans doute leur erreur, répliqua Charlotte, avec un sourire.

Il n'y a encore pas si longtemps, elle ne se laissait jamais aller à sourire qu'avec deux personnes : sa sœur, et Miranda. Mais c'était avant qu'il ne surgisse dans sa vie.

— Et toi ? Quelles sont tes intentions ?

— Je suis venu collecter quelques âmes, chuchota-t-il à son oreille. Mais ne vous inquiétez pas, mademoiselle Chatsworth, je prendrai le plus grand soin de la vôtre.

Ils étaient hors de vue du reste de l'assistance, mais Charlotte aurait aimé que tout ce qui se trouvait de l'autre côté du pilier soit réduit à néant.

— Je n'étais pas sûre que tu viendrais, avoua-t-elle dans un murmure, toujours en proie au même conflit intérieur : d'un côté, elle se réjouissait de sa présence, de l'autre, elle avait peur qu'il ne se produise un incident.

— J'avais une invitation, dit-il, tapant du plat de la main sur son veston, au niveau de sa poche intérieure.

Il s'appuya contre le pilier, mais à distance raisonnable, au cas où quelqu'un les surprendrait, et ajouta en lorgnant sur son bustier :

— Mais toi, en as-tu une ? J'ai bien envie de vérifier.

Charlotte déglutit péniblement.

— Ne crois-tu pas qu'il serait préférable que nous nous retrouvions... plus tard ?

Il ne répondit pas.

— Je suis frustrée de ne pas voir tes yeux, ne put s'empêcher de dire la jeune femme.

Et sans l'avoir prémédité, elle lui retira sa capuche.

C'était un geste insensé, bien sûr. Car si quelqu'un contournait le pilier, il le verrait et le reconnaîtrait peut-être. Mais elle voulait à tout prix découvrir son expression, pour savoir ce qu'il pensait.

Un loup noir lui couvrait presque entièrement le visage. Toutefois, on distinguait ses yeux bleus derrière.

— Alors, satisfaite ? demanda-t-il, amusé.

Charlotte lui remit en partie sa capuche, au moins pour cacher sa chevelure. Mais elle fixait toujours ses yeux.

L'orchestre entonna une valse.

— Serait-ce le bon moment pour te réclamer une danse ?

Elle cligna des yeux.

— Tu ne peux pas danser avec moi !

— Pourquoi pas ? Je sais valser, figure-toi.

— Non, ce n'est pas ce que je voulais dire. Les gens vont nous remarquer.

— Parce que tu t'imagines que quelqu'un viendra regarder sous ma capuche ?

Même si elle avait terriblement envie de danser avec lui, sa raison lui intimait de ne pas céder à ses pulsions.

— Non, bien sûr. Mais même si cela devait prendre des semaines, tu finirais par être identifié. C'est comme un jeu, pour la bonne société : elle aime savoir qui se cache sous tel déguisement. Et le véritable anonymat est à peu près impossible. Il serait très facile, par exemple, de soudoyer le majordome qui a lu ton invitation.

Il sourit avec nonchalance et tira un bristol de la poche intérieure de son veston.

— Ta réputation aurait-elle à souffrir, si l'on te voyait danser avec – il baissa les yeux sur le carton – M. Reginald Barton ?

Charlotte en resta un instant bouche bée.

— Tu lui as volé son invitation !

— Empruntée, Charlotte, simplement empruntée. J'avais reçu une invitation à mon nom, mais je me doutais que tu ne voudrais pas être vue en ma compagnie.

— Ce... ce n'est pas cela, protesta Charlotte, qui ne voulait surtout pas passer pour snob.

Il lui tendit la main.

— Alors, viens... Ne me dis pas que tu as peur ?

Son orgueil lui dictait de répondre par la négative. Cependant, elle fit preuve d'humilité.

— Un peu, si.

— Tu as tort. Je serai très vigilant.

Charlotte ne demandait pas mieux que de le croire. C'était d'ailleurs tout le problème – et il en allait toujours ainsi, avec lui.

— Allons, Charlotte, la pressa-t-il gentiment, tu vas voir, je suis très bon danseur.

Charlotte se laissa finalement convaincre. Et il ne s'était pas vanté : il dansait en effet très bien. À ceci près qu'il mettait peut-être un peu trop de sensualité dans ses mouvements.

— Alors, comment trouves-tu ma valse ? chuchota-t-il à son oreille, cependant qu'il la serrait contre lui légèrement plus fort qu'il n'était décent.

Merveilleuse. Magique. Je voudrais qu'elle ne s'arrête jamais.

— Très convenable, ma foi. Où as-tu appris à danser ?

— Dans un tripot de Ratcliffe Highway.

— Très drôle !

— Je ne plaisantais pas. Tu serais très surprise d'apprendre tout ce qui peut se passer dans les bas-fonds de la ville.

— En tout cas, je ne me serais jamais doutée que la Mort pût avoir le pied aussi léger.

— C'est très logique, au contraire. Elle ne danse jamais que dans l'ombre.

— Attendant, chaque fois, son prochain cavalier ?

— Oui, et la liste est longue.

Il la fit tournoyer quelques instants, avant de lâcher d'un ton qui se voulait léger :

— Tu as passé beaucoup de temps avec Trant. Je commençais à me demander si vous finiriez par vous séparer.

Charlotte baissa un instant la tête pour cacher son amusement, avant de relever les yeux vers lui.

— Seriez-vous jaloux, *monsieur Barton* ?

Il sourit, découvrant ses dents d'un blanc parfait.

— Jaloux comme un tigre.

— Tu n'as aucune raison de l'être.

Sa main descendit un peu plus bas – trop bas – sur les hanches de la jeune femme. Bonté divine ! Ils évoluaient au beau milieu de la piste de danse !

— C'est bon à savoir. Je n'avais pas compris que tu avais fini par te résoudre à l'inévitable.

— Qu'y a-t-il donc d'inévitable ? ne put s'empêcher de demander Charlotte, malgré la petite voix qui lui intimait de n'en rien faire.

— Que tu sois à moi.

Charlotte n'aurait pas su dire si d'autres couples valsaient à côté d'eux, car toute son attention était concentrée sur Roman.

Il n'existait plus que lui.

— Je m'amuse beaucoup à danser avec leur princesse au nez et à la barbe de tous ces gens, ajouta-t-il. Mais je préférerais encore avoir ladite princesse pour moi tout seul, nue et gémissant dans mes bras.

Charlotte ne put retenir un frisson d'excitation – son corps, une fois de plus, la trahissait.

— Je connais un petit salon très tranquille, reprit-il. Troisième porte à gauche, après le couloir qui mène au salon des dames. C'est l'endroit parfait pour honorer une déesse.

Charlotte s'obligea à garder la tête froide. Elle ne devait pas oublier où elle se trouvait.

— Non.

— Non ? répéta-t-il, avec un sourire démoniaque.

Quand la musique s'arrêta, Charlotte se demanda s'il consentirait à la relâcher ou s'il continuerait à la tenir ainsi enlacée au vu et au su de toute l'assistance.

Mais finalement, il s'inclina pour lui baiser la main.

— Je suis persuadé que tu sauras trouver le chemin, murmura-t-il.

Et là-dessus, il tourna les talons et se fondit dans la foule.

— Qui était-ce, ma chère ?

Charlotte sursauta en voyant approcher Trant. Dès qu'elle était avec Roman, le décor qui l'environnait disparaissait dans une sorte de brouillard.

— Je ne sais pas, répondit-elle, s'éloignant du centre de la piste à pas mesurés pour masquer sa nervosité. Peut-être l'un des valets des Hanning ?

— Pensez-vous que je devrais lui poser la question ?

Charlotte haussa négligemment les épaules.

— Si vous y tenez. Il a dû partir par là-bas…

Elle désigna les portes-fenêtres ouvrant sur la terrasse.

Comme Trant l'examinait avec attention, elle lui opposa son air le plus placide.

— Accepteriez-vous une autre danse avec moi, mademoiselle Chatsworth ?

— Mais bien sûr, répondit-elle aimablement, alors qu'elle brûlait d'envie de prendre la direction du salon des dames et d'ouvrir la troisième porte sur la gauche après le couloir…

Cette fois, Trant se colla davantage à elle pour danser, bien qu'il lui semblât qu'il était plus distant que la première fois, comme si son corps exprimait deux désirs contradictoires.

Alors qu'elle virevoltait sur la piste, Charlotte aperçut tour à tour sa mère, le marquis de Binchley, John Clark, Bethany Case et d'autres invités qu'elle connaissait de nom ou de visage.

Parmi les autres danseurs, des femmes mariées s'accrochaient un peu trop visiblement à des hommes qui n'étaient pas leur époux. Et des hommes mariés faisaient de même avec des femmes qui n'étaient pas leurs épouses. C'était ainsi qu'allait le monde – du moins, le grand monde. Le mariage n'y était qu'un arrangement social dans lequel les sentiments n'entraient pas en ligne de compte.

Puis Charlotte pensa à Miranda et Downing. Le couple parfait, qui n'avait pas besoin de jouer la comédie des illusions. Leur mariage était sincère. Et solide.

Elle préféra ne pas s'y attarder, persuadée que pareil bonheur ne serait pas pour elle. Son père le lui avait assez clairement fait comprendre. Tout au plus pourrait-elle espérer voler quelques instants de bonheur en compagnie de Roman.

Aussi longtemps qu'elle saurait garder la plus parfaite discrétion. Car elle en était bien consciente : sa relation avec Roman devrait toujours rester secrète.

La danse terminée, elle conversa encore quelques minutes avec Trant. Mais dès qu'elle le put, elle s'esquiva de la salle de bal, n'y tenant plus.

Alors qu'elle abordait le couloir, des femmes sortirent du salon réservé aux dames. Charlotte leur sourit et pénétra elle-même dans le salon, heureusement désert. Elle attendit quelques instants, puis ressortit, consciente qu'elle devrait répéter sa manœuvre si d'autres invités se trouvaient dans le couloir. Par chance, il n'y avait plus personne. Elle se hâta de tourner le coin.

Après s'être assurée, par un regard en arrière, que personne ne la suivait, elle agrippa la poignée de la troisième porte à gauche. Ses doigts tremblaient, comme à chaque fois qu'elle s'éclipsait pour retrouver Roman en cachette.

Finalement, elle tourna la poignée.

À peine eut-elle pénétré dans le petit salon, plongé dans l'obscurité, qu'elle se retrouva plaquée contre le mur par un corps viril. Ses yeux n'ayant pas eu le temps de s'accoutumer au noir, elle ne pouvait pas le voir, mais uniquement le sentir.

— Alors ? chuchota-t-il à son oreille. Tu as fait un petit tour de piste avec Trant avant de venir ?

Charlotte se demanda d'où il avait pu l'espionner.

— Il m'a réclamé une danse. Je ne pouvais pas refuser. Il voulait savoir qui tu étais.

— Le diable l'emporte, répliqua Roman, tandis qu'il lui soulevait déjà ses jupes.

Charlotte ne répondit rien, s'abandonnant avec délices à ses mains expertes. Si quelqu'un entrait à cet instant dans la pièce, probablement formeraient-ils un tableau saisissant : lui, masqué par sa capuche, et elle, à demi dénudée.

— Sais-tu ce que je vais te faire, Charlotte ?

— Oui…

Comment aurait-elle pu ne pas s'en douter ? Cela faisait des semaines, à présent – depuis le premier soir où il s'était introduit dans sa chambre en passant par la fenêtre – qu'ils répétaient ces mêmes étreintes merveilleuses volées à la nuit.

— Je vais te posséder contre ce mur, murmura-t-il entre deux baisers qu'il plaquait dans son cou. Je vais te posséder si fort que tu crieras mon nom…

Charlotte s'arqua d'instinct contre lui. Il était toujours habillé, mais elle savait, d'expérience, qu'il en fallait plus pour l'arrêter.

Il la pénétra d'une seule poussée, si sauvagement que la nuque de Charlotte heurta le mur.

Elle s'agrippa à son cou.

Pourquoi ne pouvait-elle pas l'avoir, lui ? *Pour elle toute seule ?*

Il se retira, presque entièrement, avant de s'enfoncer de nouveau. C'était si bon qu'elle se demandait si elle n'allait pas expirer dans ses bras.

— Oui, répéta-t-elle, haletante.

Et elle s'arqua davantage, pour l'inciter à la pénétrer toujours plus profondément, si bien que ses seins jaillirent de son bustier. Il en profita pour refermer ses lèvres sur l'un de ses tétons.

— À moi. Tu es à moi, lui asséna-t-il sans cesser de la taquiner de la langue.

Pourquoi ne pouvait-elle pas l'avoir, lui ?

— Oui. Je suis à toi pour toujours.

Charlotte réalisa avec stupéfaction qu'elle l'avait dit à haute voix. De toute façon, c'était la vérité.

Il se figea un instant, plissa les yeux en silence, avant de s'enfonçer ensuite si fort en elle qu'elle crut voir des étoiles et en oublia de respirer.

Il répéta la même exquise torture jusqu'à ce qu'il puisse cueillir son cri de jouissance avec ses lèvres.

Puis il posa son front contre celui de la jeune femme, le temps de reprendre sa respiration.

— J'aurais dû te kidnapper plus tard dans la soirée, au moment où tu prenais congé.

— Tu voudrais me garder toute la nuit ?

— Et peut-être même la nuit suivante.

Ils remirent tous deux de l'ordre dans leur tenue.

— Mon absence risque de se remarquer, s'inquiéta Charlotte. J'ai peur que le petit numéro qui consiste à dire à ma mère que j'étais avec les Downing, et aux Downing que j'étais avec ma mère, ne finisse par s'éventer.

Il sourit.

— Dommage ! C'était bien pratique. Le stratagème est classique, mais facile à croire.

— Il ne faut pas en abuser, sinon c'est dangereux. Je suis sûre que Miranda se doute de quelque chose.

— C'est plus que probable. Ce qui signifie aussi qu'elle t'approuve, puisqu'elle n'a rien dit jusqu'ici.

Il se recula, pour s'appuyer au dossier d'un canapé. Charlotte en éprouva un sentiment de triomphe. Elle savait qu'il agissait ainsi pour résister à ses pulsions et ne pas la prendre, encore...

Après un dernier coup d'œil à sa toilette, elle lui offrit un sourire d'adieu et entrouvrit discrètement la porte, le temps de s'assurer que la voie était libre. Puis elle sortit sans un mot et referma le battant derrière elle.

Par précaution, elle ferait un crochet par le salon des dames pour s'assurer que sa coiffure était bien en place. Mais avant, elle devait à tout prix effacer ce sourire presque idiot plaqué sur ses lèvres. Chaque fois qu'elle ressortait de leurs petites entrevues secrètes, elle ressentait une telle euphorie qu'elle se croyait maîtresse du monde. Rien ne pouvait l'atteindre, dans ces moments-là.

— Tiens, tiens, tiens, persifla soudain une voix, mademoiselle Chatsworth s'accorde des privautés à l'écart des autres invités.

15

Charlotte se figea, la main toujours sur la poignée de la porte. Elle se reprochait, à présent, son imprudence. D'ordinaire, Roman partait toujours le premier, en éclaireur. Mais, dans son euphorie, elle avait négligé toute précaution.

Une liaison n'était pas un jeu de tout repos. Il n'était donc guère surprenant que beaucoup d'amants finissent par être découverts.

Cette fois, sa réputation était ruinée pour de bon. Et Emily serait entraînée dans sa chute. Charlotte avait toujours eu conscience des conséquences possibles de ses actes mais cette fois, contre toute raison, elle avait laissé ses sens la gouverner.

— Ainsi, la rumeur était fondée ! commenta John Clark, surgissant d'une petite alcôve ménagée dans le mur. Je n'en crois pas ma chance.

Sans lâcher la poignée, Charlotte se tourna vers Clark. Elle se maudissait de sa stupidité, mais elle craignait pire encore. Roman avait probablement entendu. Il devait se tenir de l'autre côté du battant, prêt à surgir pour confirmer à Clark qu'elle venait bien de voir quelqu'un – et qui sait s'il ne se montrerait pas assez bravache pour ôter son masque et révéler à Clark l'identité de ce quelqu'un ? Dans ce cas, sa ruine serait complète.

— J'ignore de quoi vous parlez, monsieur Clark, répliqua-t-elle avec un calme qu'elle était loin de ressentir. Je me suis simplement trompée de porte. Je cherchais le salon réservé aux dames.

Clark s'esclaffa.

— Je n'en aurais pas cru un mot au début de la saison. La prude Charlotte Chatsworth, avoir un amant ? Mais à présent, c'est différent. Vous avez changé. Vous n'êtes plus si froide. Quelqu'un aurait finalement réussi à retrousser vos jupes ?

Soudain, Charlotte sentit la poignée tourner dans ses doigts, et usa de toutes ses forces pour la faire revenir à sa position initiale.

— Je crois que vous avez abusé des alcools servis au buffet, monsieur Clark. Vos paroles sont inconvenantes.

— En êtes-vous si sûre ? À moins que vous ne préfériez voir enfler la rumeur ?

Charlotte s'agrippait toujours à la poignée pour la maintenir en place. Elle n'aurait jamais imaginé posséder une telle force physique.

— Serait-ce du chantage ? Quelle horrible mesquinerie, monsieur Clark !

Il s'approcha d'elle.

— Même les rois ne dédaignent pas de recourir au chantage, lorsque cela peut servir leurs intérêts.

— Vous ne me ferez pas chanter, répliqua sèchement Charlotte.

Il sourit avec arrogance et s'approcha encore d'un pas.

— Ah non ?

Charlotte ne perdit pas de temps à réfléchir. De sa main libre, elle dégaina le petit poignard accroché à sa ceinture, et le tendit vivement en direction de l'entrejambe de Clark – se souvenant que Roman lui avait dit, tout à l'heure, qu'elle pourrait émasculer quelqu'un avec son arme.

— Non, si vous tenez à garder votre virilité, lança-t-elle.

Il leva les mains en l'air en signe de reddition.

— Vous regretterez votre geste.

— Je ne crois pas. Et si vous colportez la moindre rumeur me concernant, je ferai en sorte que cette petite scène puisse se répéter, et cette fois jusqu'à sa conclusion.

Il recula. Charlotte, sachant que Roman se trouvait derrière la porte, s'efforça de ne pas céder à la panique. Elle avait beau être armée, Clark était beaucoup plus fort qu'elle. Elle avait été éduquée pour être une lady. Une femme du monde se devait de posséder de la repartie, mais elle était incapable de se défendre physiquement.

Dans le monde de Roman, par exemple, elle n'aurait aucune chance.

En outre, grâce à sa froideur, elle n'avait jamais eu à se méfier des manœuvres des séducteurs patentés. Pour la bonne raison qu'elle n'en avait intéressé aucun jusqu'ici.

— Cette affaire n'est pas terminée, lui promit Clark, le regard noir, avant de tourner les talons.

Charlotte n'eut pas le temps de reprendre ses esprits : la porte s'ouvrit si brusquement derrière elle qu'elle faillit tomber à la renverse.

Roman la rattrapa et commença par l'examiner sous toutes les coutures, comme s'il voulait s'assurer que Clark ne l'avait pas touchée.

Charlotte ferma les yeux. Un sentiment de triomphe le disputait à l'horreur de sa situation.

Elle avait tenu tête à Clark. Et elle avait gagné.

Mais elle s'était fait surprendre...

Certes, cela aurait pu être plus grave. Si Bethany, par exemple, l'avait vue sortir du petit salon, ou pire encore : si Bethany, surgissant au coin du couloir, l'avait surprise *avec Clark*.

Roman lui prit la main.

— Viens, dit-il.

Elle rouvrit les yeux.

Il l'entraîna vers le grand portrait d'un homme à la figure austère, accroché au mur. Puis il palpa le cadre, sur le côté.

— Que fais-tu ?

— Clark pourrait revenir à tout instant, avec quelqu'un de confiance pour te surprendre ici avec un témoin.

Cette fois, la peur l'emporta tout à fait.

— Il faut nous enfuir.

— C'est soit ça, soit tuer Clark.

Charlotte ouvrit grande la bouche.

— Enfuyons-nous !

— Je me doutais que tu choisirais cette solution, dit-il.

Et, à son ton, elle eut l'impression qu'il était *déçu*.

Cependant, il continuait toujours de palper le cadre. Tout à coup, il sourit et enfonça son doigt sur un décor de moulure. Le panneau du mur sur lequel était accroché le portrait pivota sur lui-même, révélant un passage dérobé.

Charlotte le regarda, incrédule.

— Croyais-tu que je t'aurais donné rendez-vous dans une pièce dépourvue d'issue secrète ?

— Comment as-tu…

Il alluma un chandelier disposé à l'entrée du passage.

— Les gens qui ont trop bu ont toujours tendance à trop parler. Et ils oublient que je ne suis pas exactement la personne que je prétends être quand je joue aux cartes avec eux.

L'estomac de Charlotte se contracta. Elle pensait à son père.

Roman la poussa à l'intérieur du passage, puis il remit le cadre en place derrière lui, les enfermant.

— Et cet idiot d'Hanning s'amuse toujours à plaisanter sur la façon dont son oncle Bernard faisait venir ses maîtresses en toute impunité.

Il brandit son chandelier bien haut, pour éclairer le passage. Charlotte s'obligea à surmonter sa nervosité.

— Tu... euh, tu sais comment nous sortir de là ?

Se retrouver prise au piège dans un corridor obscur, et être obligée de frapper derrière une porte dérobée pour être libérée lui semblait constituer la fin logique d'une liaison secrète.

— Pas du tout, répliqua-t-il, d'un ton joyeux qui sonnait faux. J'ai pensé qu'il serait plus excitant de le découvrir par nous-mêmes, dans le feu de l'action. De toute façon, ce passage conduit forcément quelque part.

Charlotte soupira, maudissant le goût du risque de Roman. Mais elle s'en voulait aussi de toujours le suivre sans jamais se poser de questions.

Il lui caressa le menton.

— Où est passé ton sens de l'aventure ?

— Je l'ai laissé dans le couloir, quand j'ai menacé Clark d'un coup de poignard dans l'entrejambe.

— Je crois bien que je suis jaloux.

— Si ce n'est que cela, je peux y remédier très facilement.

— Des promesses, toujours des promesses ! ironisa-t-il.

Puis, brandissant de nouveau le chandelier bien haut, il ajouta :

— Je vais ouvrir la voie. Il y a quelques toiles d'araignées qui font assez désordre dans ta coiffure.

Le trajet fut de courte durée, ce qui évita à Charlotte de trop se répandre en récriminations. Au bout de quelques mètres, ils tombèrent sur une autre porte, dont Roman activa aisément la poignée.

Il attendit quelques instants, l'oreille aux aguets.

— Attends-moi ici, chuchota-t-il, avant de se glisser de l'autre côté.

Il réapparut très vite, ouvrant la porte en grand pour que Charlotte puisse le rejoindre.

— Voilà, dit-il. Nous sommes dans la bibliothèque.

La jeune femme le regarda refermer la porte dérobée, qui avait la forme, ici, d'un panneau de bibliothèque, avec ses rayonnages remplis de livres.

— Je crois que le passage continue jusqu'à la serre, expliqua Roman, qui laissait courir ses doigts le long du panneau. Si jamais Clark nous prenait en chasse, nous arriverions toujours à lui échapper.

Charlotte lissa les plis de sa robe.

— Je me doute que pour toi, ces péripéties sont très amusantes, dit-elle. Mais pour ma part, quand je réfléchis, je n'y vois que du danger.

Il s'interrompit un instant pour la regarder, avant de recommencer à palper les contours du panneau de la bibliothèque.

— Détrompe-toi. Je me suis rarement trouvé dans une situation aussi dangereuse.

Charlotte ne pouvait pas voir ses traits. Elle ne savait donc pas s'il était sincère ou s'il se moquait.

Elle s'esclaffa.

— Oublierais-tu que je t'ai surpris dans l'arrière-boutique des Hunsden ?

— Comment pourrais-je l'oublier ? Ce fut le plus beau moment de ma journée.

Charlotte ferma un instant les yeux. Dès qu'elle le voyait, c'était à chaque fois « le plus beau moment de sa journée ».

— Je... je ne crois pas que j'aie envie de poursuivre ces rendez-vous volés.

Elle entendit un petit déclic et elle rouvrit les yeux juste à temps pour voir le panneau pivoter. Il avait trouvé le mécanisme permettant de l'ouvrir.

Satisfait, Roman referma aussitôt le panneau.

— Je pensais que tu avais fini par t'y habituer, au bout de quelques semaines ?

— Plus nous continuerons, plus nous courrons le risque d'être démasqués. Du reste, c'est bien ce qui a failli arriver avec Clark.

— Mais tu t'en es très bien sortie, fit-il valoir, se retournant vers elle. Dis-moi, Charlotte : serais-tu fatiguée de me voir ? Si tu veux partir, tu es libre, ajouta-t-il en désignant la porte. Je ne te retiens pas prisonnière.

La vraie question, en réalité, était de savoir *pourquoi elle était venue*. Il la convoquait nuit après nuit, et chaque fois elle se précipitait à sa rencontre.

Quelle était donc cette nouvelle Charlotte, qui avait entièrement pris le pas sur l'ancienne ?

— Je te connais à peine, murmura-t-elle, plus pour elle-même qu'à l'intention de Roman.

— Non, en effet. Mais désires-tu vraiment me connaître, Charlotte ?

Elle cligna des yeux.

— Quoi ?

— J'ai l'impression, quoi que tu prétendes, que notre relation te satisfait telle qu'elle est.

Charlotte croisa les bras, comme chaque fois qu'ils abordaient ce sujet. Dès qu'elle se trouvait en sa compagnie, elle éprouvait un sentiment d'intense liberté. Mais elle était consciente, aussi, d'avoir une vie en dehors de leurs étreintes.

— Et moi, j'ai l'impression que notre relation se passe exactement comme tu souhaitais qu'elle se passe. C'est toujours toi qui décides de tout.

— Ah bon ?

— Oui. Et ne me fais pas croire que tu aimerais voir notre liaison durer éternellement.

Voilà, c'était dit. Mais Charlotte avait une boule dans la gorge, à présent.

Il y eut un silence. Puis il lâcha :

— J'ai parfois du mal à te cerner, Charlotte Chatsworth. Tu es une énigme.

La jeune femme tourna la tête vers la fenêtre.

— Oh, il n'y a pas grand mystère, chez moi, comparé à toi.

— Je suis pourtant simple à comprendre, objecta-t-il. Mes désirs sont faciles à deviner. Toi, en revanche, tu ne sais pas vraiment ce dont tu as envie. Je me trompe ?

Comme elle ne répondait rien, il s'adossa à la bibliothèque, avant d'ajouter :

— Que désires-tu ? La prison, ou la liberté ?

— La liberté, bien sûr.

Mais elle la désirait également pour les autres. Et pour Emily en priorité. Elle devait protéger sa sœur de ses actions inconscientes. Sinon, Emily deviendrait une cible de choix pour un gredin comme John Clark.

Roman plaqua une main sur son cœur.

— La liberté peut revêtir différentes formes. Mais souvent, ce qu'il y a là, à l'intérieur, est le plus dur à libérer.

— Que... commença Charlotte, avant de s'interrompre, la gorge nouée.

Elle ne se sentait pas le courage d'affronter ses propres émotions.

— Mais assez discuté, reprit-il. Nous nous sommes déjà trop attardés ici. Toi, surtout. Les invités doivent commencer à te chercher.

Il avait raison. Elle aurait dû retourner depuis longtemps dans la salle de bal, afin de prévenir toute éventuelle manœuvre de Clark.

Cependant, elle avait du mal à se résoudre à l'idée de le quitter.

— Tu... tu pourrais peut-être me retrouver plus tard ? suggéra-t-elle, avant de maudire aussitôt sa faiblesse.

Il la dévisagea un long moment sans rien dire, comme s'il tentait de percer « l'énigme » qu'elle incarnait à ses yeux. Son silence se faisant soudain trop pénible à supporter, Charlotte préféra tourner les talons. Elle entrouvrit la porte, jeta un coup d'œil dans le couloir pour s'assurer que la voie était libre et se glissa hors de la pièce sans un regard en arrière.

Il ne fit rien pour l'arrêter et encore moins pour la rattraper. Elle aurait dû s'en féliciter, bien sûr. Mais ce n'était pas le cas. Il devenait urgent qu'elle comprenne l'origine de cette folle attirance qu'elle éprouvait pour lui. Et qu'elle trouve un moyen d'y remédier.

La bibliothèque ne se trouvait qu'à quelques portes du salon réservé aux dames. Charlotte y fit un crochet, pour s'assurer que sa toilette n'était pas en désordre. Mais non, tout était parfait. Rien ne laissait déceler que Roman venait de la posséder sauvagement et qu'elle avait dû quitter le lieu de leur étreinte par un corridor secret infesté de toiles d'araignées.

S'armant de courage, elle ressortit du salon avec un groupe de femmes qui retournaient, elles aussi, dans la salle de bal. Puis elle se lança à la recherche de sa mère, de l'allure la plus détachée possible. Fort heureusement, elle n'enregistra aucun regard désapprobateur sur son passage, pas plus qu'elle n'entendit de remarques désobligeantes. Elle en conclut que John Clark n'avait pas mis sa menace à exécution. Du moins, pour l'instant.

Cependant, le fait de savoir que sa réputation n'était pas – encore – ruinée ne lui procura pas le moindre soulagement. Et, d'une certaine manière, c'était bien ce qui l'inquiétait le plus. Car cela prouvait de manière irréfutable qu'elle avait beaucoup changé depuis qu'elle connaissait Roman.

Elle trouva rapidement sa mère et elle demeura à ses côtés pour le restant de la soirée. Viola lui décocha quelques regards soupçonneux, mais elle s'abstint de tout commentaire.

Le danger John Clark n'était pas totalement écarté. Sans doute celui-ci méditait-il un autre moyen de se venger. Charlotte l'avait vu l'épier du coin de l'œil alors qu'elle regagnait la salle de bal. Puis il avait soudainement disparu, comme si le diable l'avait rappelé dans son antre infernal.

Nul doute qu'il était parti conspirer quelque part. Toutefois, Charlotte ne voulait pas trop s'inquiéter. Clark ne disposait d'aucune preuve. Ce serait donc sa parole contre la sienne. Or, pour l'instant, la parole de Charlotte pesait toujours d'un plus grand poids que celle de ce débauché notoire.

Toutefois, le rapport de forces pourrait s'inverser en un clin d'œil, si jamais elle se faisait surprendre de nouveau – et par quelqu'un d'autre. Ce qui voulait dire qu'elle devrait redoubler de prudence à l'avenir.

L'avenir... Charlotte se refusait à envisager un avenir qui lui interdirait toute possibilité de se ménager des entrevues clandestines avec Roman. Malheureusement, d'une manière ou d'une autre, leur liaison finirait par connaître une fin abrupte.

Comment ? Là était toute la question.

Clark ne représenterait plus une menace. Le gredin n'avait même pas été capable de se défendre proprement. Roman avait trouvé fastidieux de devoir lui régler son compte, mais les menaces proférées par Clark à l'encontre de Charlotte lui avaient ôté toute sympathie pour le personnage. Et du même coup, tout remords.

L'aube était déjà presque levée quand quelqu'un tira la chaise face à la sienne. Roman n'eut même pas besoin de lever les yeux de la table sur laquelle il faisait rouler des dés pour connaître l'identité de son interlocuteur.

— Bonsoir, lord Downing. Ou peut-être bonjour, étant donné l'heure ?

L'expression de Downing s'accordait parfaitement avec la noirceur de son costume.

— Vous jouez une partie serrée, Merrick.

— Ah oui ?

— Et sur plusieurs fronts, encore.

— Sans doute. Mais je crois deviner qu'un seul vous intéresse ?

Downing n'avait rien dit, la nuit où Roman avait gagné Charlotte au jeu. Mais le vicomte n'avait pas été dupe. Il avait même aidé Roman à couvrir sa tricherie, durant les quelques minutes très tendues qui avaient suivi l'instant où Roman avait abattu ses cartes. Pourquoi ? C'était là tout le mystère. Encore aujourd'hui, Roman n'aurait pas su expliquer les motivations de Downing.

— Pourquoi prenez-vous des risques inutiles ? le pressa le vicomte.

Roman avait déjà assez d'Andréas pour lui faire constamment la leçon. Il eut un geste vague de la main.

— Vous voulez parler de ce soir ? Personne ne savait que c'était moi. À part vous, bien sûr. Quand vous l'avez vue danser avec un inconnu, vous en avez déduit que c'était moi. Mais qui d'autre serait capable de faire le rapprochement ?

— Trant.

— Ah, Trant ! fit Roman, avec un sourire. Son ambition n'a jamais laissé de m'étonner. C'est à croire qu'elle gouverne les moindres faits et gestes de son existence.

Downing fronça les sourcils.

— Vous œuvrez au profit de Trant. Pourquoi ? Je ne vois pas où serait votre intérêt ?

— Quand vous savez ce qui gouverne un homme, vous pouvez manipuler cet homme.

— Binchley est plus facile à manipuler. Par l'alcool et la terreur que lui inspire sa mère.

— Certes. Mais il est tellement plus excitant de se confronter à quelqu'un d'intelligent et d'ambitieux. Une fois que vous avez trouvé la bonne clé…

— Et que croyez-vous qu'il arrivera, quand les autres auront découvert *votre clé*, Merrick ?

Une longue pratique des tables de jeu empêcha Roman de se raidir.

— Nous aviserons le moment venu – à supposer que cela se produise.

— Au lieu d'attendre patiemment l'inévitable, vous feriez mieux de reconsidérer vos actions, répliqua Downing. Je ne voudrais pas être obligé de me joindre à la meute qui réclamera votre chute. Ni avoir à signer cela, ajouta-t-il, jetant une feuille – une pétition – sur la table. Bien le bonsoir, Merrick...

16

— La migraine ? s'étonna Viola, assise en face de Charlotte dans la voiture qui les reconduisait à la maison après le bal masqué des Hanning. Tu ne cesses d'avoir des migraines, cette saison. C'est d'autant plus étrange que les autres années, tu ne te plaignais jamais d'être malade.

— Peut-être ai-je contracté votre affection, mère ?

— Hmm, marmonna Viola. Ce serait bien ennuyeux.

Charlotte n'était plus certaine, tout à coup, que sa mère parlait toujours de migraines.

— C'est à peine si tu as dansé, reprit Viola. À part avec Trant. Et aussi cet interlude avec un inconnu. Qui était-ce, Charlotte ?

Charlotte se demanda combien de personnes l'avaient vue valser avec Roman.

Elle se massa les tempes.

— Je l'ignore. Peut-être un valet des Hanning. Mais je suis sûre que quelqu'un saura le découvrir.

Elle espérait, bien sûr, que ce ne serait pas le cas.

— Ton père ne sera pas content. Tu devrais repenser ta… stratégie, Charlotte.

— Oui, mère ?

— Le marquis de Binchley serait un mari facile à attraper. Il est tellement stupide !

— Oui, mère.

Sauf que Binchley aurait tôt fait de dilapider sa fortune en alcool et en dettes de jeu, et que Charlotte se retrouverait confrontée à une situation analogue à celle créée par son père. Trant ne possédait pas de titre nobiliaire, mais il fallait lui reconnaître cette qualité qu'il ne laisserait jamais sa famille risquer la ruine financière. Son orgueil et son ambition le lui interdisaient.

Ce qui ne voulait cependant pas dire que Charlotte rêvait de l'épouser. La vérité, c'est qu'à cet instant précis, elle aurait par-dessus tout aimé disparaître dans la nuit. Et savourer enfin sa liberté.

Depuis la soirée à Vauxhall, elle n'était plus capable de se concentrer sur ses perspectives de mariage.

Non. Pas depuis Vauxhall : depuis qu'elle connaissait Roman, tout simplement.

Dès qu'elles furent arrivées à destination, Viola se retira aussitôt dans ses appartements. Sa manière un peu sèche de souhaiter bonne nuit à sa fille trahissait son irritation.

Charlotte s'attarda quelques instants dans le grand hall d'entrée. Mais, apercevant une étole maladroitement dissimulée dans la penderie, elle retrouva tout de suite le sourire.

Elle courut presque dans l'escalier. Puis elle se dirigea tout droit vers sa chambre. Poussant la porte, elle inspecta la pénombre, à la recherche d'une silhouette en embuscade.

Personne.

Elle referma la porte. Sous le lit, peut-être ? Ou alors, dans sa penderie ? C'était une bonne cachette.

Elle s'approcha à pas de loup de la penderie, dont elle ouvrit brusquement la porte. Une figure humaine en surgit alors, agitant ses bras en l'air.

Charlotte éclata de rire.

— Ce n'est pas du jeu ! se plaignit sa sœur. Tu savais que j'étais là. Ça devait être une surprise.

— La maison a rajeuni, depuis ton arrivée. Je ne pouvais pas ne pas l'avoir remarqué.

Emily sourit joyeusement, avant de lui donner l'accolade.

— Tu m'as manqué ! s'exclama-t-elle. Comment s'est passée ta soirée ?

— Très bien. Mais je ne t'attendais pas avant la semaine prochaine !

Charlotte était ravie de revoir sa sœur, bien sûr. En même temps, elle avait l'impression que l'étau se resserrait trop rapidement sur elle.

— Un arbre s'est écrasé sur l'aile sud. Mme Stanwick nous a donné congé le temps de procéder aux réparations.

Charlotte haussa les sourcils.

— Un arbre s'est écrasé sur l'aile sud ?

— Oui. Je ne sais pas trop comment ça a pu se produire.

Charlotte n'insista pas. Emily pourrait toujours donner des détails plus tard.

— Aide-moi à me déshabiller. Et tu me raconteras les nouvelles de l'école.

Mme Stanwick était la meilleure préceptrice de tout le comté. Sa réputation professionnelle et morale était si bien établie que les parents se battaient presque pour faire admettre leurs filles dans son école.

— Oh, la classe va très bien, répondit Emily. Je supplante Margaret Smith dans toutes les matières.

— Elle ne t'importune plus, j'espère ?

— Non.

Tout, dans cette simple réponse, criait le contraire. Ce qui n'avait rien de surprenant. Les Smith étaient les voisins, à la campagne, des Chatsworth. Et l'animosité de Bethany Case – née Smith – envers Charlotte s'était étendue à sa petite sœur.

Margaret étant, de loin, la plus ravissante des deux sœurs Smith, elle n'avait probablement aucun mal à rendre la vie d'Emily infernale.

Charlotte porta une main à son front.

— Aurais-tu la migraine ? s'inquiéta Emily. Anna m'a dit que tu en souffrais souvent, ces derniers temps, mais je n'ai pas voulu en croire un mot. Tu n'avais jamais la migraine, avant. Sauf quand tu voulais éviter de voir quelqu'un.

— Si tu racontes cela à qui que ce soit, ce sera la fin de mon stratagème, essaya de plaisanter Charlotte.

— Bon, d'accord, je ne dirai rien. Mais, en échange, je veux que tu me décrives ta soirée par le menu. Quand je pense que je devrai encore attendre deux ans avant de pouvoir me rendre, moi aussi, au bal masqué des Hanning ! Et n'oublie pas de me donner des détails sur tes soupirants. Tu étais beaucoup trop discrète là-dessus, dans tes lettres.

Charlotte essaya de se représenter ce qu'elle pourrait écrire. « Chère Emily, je crois que tu seras captivée d'apprendre que j'entretiens une liaison avec un homme fréquentant les bas-fonds de la ville... »

— Le bal masqué s'est déroulé sans le moindre incident, cette année, commença-t-elle.

Enfin, si l'on exceptait l'épisode du petit salon, de Clark et du passage dérobé.

— Et mes soupirants sont les mêmes que tu connais déjà, ajouta-t-elle. Il n'y a rien de nouveau de ce côté-là. En revanche, cette saison, quelques jeunes hommes qui ne manquent ni de charme ni de prestance ont fait leur apparition dans le monde. Et ils dansent comme des dieux.

Emily soupira.

— J'ai hâte de pouvoir t'accompagner pour faire leur connaissance !

— Je te le souhaite aussi. Tu illumineras les réceptions par ta présence.

— Mais ce que j'aimerais savoir, risqua Emily, c'est pourquoi tu n'es toujours pas fiancée ? Je vais finir par croire ce que raconte Margaret Smith.

— Ah ? Et que dit Margaret Smith ? demanda Charlotte, d'un ton qui se voulait détaché.

Si la nouvelle se répandait qu'elle fréquentait Roman, l'avenir d'Emily serait durablement compromis. Charlotte le savait depuis le début, bien sûr, mais elle n'avait écouté que ses propres désirs.

Emily eut un geste vague de la main.

— Oh, des bêtises, comme d'habitude ! Laisse-moi plutôt défaire ton chignon, que tes cheveux reprennent forme d'ici à demain matin. Maman a dit que je pourrais t'accompagner à tes rendez-vous.

Emily était soudain excitée comme une jeune fille de seize ans à qui l'on venait d'annoncer qu'elle pourrait avoir un petit aperçu des mondanités londoniennes.

— Maman a dit cela ? Je ne suis pas sûre…

Charlotte voulait taquiner sa sœur. D'un autre côté, elle s'inquiétait sincèrement. Et si jamais…

— Oh, tais-toi donc, espèce de rabat-joie.

Quand la toilette de Charlotte fut terminée, Emily commença à tirer le couvre-lit.

— Que fais-tu ?

Emily lui lança un regard incrédule.

— Ça ne se voit pas ?

— Mais… tu ne vas pas dormir dans ta propre chambre ?

Roman…

— Non, répliqua Emily, qui se glissait déjà entre les draps. Tu sais bien que nous dormons toujours ensemble, la nuit de nos retrouvailles. Franchement, Charlotte, tu m'étonnes de l'avoir oublié.

Emily continua son bavardage une bonne vingtaine de minutes avant de s'assoupir. Charlotte ferma les yeux, une main sur le front. Merveilleux ! Elle se retrouvait prise au piège, alors qu'un visiteur nocturne se montrerait peut-être à sa fenêtre.

Un léger bruit contre la vitre la fit sursauter. Mais ce n'était qu'une branche d'arbre secouée par le vent.

Charlotte resta aux aguets un long moment. Pourvu que Roman n'ait pas décidé de donner suite à son invitation de la retrouver plus tard !

Les quarts d'heure succédèrent aux quarts d'heure. Et la jeune femme finit par s'endormir.

Elle pensait n'avoir pas dormi plus de vingt minutes, quand Emily lui secoua l'épaule.

— Debout ! C'est l'heure de se lever !

Charlotte s'extirpa péniblement de son lit.

Emily la dévisagea avec gravité.

— Tu n'as pas bonne mine. Serais-tu vraiment malade ?

— Merci du compliment ! Je vais très bien, au contraire.

Elle jeta quand même un coup d'œil à son miroir, pour s'en assurer. Et si John Clark avait raison ? Avait-elle changé, au point que cela se lisait désormais sur son visage ?

Elle se massa le coin des yeux.

— Je me trompe, ou j'aperçois des rides ? demanda Emily.

Charlotte se figea, bien que sa sœur n'ait cherché qu'à la taquiner. Et, rivant son regard au miroir, elle inspecta le coin de ses yeux, à la recherche des sillons annonciateurs. *Ne sois pas stupide !* se morigéna-t-elle, avant de s'obliger à détourner la tête. Elle n'était pas encore décrépite !

— Très amusant, lança-t-elle à sa sœur, d'une voix qu'elle espérait légère. Aide-moi donc à m'habiller. Que pourrais-je porter, aujourd'hui ?

— Du rose.

Charlotte secoua la tête. De toute façon, sa garde-robe ne comportait pas la moindre touche de rose.

— Qu'est-ce que c'est que ça ? demanda soudain Emily.

Charlotte lui jeta un regard par-dessus son épaule. Emily, assise au bord du lit, tenait un papier à la main. Elle lut :

« Tout est réglé. Mille excuses pour hier soir, ma jolie beauté endormie. »

Charlotte arracha le papier des mains de sa sœur. Le diable d'homme ! Il s'était introduit dans sa chambre cette nuit. *Après qu'elle se fut endormie.* Et il avait laissé ce mot sur l'oreiller. *À côté d'Emily !*

Comme sa sœur la regardait curieusement, Charlotte sentit l'hystérie la gagner. Elle s'obligea à se reprendre.

— C'est un mot que m'avait glissé Miranda hier soir, expliqua-t-elle, avec un geste vague de la main. Je m'étais assoupie un moment dans le petit salon réservé aux dames. Le mot sera tombé de ma robe quand je me suis déshabillée.

Combien de temps était-il resté dans la chambre ? Et si Emily s'était réveillée pendant qu'il était là ?

Emily prit un air grave.

— Charlotte, j'espère que tu n'as pas une liaison avec Downing ? Miranda serait très fâchée.

Charlotte se retint de crier.

Une heure plus tard, les deux sœurs avaient procédé à leurs ablutions et s'étaient habillées.

— Mon nouveau correspondant est beaucoup plus attentif que toi, lâcha Emily, qui jouait avec une épingle à cheveux, pendant que Charlotte la coiffait. Si tu ne fais pas plus d'efforts, je crois bien qu'il va te remplacer pour devenir mon confident, ajouta-t-elle.

— Un nouveau correspondant ? demanda Charlotte, d'une voix distraite.

— Oui, c'est lady Downing qui nous a mis en contact. Il est toujours très prompt à réagir. Ce n'est pas comme certains !

Charlotte accrocha le regard taquin de sa sœur dans le miroir. Elle mit quelques instants à réagir.

— Tu corresponds avec un homme ? Qui est-ce ?
Emily haussa les épaules.
— Je ne sais pas au juste. J'ai le sentiment que c'est quelqu'un de timide dans la vie. Mais sur le papier, il est très spirituel. C'est peut-être le fils d'un vicaire.
Charlotte esquissa un sourire.
— Le fils d'un vicaire ?
— Oui. Je parierais qu'il est isolé de tout et que seules mes lettres le relient au monde. J'ai décidé de le sauver et de l'épouser.
Le sourire de Charlotte s'élargit.
— Rien que cela ?
— Ne bride pas mon imagination, Charlotte. Tu es trop raisonnable.
— Il faut bien que quelqu'un le soit, répliqua Charlotte, avant d'attacher un ruban rose dans les cheveux de sa petite sœur.
Comme Emily ne disait plus rien, Charlotte accrocha son regard dans le miroir. Emily faisait grise mine.
— Qu'y a-t-il ?
— Oh, rien ! répondit sa sœur. (Et elle avait déjà retrouvé son enthousiasme juvénile :) Où nous rendrons-nous, en premier ? Dans un endroit très chic, j'espère ?
— Le salon de lady Hodge.
Emily grimaça.
— Mais lady Hodge a au moins quatre-vingts ans ! Nous n'allons pas nous amuser.
Charlotte, refrénant un sourire, haussa les épaules.
— Tu ne veux plus venir ?
— Si, si, bien sûr.

— J'ai été catastrophique, marmonna Emily, quelques heures plus tard, au sortir de leur quatrième réception mondaine de la journée.
— Mais non, tu as été merveilleuse, la rassura Charlotte, tandis qu'elles se dirigeaient vers des boutiques de mode. Personne ne s'est aperçu de rien.

Elle-même, cependant, ne parvenait pas à se départir de sa nervosité.

Pourtant, personne ne lui avait jeté de regard suspicieux. Quelqu'un avait même colporté que John Clark avait brusquement décidé de partir pour le continent. Mais Charlotte ne voulait pas se réjouir trop tôt. Elle craignait que cette manœuvre ne cache un piège.

— Ma tasse a heurté si violemment ma soucoupe qu'on aurait pu croire que je l'avais cassée.

— Personne n'a rien remarqué, assura Charlotte.

La vérité, c'est que tout le monde avait remarqué.

— Si, objecta Emily, qui n'était pas dupe. Je vais passer pour une fille très maladroite.

— Mais non, pas du tout. Que vas-tu t'imaginer ?

— Je n'arriverai jamais à trouver un mari.

— Parce que ta tasse et ta soucoupe se sont entrechoquées ? Je peux t'assurer que cela n'aura aucune conséquence sur ton avenir conjugal.

Emily ne semblait pas convaincue.

— Ne me fais pas croire que si je n'avais pas été ta sœur, tu ne te serais pas toi-même pincé le nez en me voyant faire.

— Quoi que tu fasses, tu seras observée à la loupe dans toutes les mondanités que tu fréquenteras. Il faudra bien t'y habituer. Mais tu es jeune, et tu as encore des excuses. Et puis, dans l'ensemble, tu t'es très bien débrouillée.

— Je ne pouvais pas répondre à une question sans bafouiller. Heureusement que tu étais là pour me faire signe de me ressaisir !

— Je me répète : tu t'en es très bien sortie. Mais il faudra, c'est vrai, que tu apprennes à maîtriser ton vocabulaire.

— Tu crois que père sera fâché de ma maladresse ?

— Tu n'es pas maladroite. Et père ne te dira rien.

— Si, il faut toujours qu'il fasse des commentaires sur... oh, et puis tant pis ! murmura Emily, incapable de terminer sa phrase.

Mais Charlotte pouvait deviner la suite. *Il faut toujours qu'il fasse des réflexions sur mon physique, je ne suis ni assez belle ni assez gracieuse à ses yeux. Comment arriverai-je à faire un beau mariage, dans ces conditions ?*

Charlotte s'immobilisa sur le trottoir et posa une main autoritaire sur l'épaule de sa sœur.

— Si les imbéciles ne sont pas capables de voir ce qu'ils ont en face d'eux, toi tu n'as pas besoin de voir les imbéciles, déclara-t-elle d'un ton virulent.

Emily, stupéfaite de son éclat, cligna des yeux.

— Tu es ravissante, poursuivit Charlotte. Tes yeux pétillent de vie. Et par-dessus tout, tu es intelligente.

Emily haussa les sourcils.

— Ne serais-tu pas devenue subitement aveugle ?

— Non. Ce sont ces imbéciles qui le sont, insista Charlotte, lui étreignant l'épaule, avant de se remettre en marche. Ne fais pas attention à eux. Nous les obligerons à changer d'avis.

— Nous les *obligerons* ?

— Oui.

Emily garda un moment le silence, avant de demander, alors qu'elles traversaient la rue :

— Que t'est-il arrivé ?

Charlotte feignit de ne pas avoir entendu sa question.

— Ils ne savent pas reconnaître la vraie beauté, même quand elle s'affiche sous leurs yeux, dit-elle, comme si elle poursuivait leur conversation précédente.

— Charlotte, ne me joue pas la comédie. Tu semblais si heureuse, dans tes lettres, même si tu restais toujours très vague. Ne va pas croire que je ne m'en suis pas aperçue ! Cependant, j'en ai déduit que ta saison se déroulait très bien. Mais, aujourd'hui, j'ai le sentiment que tu es... en colère.

Charlotte s'obligea à sourire.

— Tu sais bien que je n'ai jamais apprécié l'hypocrisie.

— Non, non, je ne te parle pas de cela.

— Emily...

— N'essaie pas de détourner la conversation. Je ne suis pas certaine de bien comprendre, mais j'ai l'impression que tu ne prends plus aucun plaisir aux mondanités. Je me souviens de ton excitation, à tes débuts dans le monde. Des lettres enthousiastes que tu m'écrivais alors. Tout cela a disparu. Je me trompe ?

Non, bien sûr. Charlotte répugnait à mentir à sa sœur. Mais elle voulait aussi qu'Emily puisse jouir de sa première saison sans entraves. Qu'elle garde toutes ses illusions et qu'elle prenne plaisir à tournoyer sur les pistes de danse comme n'importe quelle jeune fille de son âge.

Si Charlotte faisait un grand mariage, elle aurait l'assurance que sa petite sœur ne serait pas une marionnette au service de leur père. Emily aurait tout le temps pour se choisir un parti selon son cœur. Elle pourrait même décider de ne pas se marier, si elle le souhaitait.

C'est ce dont Charlotte avait toujours rêvé pour sa sœur, et c'est dans cette perspective qu'elle avait concentré tous ses efforts. Mais aujourd'hui, d'autres possibilités s'offraient à elles. Plus tentantes, mais aussi terriblement dangereuses.

— J'ai juste mal dormi, répondit-elle. Ne t'inquiète pas.

Emily ne dit plus rien, mais Charlotte savait que sa sœur ne la croyait pas.

— Tu ne voulais pas aller chez *Grabbin* ? reprit-elle, désignant une devanture de modiste, un peu plus loin dans la rue. C'est là.

Le visage d'Emily s'illumina.

— Oh ! Margaret Smith sera verte de jalousie.

Et, abandonnant Charlotte, elle pressa le pas en direction de la boutique, où elle s'engouffra sans même attendre son aînée.

Charlotte serra les doigts sur son réticule.

Toute sa vie, elle s'était accrochée à l'idée de perfection : faire un mariage parfait. Être parfaite en toutes circonstances. Permettre à Emily de jouir d'une existence parfaite...

Elle n'avait jamais cru aux contes de fées et aux chevaliers blancs qui venaient sauver les princesses. *Elle était* leur chevalier blanc – le sien propre, et celui d'Emily.

Pourtant, depuis quelques semaines, elle s'était écartée du chemin de la perfection pour se jeter dans une aventure certes excitante, mais aussi très risquée. Ce qu'elle redoutait le plus était de ne plus lire, un jour, que de la lassitude dans les prunelles de Roman lorsqu'il poserait les yeux sur elle.

Quelqu'un heurta son coude, et la jeune femme laissa échapper involontairement son réticule, qui tomba sur le trottoir. Une manœuvre très classique de la part des voleurs des rues. Charlotte s'empressa de se baisser pour ramasser son réticule avant qu'une main inconnue ne s'en empare. Mais ses doigts rencontrèrent d'autres doigts, à la peau hâlée, qui s'étaient déjà refermés sur son sac.

Charlotte crut qu'elle en oubliait de respirer.

Ses yeux étaient rivés sur ces doigts longs et puissants. Des doigts qui savaient aussi bien manipuler un poignard destiné à tuer qu'une reine d'échecs sculptée dans un ivoire délicat.

Les doigts caressèrent discrètement les siens, et la jeune femme frémit. Elle releva les yeux, arrêtant son regard sur ses lèvres – dont elle connaissait si bien le goût, désormais.

— Que voilà une agréable surprise ! murmurèrent ces lèvres.

À la façon dont elles esquissèrent un sourire, Charlotte comprit qu'il ne s'agissait pas d'une surprise. Mais elle se trouva incapable de détourner les yeux.

— Si tu continues à me regarder comme cela, murmura-t-il encore, j'ai peur de ne pas résister à l'envie de faire quelque chose de très inconvenant.

Cela suffit pour que Charlotte se redresse d'un coup. Sans doute avait-il anticipé son mouvement, car il se releva en même temps qu'elle, si bien qu'ils se disputaient toujours le réticule. Charlotte préféra lâcher prise, pour éviter qu'ils ne se donnent en spectacle au milieu du trottoir.

— Laisse-moi repartir, murmura la jeune femme dans un souffle.

Elle avait l'impression que la droiture morale qu'elle se faisait un devoir de toujours arborer en public menaçait de se dissiper comme la rosée du matin sous les rayons du soleil.

— Je ne suis pas sûr de souhaiter t'exaucer. À moins que tu ne l'exiges.

Charlotte aurait voulu regarder autour d'elle pour voir si quelqu'un les observait. Mais ses yeux restaient rivés à ceux de Roman. Des piétons passaient sans cesse près d'eux, les contournant après s'être rapprochés. Aussi bien les hommes que les femmes semblaient être attirés, de loin, par Roman, avant de chercher à l'éviter comme s'ils s'apercevaient soudain que sous son allure séduisante se cachait un redoutable prédateur.

L'idée qu'elle pût encore se laisser berner aussi facilement que ces piétons anonymes mettait Charlotte mal à l'aise. Où était donc passée son obsession de la perfection ?

— Ça ne va pas, mademoiselle ? demanda-t-il, adoptant tout à coup le ton d'un inconnu bien élevé. Laissez-moi faire quelques pas en votre compagnie.

Et sans lui demander son avis, il lui prit gentiment le bras, pour l'entraîner vers la boutique dans laquelle avait disparu Emily.

Charlotte redressa le menton.

— Nous sommes en fin de matinée et tu n'es pas supposé exister, trouva-t-elle la force de lui chuchoter avant d'ajouter, à haute voix : Merci, monsieur.

— De rien, mademoiselle…

Il lui rendit son réticule avec une courbette polie et en profita pour murmurer :

— Aurais-tu peur que je n'envahisse aussi tes journées ?

Ses paroles lui firent l'effet d'une promesse languide.

Cependant, Charlotte ne se faisait pas d'illusions. Elle savait qu'elle ne pourrait jamais contrôler entièrement son destin. Mais du moins pensait-elle pouvoir en maîtriser une partie, pour devenir un jour ce pour quoi elle avait été programmée dès son enfance : une matrone respectable – et respectée par toute la bonne société. Les moyens d'y parvenir étaient connus et aussi faciles à mettre en œuvre qu'une recette de cuisine consignée dans un livre.

Mais c'était compter sans l'existence de dangereux prédateurs, qui venaient parfois bouleverser tout ce bel ordonnancement, comme s'ils s'ingéniaient à détruire votre respectabilité.

Tandis que la voix de Roman lui promettait des choses qu'elle aurait préféré ignorer, Emily surgit tout à coup de la boutique, agitant quelque chose de rose.

— Charlotte !

Charlotte se posta devant Roman, dans un réflexe aussi naïf qu'insensé pour le cacher à la vue de sa sœur.

Un jour – si Dieu le voulait –, elle se sentirait enfin libre de ses actes.

Mais pas aujourd'hui. Pas en pleine lumière. Pas devant Emily.

Pour l'heure, elle devait coûte que coûte sauvegarder les apparences – même si l'impeccable statue de pierre commençait à se fissurer.

— Charlotte ! répéta Emily en se frayant un chemin dans la foule pour se porter à leur rencontre. Pourquoi t'es-tu attardée ? Admire un peu ça !

Elle brandissait un petit chapeau rose – la couleur de l'innocence.

Emily, pour l'amour du ciel, retourne dans la boutique !

— Il t'ira à ravir, assura Charlotte. (Et, tendant son réticule à sa sœur, elle ajouta :) Tu devrais l'acheter.

Le regard se fit soudain pénétrant quand elle s'adressa à Roman.

— Êtes-vous un ami de Charlotte, monsieur ?

— Vous êtes sans doute mademoiselle Emily ? répliqua-t-il, dans le dos de Charlotte, qui se raidit si fort qu'il était impossible de ne pas l'avoir remarqué.

Roman se posta à côté d'elle et gratifia Emily de son sourire le plus charmeur.

— Ce chapeau me paraît avoir été conçu spécialement pour vous, mademoiselle Emily. Il s'accorde à ravir avec vos cheveux et votre teint.

— C'est vrai ? fit Emily, rougissante. Vous le pensez vraiment ?

Il avait si bien réussi à captiver son attention qu'elle ne semblait pas avoir réalisé qu'ils n'avaient même pas été présentés.

— J'en suis convaincu. Vous aurez l'air d'une rose au printemps.

Une nouvelle fois, Charlotte tenta de couper court à la conversation. Elle ouvrit son réticule et en sortit quelques billets.

— Cours donc l'acheter, Emily, dit-elle, tendant si autoritairement les billets à sa sœur que celle-ci recula d'un pas.

Emily fronça les sourcils, mais Charlotte refusa d'y prêter attention. Finalement, sa sœur n'eut d'autre choix que de prendre congé.

— Merci de votre avis, monsieur, dit-elle, avec un salut très raide pour Roman.

— Peut-être qu'en retour, vous pourriez m'aider à choisir un chapeau pour ma tante ? répliqua celui-ci, avec un autre sourire un peu trop charmeur – comme si le prédateur était déjà ressuscité.

— Je ne pense pas, monsieur, répliqua Charlotte.

— Ma tante relève de maladie. Je me disais qu'un nouveau chapeau l'aiderait à retrouver le moral.

Charlotte était prête à manger le chapeau d'Emily s'il avait une tante convalescente !

— J'aimerais vraiment beaucoup profiter de vos conseils, insista-t-il. Et peut-être aussi de ceux de Mlle Emily ?

— Non, va-t'en, lui chuchota-t-elle. Tu vas provoquer une scène.

— Crois-tu ? J'ai plutôt l'impression que c'est toi qui en provoques une.

Deux femmes les croisèrent avec un regard insistant, avant d'échanger une remarque à voix basse.

Charlotte sentit la panique la gagner. Si quelqu'un la reconnaissait, on jaserait sur le fait qu'elle connaissait Roman Merrick, ce qui ne manquerait pas de conduire à d'autres suppositions. La rumeur serait vite impossible à endiguer.

Roman attarda quelques instants ses yeux sur elle. Mais au moment où Charlotte crut qu'elle allait perdre le sang-froid légendaire qu'elle affichait d'ordinaire en public, il redressa soudain la tête.

— Ah, dit-il, je viens juste de me souvenir que j'avais un rendez-vous urgent. Je vais être obligé de prendre congé.

Charlotte était déchirée intérieurement. Pourquoi n'était-il pas un gentleman de la bonne société, avec qui elle aurait pu flirter au grand jour ? Et qu'elle aurait pu épouser en toute bonne conscience ?

— Non, répondit-elle, lui agrippant le bras sans même l'avoir prémédité. Si vous le souhaitez toujours, je suis disposée à vous conseiller dans votre achat.

Il eut un sourire nonchalant.

— Merci. Je saurai m'en souvenir pour une autre fois. Bon après-midi, mesdemoiselles, lança-t-il avant de tourner les talons.

Charlotte le regarda se fondre dans la foule, en même temps qu'elle tentait de reprendre ses esprits.

— Qui était-ce ? demanda Emily.

— Je l'ignore, mentit Charlotte. (Puis, désignant la boutique de mode, elle suggéra :) Alors, nous l'achetons, ce chapeau ?

Emily brandit un sac que Charlotte n'avait pas remarqué jusqu'à présent.

— C'est déjà fait ! Où as-tu la tête, Charlotte ? Je te trouve décidément bien distraite.

— Si nous allions déguster une glace chez Gunter ? rétorqua Charlotte, qui s'était déjà remise en route.

— Charlotte, ne t'imagine pas me berner aussi facilement ! protesta Emily, courant presque pour la rattraper. Je suis convaincue que tu connaissais cet homme.

— Bon, très bien. C'est une relation de père. Mais sans grande importance.

— En tout cas, il est très bel homme, commenta Emily, rêveuse. Downing a un sérieux rival. Je me demande lequel je préfère…

Charlotte stoppa brutalement.

— Emily !

Sa sœur haussa les sourcils.

— Ne me dis pas que tu le trouves disgracieux ! Comment s'appelle donc cet Apollon ?

— Emily ! Surveille ton langage.

— D'accord. Mais cela ne me dit toujours pas son nom.

— Emily…

— Ah bon ? Il s'appelle aussi Emily ? Mais est-ce son vrai nom, ou son prénom ?

— Emily, arrête, je t'en prie ! explosa Charlotte, qui soudain n'avait plus aucune envie de plaisanter. Par égard pour toi, je te laisse le choix, si tu continues : soit je te précipite sous la roue d'une voiture, soit je t'étrangle !

Emily leva les mains en l'air en signe de reddition.

— Très bien, je capitule. Offre-moi plutôt une glace chez Gunter.

Charlotte se remit en marche.

— Mais, la héla sa sœur, qui courait presque pour la rejoindre, je voulais te dire que ce bel inconnu te regardait comme si tu étais la seule femme sur terre.

Troublée, Charlotte se demanda s'il ne lui serait pas possible de pousser sa sœur sous la roue d'une voiture *et* de l'étrangler en même temps.

Adossé à un mur dans une ruelle adjacente, Roman les regarda passer : l'aînée et la cadette qui se chamaillaient, la cadette poussant son aînée à bout avec un plaisir machiavélique. Mais il était visible que ces deux-là s'adoraient.

Il se demanda comment Charlotte réagirait si elle apprenait que son père avait tenté d'échanger une fille contre une autre : Bennett Chatsworth avait été prêt à pousser la cadette dans le lit de Roman, à seule fin de préserver l'aînée – son trophée – du scandale.

Quand Charlotte lui avait agrippé le bras, tout à l'heure, le suppliant presque de la suivre dans la boutique pour qu'elle l'aide à choisir un chapeau, alors même qu'ils pouvaient être observés par une multitude de gens, Roman avait bien cru perdre la tête.

La nuit dernière, il s'était introduit dans sa chambre dans l'espoir d'obtenir des réponses, de l'obliger à faire des choix. Mais il avait changé ses plans en découvrant qu'elle ne dormait pas seule. C'est alors qu'il avait décidé de l'aborder en pleine journée.

Si Charlotte dormait à poings fermés lorsqu'il s'était glissé dans sa chambre, en revanche, il nourrissait le soupçon qu'Emily l'avait vu entrer et sortir. Ce qui rendait la situation beaucoup plus piquante encore, mais aussi incontrôlable. D'ordinaire, il appréciait ces risques. Alors, pourquoi, tout à coup, se sentait-il mal à l'aise ?

Le chaos de ces jours-ci lui inspirait, étrangement, un désir de stabilité. Cela lui ressemblait pourtant bien peu.

Deviendrait-il quelqu'un de faible ?

Perplexe, il abandonna son mur.

Roman était capable de s'accaparer tout ce qu'il convoitait – ou de tout perdre – d'un seul coup de dés. L'essentiel était de posséder les bons dés…

Il avait un rendez-vous, dans une heure, qui devrait lui permettre de mettre en place la dernière partie. Il ne lui resterait plus à attendre que Charlotte lance à son tour ses dés.

Roman passa d'une ruelle à l'autre, privilégiant la pénombre à la lumière des rues principales, au cas où ses ennemis l'auraient suivi.

Il marchait tout droit en direction de son rendez-vous.

Le futur lord Trant devait déjà l'attendre.

17

— Je vous raccompagne jusqu'à la maison, mère. Ensuite, j'irai faire un saut à la réception des Pevenshall, avant qu'elle ne se termine.

Charlotte avait trouvé un mot de Roman dans son réticule – à chaque fois qu'il touchait quelque chose qui lui appartenait, elle était assurée qu'il y laissait un message – lui demandant de le rejoindre en fin de soirée.

Sa mère plissa un instant les yeux, avant de hocher la tête et de tendre son bras à Charlotte. Elles trouvèrent Bennett Chatsworth occupé à jouer – et à perdre, bien sûr – dans l'un des petits salons réservés aux messieurs. Il les salua d'un signe de tête.

Une fois dans la voiture, Viola gratifia sa fille d'un regard à glacer un iceberg.

— Je prendrai tout sur moi, si père est fâché, s'empressa de dire Charlotte, croyant devancer les récriminations de sa mère.

— Fâché pourquoi ? Parce que tu te rends chez les Pevenshall ? répliqua sa mère. Te crois-tu si intelligente, ces derniers temps, que tu puisses me berner aussi facilement ?

Charlotte déglutit avec peine. Les cahots de la voiture – Henry, leur cocher, conduisait beaucoup trop vite, ce soir – ajoutaient à son mal d'estomac.

— Que…

— Épargne-moi tes explications, la coupa Viola, les yeux tournés vers la portière. Je ne tiens pas particulièrement à les entendre.

Charlotte s'obligea à garder le sourire, malgré le malaise qui l'envahissait.

— Très bien. Vous étiez ravissante, ce soir. J'ai entendu plusieurs personnes le souligner.

À quoi bon se soucier que Clark l'ait surprise à la porte d'un salon privé, alors que sa mère savait ? *Mais depuis combien de temps ?*

— Tu peux aussi m'épargner ta charité.

— Très bien, répéta Charlotte, qui commençait d'avoir mal à la mâchoire à force de sourire. Voudrez-vous que je vous fasse préparer une tasse de thé, avant que vous n'alliez vous coucher ?

— Non. Abandonne-moi toute seule à la maison. Va retrouver ton amant. Fais comme ton père !

L'attelage ralentit. Elles étaient déjà arrivées, car Henry avait mené la voiture à un train d'enfer. Quelle mouche l'avait donc piqué, d'aller si vite ?

— Ton père s'est comporté de manière impardonnable, ajouta Viola dans un murmure, faisant du même coup comprendre à Charlotte qu'elle était au courant – comment ? – pour l'histoire du pari perdu. Compte tenu de ce qu'il a fait, je peux difficilement te reprocher tes actes.

Sa mère agrippa la poignée de la portière, mais elle hésita un moment avant de la tourner. Le cœur de Charlotte battit d'espoir. Exprimerait-elle des regrets ?

— De toute façon, je m'en moque, termina Viola, sans même la regarder, avant d'ouvrir la portière.

— Très bien…

Même si la réponse de sa mère ne l'avait pas vraiment surprise, Charlotte était trop troublée pour pouvoir parler.

De toute façon, Viola avait déjà refermé la portière.

L'attelage repartit immédiatement, dans un tel soubresaut que Charlotte heurta le dossier de la banquette. La jeune femme s'empressa de cogner au plafond. Henry n'avait pas dû s'apercevoir qu'elle était restée à l'intérieur et comme elle n'avait pas eu le temps de lui donner d'ordres, ramenait la voiture à l'écurie. Ou pire : chez la maîtresse de son père.

N'obtenant pas de réponse, elle frappa de nouveau.

L'attelage finit par stopper, si brutalement que cette fois, Charlotte faillit être projetée sur la banquette d'en face.

La portière s'ouvrit soudain et une silhouette vêtue de noir grimpa à l'intérieur de l'habitacle et plaqua une main sur la bouche de la jeune femme pour l'empêcher de crier.

18

La portière se referma d'un coup sec et l'attelage reprit sa course, toujours aussi nerveux.

La main s'écarta de la bouche de Charlotte pour lui caresser la joue. Des cheveux blonds brillaient dans l'obscurité. La jeune femme reprit son souffle, sans pour autant se sentir rassurée. Henry était un brave type, mais en échange de quelques pièces, il serait capable de raconter ce qui s'était passé. Or Bethany Case était prête à recourir à tous les expédients pour obtenir des informations compromettantes.

— Le cocher…

— Oh, ne t'inquiète pas pour lui, dit-il, lui tendant un manteau sombre pourvu d'une capuche. À l'heure qu'il est, ton cocher doit boire une bonne bière dans une taverne bien chauffée. Pendant que vous étiez à la réception, il a accepté de céder sa place à un jeune homme de ma connaissance qui rêvait de conduire une belle voiture pendant quelques heures. Contre une modique somme d'argent, bien sûr.

L'attelage prit un virage si serré que la voiture décolla presque du pavé.

Roman frappa trois coups au plafond. Le cocher ralentit immédiatement l'allure.

— Je dois reconnaître que je n'étais pas très instruit des capacités de Johnny, ajouta-t-il. Quand il m'a expliqué qu'il se considérait comme un cocher « énergique », je n'ai pas pensé qu'il fallait le prendre au pied de la lettre.

Charlotte ne se sentait pas le courage de protester contre son subterfuge. Déjà, les caresses de Roman lui promettaient la liberté et l'oubli.

— Ma... ma mère est au courant, pour nous deux.

Il haussa un sourcil.

— Que sait-elle, exactement ?

— Que tu existes.

Il ne parut pas surpris outre mesure, ce qui intrigua Charlotte.

— Et que compte-t-elle faire de cette information ?

— Je l'ignore. Rien, peut-être. Ou beaucoup de choses, au contraire. Comment le savoir ? Ma mère a toujours été quelqu'un de très solitaire.

Et de froid, aussi.

Elle se tourna vers Roman. Son désir d'être avec lui, de le voir, semblait croître un peu plus chaque jour, en même temps que sa crainte de dépendre de lui.

Il accrocha son regard. Avait-il encore deviné ses pensées ?

— Ne sois pas inquiète, Charlotte. Tout se passera bien, tu verras.

Elle se blottit contre lui. Elle s'en voulait de sa faiblesse à son égard, mais d'un autre côté, elle avait désespérément besoin de sentir sa présence.

— Comment peux-tu en être aussi sûr ?

— Est-ce que de savoir que ta mère est au courant change quoi que ce soit à tes sentiments pour moi ?

Charlotte voulait oublier la conversation avec sa mère, la rencontre de Roman avec Emily. Il serait bien temps de penser aux conséquences de tout cela plus tard. Demain...

— Non, répondit-elle, cela ne change rien du tout.

Mais il ne leur restait sans doute pas beaucoup de temps avant que le scandale n'éclate au grand jour. Aussi Charlotte se dépêcha-t-elle de l'embrasser – avec le secret désir que ce baiser puisse durer éternellement.

Il lui rendit son baiser sans se faire prier, avant de sourire d'un air taquin.

— Un gentleman digne de ce nom ne doit jamais chercher à profiter d'une lady en détresse.

— Parfait, je suis en de bonnes mains, dans ce cas. répliqua Charlotte avant de lui tendre de nouveau ses lèvres.

Ils échangèrent de nombreux baisers, tandis que l'attelage poursuivait sa route vers quelque destination connue seulement de Roman, puis la jeune femme murmura :

— C'est de la folie…

— Les meilleures choses sont rarement raisonnables, lui objecta Roman. Mais il n'est pas question que je te laisse m'échapper, alors que le temps semble jouer contre nous.

Comme si les derniers grains de sable s'apprêtaient à tomber du sablier.

Mais Charlotte refusait de se laisser intimider par le destin. Après tout, c'était *son choix*, si elle était avec cet homme.

— Où m'emmènes-tu, ô toi, Seigneur de ma folie ?

Il posa son pied sur le rebord de la banquette d'en face, une posture qui aurait causé une attaque d'apoplexie à n'importe quelle matrone de la bonne société.

— Disputer une partie de cartes en famille.

Charlotte cligna des yeux.

— Pardon ?

Il ouvrit grands les bras en signe d'étonnement.

— Tu t'es plainte, hier soir, de trop peu me connaître.

Charlotte sentit son pouls s'emballer. Elle comprit qu'il parlait sérieusement, et qu'il s'apprêtait pour la première fois à lui dévoiler un peu de lui-même. Elle en éprouva une grande excitation, mêlée d'appréhension.

— Tu n'as pas à craindre pour ta réputation, la rassura Roman. Aucun des joueurs ne pipera mot sur ta présence. Et j'ai pensé que tu aimerais connaître un peu mieux Andréas. Ce serait bien aussi pour lui. Il ne fréquente pas assez de monde...

Il avait dit ces derniers mots d'un ton amusé, comme s'il riait à quelque plaisanterie connue de lui seul.

Charlotte ne répondit rien : elle ne voyait pas quoi répliquer à cela.

— Je te promets qu'il ne mord pas, ajouta Roman, plus sérieux.

— Je... je ne sais pas jouer aux cartes.

— Pas du tout ?

Elle déglutit. C'était un aveu qu'elle faisait rarement. Car beaucoup de ladies jouaient aux cartes avec autant d'acharnement – sinon plus – que les hommes.

— Je déteste cela, dit-elle, détournant le regard.

Il ne parut pas surpris de sa réaction.

— Je peux le comprendre, dit-il. Mais as-tu seulement essayé ?

— Mon père a tenté de m'apprendre il y a longtemps.

Elle s'était obstinée à ne manifester aucune aptitude au jeu. Elle savait que c'était puéril de sa part, mais cela avait été plus fort qu'elle.

— Je suis plutôt content de savoir que tu n'as pas laissé l'inconscience de ton père gouverner ton existence. C'est une preuve de maturité.

— Tu... tu joues pour de l'argent ?

Il eut un geste vague de la main.

— Oui, mais ne t'inquiète pas pour ça, tu te débrouilleras très bien. Je t'aiderai.

Charlotte grimaça intérieurement, mais elle hocha la tête, pour le satisfaire. Dès que la partie aurait commencé, elle se retirerait pour observer de loin.

Après un regard par la vitre, Roman ajouta :

— Nous sommes bientôt arrivés. Enfile ton manteau.

La jeune femme s'exécuta et rabattit la capuche sur sa tête. Deux minutes plus tard, l'attelage s'immobilisait. Roman dit quelques mots au cocher, après avoir aidé Charlotte à descendre de voiture, puis il l'entraîna vers une porte dérobée qui s'ouvrit aussitôt pour eux.

Une poignée d'employés les accueillirent et s'empressèrent d'avertir Roman des dernières nouvelles.

— Monsieur, dit l'un, Treverly triche encore. Mais Jimmy n'arrive pas à comprendre comment il s'y prend.

— Bernie est ivre, précisa un autre.

— Le capitaine Stabley a donné un coup de poing à Johnny Tinsdale, annonça un troisième.

Roman balaya leur bavardage d'un revers de main, avant de frapper dans ses paumes.

— Messieurs !

Le silence se fit.

Roman donna des indications précises pour rétablir l'ordre à toutes les tables où il menaçait de dégénérer. Puis il prit Charlotte par la main et l'entraîna vers l'escalier.

La jeune femme le suivit sans dire un mot.

Parvenu à l'étage, Roman se dirigea vers un salon privé. À peine eut-il ouvert la porte que trois têtes se tournèrent dans leur direction.

Charlotte s'arma de courage et se focalisa sur le regard le plus noir.

Andréas Merrick semblait positivement furieux de les voir arriver.

— Bonsoir ! lança Roman à la cantonade avec un grand sourire.

Charlotte était stupéfaite qu'il ne soit pas intimidé par le regard dont son frère le gratifiait.

— Souffrirais-tu encore d'indigestion, Andréas ? railla-t-il. Veux-tu que je demande à un serveur de t'apporter ton remède ?

Quand il attrapa une chaise vide par le dossier et la tira en direction de la table, le bruit des pieds raclant le plancher résonna sinistrement dans le silence qui s'était abattu dans la pièce. Mais Roman ne semblait pas du tout pressé. Il prit tout son temps, décochant au passage un grand sourire à Un-Œil, qui se poussa pour lui faire de la place.

Le silence s'éternisa. Les trois hommes dévisagèrent longuement Roman, puis les deux qui accompagnaient Andréas échangèrent un regard, tandis que Roman continuait de sourire à son frère.

Charlotte déglutit. À quoi jouait-il ? Mais Roman se tourna vers elle et lui décocha un de ses sourires nonchalants qui la faisaient toujours fondre.

— Charlotte, je te présente Milton Fox, qui est en quelque sorte notre régisseur.

Il désigna un homme corpulent à la chevelure auburn.

Charlotte s'approcha de Roman, qui l'aida à se débarrasser de son manteau, puis elle s'assit sur la chaise qu'il venait d'apporter.

— Et tu connais déjà Andréas et Un-Œil, reprit-il, tandis qu'il prenait lui-même place sur la chaise qui lui était réservée.

— Bonsoir, milady, dit Bill, avec un salut de la tête. Ravi de vous revoir. Vous êtes très séduisante, ce soir.

Charlotte s'obligea à lui sourire.

— Je suis moi-même ravie de vous revoir... Bill. Elle ne le connaissait que par son prénom – ou par son surnom. Et merci pour le compliment. Mais appelez-moi donc Charlotte. Je ne suis pas une lady.

Elle n'avait pas prémédité de se montrer aussi directe. Heureusement, ni Bill ni M. Fox – elle n'osait pas regarder en direction d'Andréas – ne firent le moindre commentaire. En revanche, Roman s'esclaffa, avant de poser devant elle un verre de la boisson qu'elle affectionnait.

Puis il s'empara de plaquettes de couleur placées au centre de la table et il en distribua quelques-unes à chacun d'eux.

— Le pot n'est pas très conséquent, ce soir, nota Milton Fox.

Charlotte ignorait la valeur des plaquettes, mais de toute façon leur total excédait sûrement l'argent qu'elle aurait pu jouer.

Elle referma ses doigts sur le verre.

— Oh, c'est inutile, dit-elle. Je me contenterai d'observer...

— Pas question. Tu vas jouer avec ça, répliqua Roman, désignant la pile de plaquettes qu'il avait dressée devant elle.

Charlotte contempla les plaquettes, puis les visages en face d'elle. Bill hocha la tête en signe d'encouragement, imité par Milton Fox. Andréas jouait avec ses propres plaquettes d'une main, tandis que son autre bras reposait sur le dossier de sa chaise, dans une posture apparemment nonchalante qui détonnait chez lui. D'autant que son regard demeurait toujours aussi menaçant...

Charlotte se tourna vers Roman pour lui objecter qu'elle ne pouvait pas miser une somme qu'elle ne possédait pas et fut surprise de voir qu'il fusillait son frère du regard. Elle reporta alors son attention sur Andréas. Celui-ci continuait de jouer avec ses plaquettes.

— Qui mise le premier ? demanda Roman.

Charlotte ouvrit la bouche pour lui répéter qu'elle ne jouerait pas, mais il accrocha son regard avec autorité et plaqua une main sur sa cuisse pour l'intimer au silence.

Bill, pendant ce temps, avait déjà commencé de distribuer les cartes.

Charlotte était comme paralysée, persuadée que les trois autres hommes *pouvaient voir* la main de Roman posée sur sa cuisse. Ou du moins, qu'ils avaient deviné son geste.

Elle s'empara machinalement des cartes jetées devant elle. Roman lui serra la cuisse pour signifier son approbation, avant d'ôter sa main.

Bah ! Après tout, quand elle aurait perdu tout l'argent qu'il lui avait confié, il réaliserait enfin son inconscience. C'était stupide de sa part de lui avoir accordé une petite fortune – à en juger par la hauteur de la pile de plaquettes.

Mais Charlotte avait compté sans son propre orgueil, qui lui fit considérer cet argent comme s'il s'agissait du sien. Si bien qu'elle se surprit à se passionner pour la partie, dont Roman lui expliqua succinctement les règles au départ avant de lui distiller conseils et mises en garde au fur et à mesure qu'ils jouaient.

Bien qu'Andréas ne desserrât guère les dents, Charlotte trouva le jeu très amusant, même s'il lui provoquait parfois des frissons – ce qui ajoutait du reste à son piquant. Pour une partie prétendument « familiale », chacun se comportait comme s'il cherchait à dévorer l'autre. Même Bill, qui s'était montré plutôt clément envers Charlotte au début de la partie, commençait à montrer les dents.

Charlotte fut un instant saisie de panique quand elle apprit que le « pot » atteignait trois cents livres. Et que cette somme, qui lui paraissait énorme, était considérée par les autres comme « misérable ». Pour éviter de perdre ses moyens, elle décida que les plaquettes disposées devant elle n'avaient pas de véritable valeur.

Malheureusement, c'était sans doute avec un tel raisonnement que son père s'était retrouvé dans une situation aussi désastreuse. Mais Charlotte refusa de s'attarder sur la question.

Dans l'animation de la partie, son chignon s'était quelque peu défait, et quelques mèches de cheveux retombaient devant ses yeux, qu'elle tentait chaque fois de remettre en place.

Au moment où elle répétait ce geste, Roman fouilla dans ses poches et lui tendit une épingle à cheveux.

Charlotte s'en saisit aussitôt. Tandis qu'elle fixait sa coiffure, elle s'aperçut que les trois autres hommes avaient levé les yeux de leur jeu.

— Tu as d'étranges choses dans tes poches, Roman, commenta Andréas.

— Hmm ? fit celui-ci, qui examinait ses cartes avec un sourire intéressé.

Au début de la partie, Charlotte, dans son ignorance de débutante, avait déduit de ce sourire qu'il possédait une bonne main. Mais elle avait vite appris à rectifier son jugement : qu'il ait ou non un jeu favorable, Roman souriait toujours de la même manière. C'était à l'évidence une manœuvre destinée à déstabiliser l'adversaire, et elle devait reconnaître qu'il y parvenait parfaitement.

— Il est parfois très utile de disposer de certains accessoires quand on fréquente les dames. Encore que Mlle Chatsworth n'en ait pas vraiment besoin. Elle est très belle, même les cheveux défaits.

Gênée, Charlotte plongea le nez dans ses cartes.

Bill hocha la tête.

— Oui. Sa mère non plus ne manque pas de charme.

Charlotte sursauta.

Roman agita un doigt menaçant en direction de son compagnon de jeu.

— Si tu t'étais trompé et que tu m'avais fait débarquer dans sa chambre, à l'heure qu'il est, tu t'appellerais Un-Bras !

Bill prit un air offensé.

— J'avais vu juste, non ? Je ne crois pas vous avoir entendu vous plaindre ?

Comme Charlotte regardait tour à tour l'un et l'autre, Andréas s'esclaffa. Et son regard, tout à coup, n'exprimait plus que de la malice.

— Vous devez vous demander de quoi ils parlent, n'est-ce pas ? Il s'agissait d'espionner votre maison pour localiser votre chambre. Roman n'a jamais le courage de se charger lui-même de ce genre de besognes.

Charlotte contempla quelques instants ses cartes, le temps de décider comment répliquer. Puis elle leva les yeux de son jeu et dévisagea Bill.

— Vous avez espionné ma maison ?

— Non, il semblerait plutôt que Bill ait observé ta mère, rectifia Roman, pour plaisanter, comme s'il cherchait à faire retomber la tension qui s'était soudain installée.

Bill hocha la tête.

— Quel genre de fleurs aime votre mère ?

Charlotte en resta un instant bouche bée, et Bill parut décontenancé par sa réaction. Il recula sur sa chaise.

— Non, ça ne fait rien. Admettons que je n'aie rien dit.

Du coin de l'œil, Charlotte vit Andréas ouvrir la bouche et Roman l'imiter – probablement pour contrecarrer ce que son frère s'apprêtait à dire.

— Les roses rouges, lâcha Charlotte. Elle adore les roses rouges.

C'était l'un des rares plaisirs dont semblait jouir sa mère dans la vie.

Bill haussa les sourcils.

— C'est vrai ? J'ai moi-même un faible pour les roses rouges.

Andréas marmonna quelque chose qui ressemblait étrangement à un juron.

— Une chose que vous devriez savoir, à propos des dames, monsieur Merrick, lui dit Bill, c'est qu'elles sont très sensibles aux attentions.

— Il a raison, Andréas, approuva Roman, amusé. Tu devrais l'écouter plus souvent. Je ne connais personne de meilleur que Bill pour faire la cour à une dame.

Bill hocha la tête avec solennité.

— Le patron a compris. Le problème, c'est qu'il suit rarement mes instructions. Il est trop impétueux. C'est une chance que mademoiselle, ici présente, apprécie sa tactique. Vous, en revanche…

Andréas le fusilla du regard.

— … Bon, fit Bill, se grattant le nez, c'est à qui de jouer ?

Milton s'empourpra.

— C'est à ton tour, idiot !

Bill se gratta le front, cette fois.

— Je croyais...

— Cesse de penser et joue, lui intima Andréas.

Charlotte en profita pour examiner ses cartes. Si elle jouait sa reine...

— Au fait, dit soudain Bill, j'ai appris quelque chose, aujourd'hui. McGregor est revenu dans les parages.

Milton fronça les sourcils.

— Ce qui veut dire que Cornélius va le prendre à son service. Il va falloir suivre cela de près.

Charlotte avait l'impression d'entendre parler norvégien. Elle feignit de s'intéresser toujours à ses cartes, mais du coin de l'œil, elle vit Roman se raidir.

— Oui, la prudence s'impose, acquiesça-t-il négligemment – un peu trop, aux yeux de Charlotte.

— C'est aussi mon avis, approuva Andréas. Mais ne croyez-vous pas, messieurs, que nous devrions donner plus de détails à Mlle Chatsworth ? Je suis convaincu qu'elle serait très intéressée.

Roman serra les dents. Charlotte sentit une nouvelle tension s'installer autour de la table. Elle coula un regard vers Andréas, qui semblait sur le point d'ajouter quelque chose.

Si Roman était quelqu'un de complexe, son frère paraissait l'être davantage encore. Mais, contrairement à Roman, qui affichait sa nonchalance en toutes circonstances, Andréas donnait l'impression d'être capable de cruauté envers ses ennemis.

On frappa à la porte.

— Entrez ! fit Roman.

Charlotte était prête à jurer qu'il était soulagé par cette diversion.

Un employé passa sa tête par l'entrebâillement de la porte.

— Patron ? Nous aurions besoin...

Les quatre hommes s'étaient soudain raidis.

— ... que quelqu'un descende, continua le serveur. C'est Donald qui le réclame.

Roman jeta ses cartes sur la table et se leva.

— Je reviens dans quelques minutes, promit-il à Charlotte.

Il lança un regard noir à Andréas, qui plissa les lèvres, avant de s'éclipser.

Après son départ, il y eut un silence pesant, que Milton Fox rompit en se mettant à siffloter.

Andréas ramassa les cartes, pour les battre. Puis il esquissa un sourire.

— Qu'en dites-vous, mademoiselle Chatsworth ? N'aimeriez-vous pas connaître les détails du sujet dont nous conversions avant d'être interrompus ?

Charlotte sentit les regards des deux autres hommes se poser sur elle.

— J'avoue ma curiosité, dit-elle. Mais j'ai cru comprendre qu'il n'y avait pas l'unanimité pour que je sois mise au courant. Et je m'en voudrais d'insister si cela doit mettre Roman mal à l'aise.

Ce qui ne voulait pas dire qu'elle ne lui poserait pas la question plus tard, en privé. Une chose était claire, en tout cas : elle faisait confiance à Roman, mais pas à Andréas.

— Vous seriez prête à sacrifier votre sécurité pour le confort de Roman ?

— Je n'avais pas compris que ma sécurité était au centre de votre conversation.

Andréas se pencha vers elle.

— Non ? Ignoreriez-vous donc à quoi vous jouez, jeune femme du monde ?

— Il semblerait que oui, monsieur Merrick.

— Merrick...

Andréas décocha un regard à Bill, ce qui l'obligea à tourner la tête. Charlotte s'aperçut alors qu'il portait une cicatrice au cou, qui disparaissait dans le col de sa chemise. Elle savait que Roman avait des marques semblables sur le corps – qui témoignaient d'un passé agité, durant lequel il avait sans doute dû lutter pour sa survie.

Il y avait quelque chose de dérisoire à ce que Charlotte s'inquiète de sa « survie » sociale, quand la véritable survie était une affaire autrement plus cruelle.

— Nous avons appris que vous aidiez Sam, intervint Bill, dans l'espoir de briser la tension qui régnait à nouveau autour de la table. C'est très gentil de votre part.

Charlotte, soulagée, reporta son attention sur lui.

— Sam a de bonnes idées.

— Quoi qu'il en soit, nous apprécions de vous avoir avec nous ce soir.

— Merci, Bill. Je suppose que vous êtes obligé d'être aimable avec toutes les invitées de Roman ?

— Oh non, milady, répliqua Bill, soudain mal à l'aise.

Charlotte lui sourit.

— Ce n'est pas grave…

— Il voulait dire que Roman n'invite jamais personne, expliqua Andréas d'une voix glaciale.

Charlotte déglutit. Cette révélation lui réchauffait le cœur en même temps qu'elle l'inquiétait.

— Vous ne m'aimez pas beaucoup, n'est-ce pas ? lui répliqua-t-elle le plus calmement possible.

Elle était habituée à ce qu'on ne l'apprécie guère, mais cela la chagrinait que le frère de Roman parût la détester.

Bill lui tapota la main avec affection.

— Merrick n'aime personne, milady. Ne le prenez pas pour vous.

— Je n'aime pas les personnes qui n'ont pas d'égards pour les autres, lâcha Andréas, d'une voix toujours aussi glaciale, tandis qu'il commençait de distribuer les cartes.

Charlotte s'obligea à rester impassible.

— Je ne veux aucun mal à votre frère.

— Non ? s'esclaffa Andréas, ne s'adressant à personne en particulier. C'est merveilleux ! Elle ne veut aucun mal à Roman !

— Écoutez, Merrick... commença Bill.

Mais Andréas lui décocha un tel regard que Bill n'osa pas continuer. Sa désapprobation, cependant, se lisait dans ses yeux.

— Ce n'est pas parce que vous ne m'aimez pas que cela vous autorise à rudoyer vos amis, monsieur Merrick, répliqua Charlotte, d'une voix presque aussi glaciale que la sienne.

Le regard d'Andréas s'assombrit encore.

— Ne vous inquiétez pas pour moi, milady, voulut intercéder Bill. Merrick est toujours...

— J'ai le droit de penser ce que je veux, le coupa Andréas. (Et, reportant son attention sur Charlotte, il ajouta :) Et vous avez raison, mademoiselle Chatsworth. Je ne vous aime pas.

— Je ne peux pas non plus dire que je vous trouve charmant ni aimable, monsieur Merrick. Je m'étonne même que des gens puissent vous supporter.

Il s'interrompit et serra les doigts sur les cartes qu'il tenait à la main.

Charlotte ne l'avouerait jamais, bien sûr, mais il la terrifiait. Roman était probablement aussi dangereux que lui, mais il ne le montrait pas autant. Roman était capable de manifester de la chaleur et de l'intérêt pour les autres, alors qu'Andréas restait de marbre en toutes circonstances. Comme s'il était dépourvu de sentiments et d'émotions.

Il esquissa un sourire – un sourire réfrigérant.

— La plupart ne me supportent pas, si cela peut vous rassurer.

Comme elle ne savait pas quoi répondre à cet aveu, Charlotte ne dit mot. Bill et Milton examinaient déjà leurs cartes, sans même attendre de les avoir toutes reçues.

Quand Andréas se pencha de nouveau vers elle, la jeune femme se retint de reculer.

— Je me répète, mais vous n'avez décidément aucune idée de ce à quoi vous jouez.

Ce n'était pas une question.

— J'ignorais que je devais vous rendre des comptes, répliqua Charlotte.

Andréas s'esclaffa encore.

— Je sais pourquoi il vous apprécie. C'est assez évident. Mais si jamais il lui arrivait quelque chose, vous le paieriez de votre vie.

Charlotte sentit son sang se glacer. Elle essaya de n'en rien montrer, cependant.

— Pardon ?

— Vous m'avez parfaitement compris.

Un duc ne se serait pas montré plus méprisant. Ni plus autoritaire.

Charlotte tenta un sourire.

— Ce n'est pas tous les jours que je reçois des menaces de mort. Je voulais simplement m'assurer que j'avais bien entendu. Mais peut-être pourriez-vous m'expliquer en quoi la vie de Roman pourrait se trouver en danger par ma faute ?

Bill ouvrit la bouche, mais Andréas l'arrêta d'un geste de la main pour se replonger dans l'examen de ses cartes. C'était à croire qu'à part Roman, personne n'osait tenir tête à Andréas Merrick.

— Je suis convaincu que vous comprendrez votre intérêt d'accepter l'offre de Trant, quand elle se concrétisera d'ici à quelques semaines. Comportez-vous en lady digne de ce nom, et quittez la partie dans l'état où vous l'avez trouvée en l'entamant.

Là-dessus, il continua de distribuer les cartes.

— Je pense que vous surestimez mon influence.

— Je l'espère pour vous.

La porte se rouvrit. Sans même tourner la tête, Charlotte devina que Roman était de retour.

Andréas, les lèvres pincées, termina de distribuer les cartes.

Roman se rassit à sa chaise et ramassa ses cartes.

— J'ai manqué quelque chose ? demanda-t-il après avoir parcouru du regard, la tablée.

Son regard s'était arrêté plus longuement sur Bill. Charlotte se demanda si ce dernier lui rapporterait leur conversation un peu plus tard ou si Andréas s'en chargerait en premier.

Quoi qu'il en soit, elle n'était pas certaine de souhaiter que Roman fût mis au courant.

La partie se joua rapidement. Personne ne parlait beaucoup, et tous semblaient vouloir éviter le regard de Roman.

À sa grande surprise, c'est Charlotte qui gagna – elle était toutefois consciente d'avoir hérité de bonnes cartes.

— Milady remporte la main, annonça Bill, d'un ton peut-être un peu trop enjoué.

— Qui a jamais pensé qu'elle serait la perdante ? répliqua Andréas.

Et il était facile de deviner que sa question était lourde de sous-entendus.

Il y eut un silence pesant. Roman avait plissé les yeux, comme s'il cherchait à deviner ce qui avait pu se dire en son absence.

— Une autre partie ? proposa-t-il d'un ton détaché.

Bill secoua la tête.

— Je crois plutôt que je vais faire une petite tournée d'inspection. Tu m'accompagnes, Milton ?

Ce dernier hocha la tête.

Les deux hommes se levèrent de table et saluèrent Charlotte, avant de s'éclipser, visiblement pressés de fuir la pièce.

Andréas joua un moment avec ses plaquettes avant de les lancer au milieu de la table dans un geste rageur et de gagner à son tour la porte.

— Je te parlerai tout à l'heure, lui lança Roman.

Andréas ne se retourna même pas. Il répondit d'un geste vague de la main, puis il claqua la porte derrière lui.

Roman contempla quelques instants la porte et lâcha :

— Quel imbécile !

Charlotte s'éclaircit la voix.

— Je crois qu'il désapprouve notre relation.

— Andréas désapprouve toujours tout.

— Tu n'aurais pas dû m'amener ici. Ma présence ne t'aura apporté que des ennuis.

— Qu'a-t-il dit, en substance ? demanda-t-il, d'un ton un peu trop détaché.

Comme Charlotte garda les lèvres serrées, il poursuivit :

— N'accorde pas trop d'attention à ses commentaires. Il a toujours été autoritaire de nature. Et encore plus en raison des derniers événements.

Charlotte haussa les sourcils.

— Les derniers événements ?

Roman s'étira sur sa chaise.

— Mon Dieu, je n'arriverai jamais à comprendre comment les gens arrivent à rester assis pendant des heures sur ces maudites chaises !

Charlotte soupira.

— Tu te conduis comme un enfant gâté.

— Je sais, répliqua-t-il, avec un grand sourire.

Il était si charmeur, quand il souriait ainsi, que la jeune femme ne put s'empêcher de lui retourner son sourire. Même s'il n'avait pas répondu à sa question.

Roman se leva soudain de table. Et, sans prévenir, il souleva Charlotte de sa chaise, pour la basculer sur son épaule.

La jeune femme laissa échapper un petit cri de surprise.

— Que fais-tu ?

— Tu ne devines pas ?

Il la porta jusqu'à sa chambre, et la déposa – ou plutôt, la jeta – sur le lit.

— Ce n'est guère convenable ! protesta Charlotte pour la forme. En réalité, elle anticipait déjà la suite avec une certaine excitation.

— Je n'ai aucune envie de te faire des choses convenables.

— Je ne pourrai pas rester toute la nuit, murmura la jeune femme.

Il sourit.

— C'est ce que nous verrons.

19

Une mèche de cheveux retomba sur les yeux de Charlotte, qui eut envie de souffler dessus. Emily ne se gênait pas pour le faire, mais elle n'avait jamais osé. Pareil comportement n'était pas digne d'une lady.

Elle laissa courir son doigt sur le torse de Roman, s'arrêtant sur une première, puis sur une deuxième cicatrice.

— Dresserais-tu la liste de mes imperfections ?

— Où as-tu eu ces cicatrices ?

— Oh, c'est de l'histoire ancienne !

Elle approcha son doigt d'une troisième trace, manifestement causée par la lame d'un poignard. Comme il se refusait toujours à donner des détails, elle lui pinça les côtes. Sa réaction fut immédiate : il lui saisit les poignets et roula sur elle.

— À mon tour de t'ausculter, dit-il.

Et il fit courir son doigt sur la poitrine de la jeune femme, imitant ses gestes et son parcours.

— As-tu conscience que je pourrais te faire tout ce dont j'ai envie ? lui murmura-t-il.

Charlotte se sentit étrangement excitée à cette idée.

— Il me semble que tu t'es déjà autorisé beaucoup de choses, non ?

Roman glissa une main entre les cuisses de la jeune femme, avant d'introduire un doigt dans sa féminité. Elle s'arqua aussitôt sous sa main, haletante.

Il sourit.

— Tu réagis toujours à la perfection, murmura-t-il.

Elle se raidit.

— Je déteste ce mot !

— Je sais.

— Qui es-tu, Roman ?

Il redressa la tête, pour accrocher son regard.

— Un homme, tout simplement.

— Je sais si peu de chose sur toi. Parfois, j'en viens à me demander si tu existes vraiment. Alors que toi, tu sais tout de moi.

— Quelles sont tes fleurs préférées, à quelle heure tu te lèves le matin, comment tu aimes prendre ton thé... Des petits détails que n'importe qui pourrait connaître, s'il s'en donnait la peine.

— Non, je ne parlais pas de ça.

— Comment tu aimes qu'on te caresse ? murmura-t-il à son oreille, lui effleurant le ventre. Qu'est-ce qui te fait gémir ?

— Pas seulement ça.

— Alors, quels sont tes espoirs ? Tes envies ? Tes craintes ?

La plus grande crainte de Charlotte était que cet homme puisse connaître ses secrets les plus intimes – ceux qu'elle n'osait pas toujours s'avouer à elle-même. Car où tout cela pourrait-il la mener ? Elle se marierait un jour – très bientôt. Leur liaison cesserait tôt ou tard. Et même à supposer qu'elle se poursuive après leur mariage, comme c'était souvent le cas dans la bonne société, un jour Roman se lasserait d'elle. Les hommes finissaient toujours par se désintéresser de leurs trophées.

Mais il connaîtrait *toujours* ses secrets.

— Et toi, Roman ? Que crains-tu ? Tu donnes tellement l'impression de n'avoir peur de rien.

Son sourire s'évanouit d'un coup, et il abandonna ses caresses.

Charlotte pensait qu'il ne répondrait pas, mais elle préféra ne pas insister et laisser le silence s'installer entre eux, dans l'espoir qu'il voudrait le briser, et se mettre à parler.

— J'aurais peur d'une cage d'où je ne pourrais pas m'échapper, lâcha-t-il finalement.

Charlotte sentit sa gorge se serrer.

— Ce sont là des paroles de célibataire endurci.

— Hmm...

Elle ferma les yeux. Quand elle les rouvrit, il la caressait de nouveau, s'attardant sur ses épaules.

— Il y a tant de choses à redouter, reprit-il. Des choses vénielles ou importantes. D'autres, encore, réellement dangereuses. À quoi bon s'en soucier par avance ? Vivons l'instant présent. Il sera toujours temps de s'inquiéter le moment venu.

Leurs regards s'accrochèrent. Charlotte eut le sentiment qu'il lui demandait de renoncer à ses peurs.

— Joues-tu encore avec moi, Roman ? Juste pour le plaisir du jeu ?

Il lui caressa la joue.

— Oui. Et non.

Comme elle essayait de comprendre sa réponse, il ajouta :

— Charlotte qui veut toujours tout savoir. Charlotte qui pose sans cesse des questions. Charlotte qui ne demande jamais rien pour elle...

Elle voulut protester, mais il plaqua un doigt sur ses lèvres, pour la réduire au silence.

— Mes parents sont morts quand j'avais dix ans, dit-il d'une voix étrangement atone, comme s'il parlait de la pluie et du beau temps. Des milliers de gens avaient péri, cet hiver-là.

Charlotte déglutit. Elle savait à quoi il faisait allusion. Elle était toute petite, alors, mais elle se souvenait que ses parents avaient déserté Londres pendant l'épidémie.

— Je n'avais plus personne au monde. Et une fois les créditeurs passés, il ne restait plus non plus d'argent. Je n'étais pas assez malin, à l'époque, pour comprendre que j'aurais dû m'enfuir avec ce qu'il restait dans les tiroirs. Comme ces aristocrates couverts de dettes qui ont pris le chemin de la France en toute impunité !

Il traçait, du bout du doigt, le contour de ses seins.

— Alors, je me suis retrouvé à la rue. Je n'avais pas vraiment le choix, du reste. L'épidémie avait rempli les orphelinats, qui refusaient du monde. Au bout de quelques mois, j'ai rencontré Andréas. Je me suis accroché à lui, jusqu'à ce qu'il finisse par me tolérer dans son sillage.

— Ses parents avaient également été emportés par l'épidémie ?

— Hmm, dit-il en lui effleurant les seins, juste assez pour la faire frémir.

— Nous avons essayé de nous faire embaucher comme ramoneurs. Un travail très ingrat. De toute façon, Andréas était déjà trop grand pour se glisser dans les conduits de cheminée.

Charlotte n'osait pas parler.

— Les enfants des rues sont souvent très durs, entre eux. Il est courant de se faire battre, à moins d'avoir déjà réussi à asseoir son autorité ou d'être protégé par quelqu'un. Mais cela ne suffit pas toujours. Je ne souhaite pas entrer dans les détails, mais disons qu'Andréas ne laissait plus personne porter la main sur lui. Sur moi non plus, après que je l'ai obligé à m'accepter.

Charlotte frissonna.

— Avait-il été… abusé ?

Roman haussa les épaules.

— C'est à lui de raconter son histoire.

Sa main remonta sur sa clavicule, qu'il caressa si sensuellement que Charlotte en frissonna encore.

— Un jour, reprit-il, une bande a voulu nous agresser. C'était notre deuxième semaine en tant que ramoneurs. J'avais déjà l'impression que je ne pourrais jamais me débarrasser complètement de la suie qui envahissait mes poumons. Andréas, lui, restait sur le toit.

— Que s'est-il passé ? voulut savoir Charlotte.

— Nos adversaires ont compris à leurs dépens qu'il ne fallait jamais s'en prendre à Andréas. Leur chef en a d'ailleurs gardé un souvenir, sous la forme d'un bandeau sur l'œil.

Il avait ajouté cette dernière précision avec une sorte de tendresse dans la voix.

Charlotte redressa brutalement la tête.

— Quoi ?

Roman haussa encore les épaules.

— Les gens changent. Aujourd'hui, j'ai une confiance aveugle en Bill. Quoi qu'il en soit, cette histoire nous avait valu une petite réputation. C'est alors que notre situation a commencé d'évoluer.

Il garda le silence pendant un moment, se contentant de suivre des yeux sa main qui caressait toujours Charlotte.

— Nous sommes entrés au service de Nicolas Merrick, une petite figure de la pègre qui dirigeait un cercle de jeux. Le propriétaire a fini par nous remarquer et s'est intéressé à nous. Quelques années plus tard, nous avons succédé à Merrick quand il a pris sa retraite. Puis nous avons racheté l'affaire au propriétaire. Et nous avons rapidement gagné assez d'argent pour acquérir d'autres cercles de jeux. Les aristocrates ont alors compris qu'il n'était plus possible de nous ignorer. Ce n'était pas bien difficile, avec deux personnalités aussi différentes et complémentaires que les nôtres.

Charlotte devinait très bien ce à quoi il faisait allusion. Roman était la « vitrine » de l'affaire, parce qu'il savait se servir de son charisme, et Andréas, sa cheville ouvrière et l'exécuteur des basses œuvres.

— Quand nous avons estimé que nous possédions assez de prestige et d'autorité, nous nous sommes mis à racheter des dettes. Personne n'aime les créanciers. Il faut donc être capable de tenir son rang.

— On dirait que cela te plaît ?

Il feignit d'être outragé.

— Tu as l'air de me prendre pour un ogre ! Bientôt, tu vas m'appeler Andréas.

Charlotte aurait voulu savoir s'il possédait toutes les dettes de son père. Et si c'était pour cela que Bennett Chatsworth buvait de plus en plus.

Il accrochait son regard, attendant sa réponse.

— Non, dit-elle. Je continuerai à t'appeler Roman.

— Tant mieux. J'adore mon frère, même lorsqu'il est insupportable, comme ce soir, mais je détesterais qu'on nous confonde.

Et, après un silence, il ajouta, d'un ton plus léger :

— Voilà, tu sais tout de moi, à présent.

— Disons que j'en sais davantage. Tu ne m'as donné qu'une version très abrégée de ton passé.

Il haussa un sourcil.

— Tu trouves ?

— Et tous ces jeunes garçons, parfois encore des enfants, que j'aperçois par ici, viennent-ils aussi de la rue ?

Elle attendit sa réponse avec anxiété. Elle serait très déçue qu'il nie, car elle était convaincue d'avoir deviné juste.

— Ne te fais pas d'illusions, répliqua-t-il. Nous les embauchons parce que cela nous est profitable. Qui prête attention à des enfants ?

Il ne se confiait que par bribes. Mais chaque révélation, si menue soit-elle, ouvrait des abîmes que Charlotte préférait ne pas contempler de trop près.

— Tu as vraiment donné les douze mille livres que Trant a perdues contre toi aux Orphelins de la Liberté ?

— Oui, mais uniquement pour l'énerver.

— Et…

Elle n'eut pas le loisir de continuer : il s'était emparé de ses lèvres.

— Assez discuté, dit-il, la prenant par la taille. Si tu savais tout ce que j'ai fait dans ma vie, ton sang se glacerait dans tes veines. Ce n'est pas parce que j'offre un toit à quelques gamins des rues que cela enlève quoi que ce soit à mes péchés.

— Je ne connais pas grand monde qui n'ait pas péché au moins une fois dans sa vie.

— Mais certains ont tant péché qu'ils ne pourront jamais se racheter.

— Tu ne penses pas mériter d'être aimé ? murmura Charlotte.

Il se raidit.

La jeune femme le poussa alors doucement de côté, puis roula sur lui, inversant leur position.

— Pourquoi pas, Roman ? Verrais-tu l'amour comme une prison ?

— Charlotte…

— Tu cherches quelque chose, Roman, assura-t-elle, décidée à risquer le tout pour le tout. Quelque chose que tu as pensé pouvoir trouver chez moi. Cependant, tu as encore peur. En fait, nous sommes tous deux dans la même situation.

Il allait nier, mais elle se pencha sur lui, rivant son regard au sien, sa chevelure formant comme un rideau autour de leurs deux visages.

Elle sentit son membre érigé palpiter contre son ventre.

— Dis-moi que je suis la seule à ressentir ce que je ressens. Ose me le dire !

— Non, murmura-t-il, et son regard était soudain si douloureux qu'il ferma les yeux.

— Pourquoi ?

— Pourquoi ? Pourquoi ? Il faut toujours que tu demandes pourquoi !

Il la souleva par la taille pour la placer sur son membre dressé. Mais elle s'esquiva avant qu'il puisse la pénétrer, et s'amusa de sa grimace de frustration. Elle voulait qu'il réponde à sa question. L'enjeu était trop important.

— Oui, pourquoi ? Tout simplement parce que je désire savoir. Je veux tout savoir de toi.

— Tu n'y arriveras pas. Je t'en empêcherai.

Tout à coup, Charlotte se sentit étrangement calme. Comme si elle contrôlait la situation.

— Oh, je m'en doute ! Mais je tenais à te dire quelque chose, Roman Merrick : quoi qu'il puisse arriver par la suite, je voulais remercier ma chance que tu m'aies gagnée aux cartes. Car sinon, je n'aurais jamais connu toutes ces nuits de bonheur avec toi.

— Ne me remercie pas... J'ai triché. La chance n'y était pour rien. J'ai tout simplement triché.

Elle redressa la tête, incrédule.

— Tu as triché pour me gagner ?

— Non, pour empêcher Trant de te gagner.

Elle sourit.

— Dans ce cas, je remercie *ta chance* que tu ne te sois pas fait prendre.

— Charlotte...

— Je voulais que tu saches que je suis heureuse de tout ce que tu m'as donné, Roman.

— Donné ? Alors que je t'ai pris ta virginité ! Et que j'ai peut-être ruiné ton avenir ?

Elle l'embrassa, puis fit courir ses doigts sur son torse.

— Non. Je parlais d'autre chose. Quelque chose de plus précieux, que je ne pourrai jamais te retourner.

— Par exemple ?

— Tu m'as révélée à moi-même. Tu as su comprendre mes peurs, mes appréhensions. Et tu m'as donné l'envie de les dépasser.

Même si elle ne devait jamais revoir Roman après cette nuit – et cette perspective était si douloureuse qu'elle préférait ne pas s'y attarder –, Charlotte était résolue à poursuivre dans cette voie. Désormais, elle ne serait plus jamais la même.

— Charlotte...

Elle se redressa, comme si elle voulait le chevaucher. Roman s'empara alors de ses hanches et la souleva légèrement, pour positionner son membre.

Elle s'empala elle-même dessus.

Dieu, que c'était merveilleux ! Elle n'aurait jamais imaginé que son corps pût lui procurer un tel plaisir. L'ennui, c'est qu'elle éprouvait une euphorie semblable dès que Roman se trouvait près d'elle. Il suffisait d'un sourire ou d'une lueur dans son regard, pour qu'elle en oublie le danger qui les guettait.

À présent, elle le chevauchait, lui arrachant des grognements de plaisir, tandis qu'il la tenait par la taille. De toute façon, il fallait toujours qu'il fasse quelque chose. Il était incapable d'accepter passivement ce qui se présentait à lui.

— Charlotte, je...

Elle se pencha sur lui.

— Chut... Tout va bien, Roman. Tu n'as rien à regretter, dit-elle. (Et, se penchant encore davantage, elle lui chuchota à l'oreille :) Car pour ma part, je ne regrette pas de t'aimer.

C'était une évidence. Elle l'aimait. Mais elle ne l'avait encore jamais formulé en termes aussi clairs et un sentiment de panique la saisit à cet aveu.

Mais il fut presque aussitôt balayé par une éruption de jouissance, qui la plongea pour quelques instants dans l'oubli de tout ce qui n'était pas Roman.

Une heure plus tard, Charlotte tentait vainement de se rhabiller, tandis que Roman, l'embrassant partout, s'ingéniait à mettre du désordre dans sa toilette.

— J'ai presque envie que tu rentres chez toi dans cet état, dit-il.

Charlotte haussa un sourcil.

— Aurais-tu soudain décidé de convoquer un pasteur pour demain ?

Lui-même n'était guère plus présentable. Les cheveux ébouriffés, la chemise à demi sortie de son pantalon et déboutonnée sur son torse, il évoquait à Charlotte l'ange tombé du ciel qu'elle avait cru voir lors de leur première rencontre.

Mais un ange totalement décadent.

Il lui caressa la joue.

— Hmm... En connaîtrais-tu un ? demanda-t-il, avant de s'emparer de ses lèvres.

Charlotte ferma les yeux et s'abandonna à son baiser.

Ensuite, tout alla très vite. La jeune femme se sentit brusquement pivoter, et elle se retrouva le nez plaqué contre le dos de Roman.

Au même instant, elle entendit quelque chose siffler à son oreille.

20

Charlotte n'aurait pas su dire comment Roman était capable de se mouvoir avec autant de rapidité. Un instant, elle était dans ses bras, tandis qu'il l'embrassait, l'instant d'après, elle se retrouvait dans son dos, plaquée contre le mur, comme s'il voulait faire un bouclier de son corps.

Et il brandissait un poignard.

Juste ciel ! Elle l'avait vu remettre négligemment sa chemise après qu'ils avaient fait l'amour. Comment avait-il réussi à cacher un poignard dans sa manche sans qu'elle ne remarque rien ?

L'ange, parfois, avait des manières de démon.

Elle le sentait tendu, cependant, et elle avait l'intuition qu'il se serait comporté différemment si elle n'avait pas été avec lui. En outre, Charlotte entendait du vacarme en bas, dans la salle de jeu.

Que se passait-il donc ?

Un second sifflement résonna aux oreilles de la jeune femme. Et un poignard alla briser une carafe de brandy, posée sur un guéridon, à côté d'eux.

Charlotte, médusée, contempla le poignard qui gisait à présent au milieu des éclats de verre. Bonté divine ! Quelqu'un les avait attaqués ! Dieu merci, l'arme avait manqué sa cible. Mais la jeune femme faisait maintenant le rapprochement avec le sifflement de tout à l'heure. Un premier poignard les avait déjà visés tandis qu'ils s'embrassaient !

— Merrick ! lança une voix depuis la porte.

Charlotte, derrière Roman, tentait d'apercevoir quelque chose, mais elle ne voyait que la porte ouverte de la chambre. Et le bout d'une botte noire qui dépassait, tout en bas.

— Ce n'était qu'un avertissement, ajouta la voix.

Un objet atterrit à leurs pieds. Charlotte se tordit le cou pour essayer de le voir. Il s'agissait d'une carte à jouer, représentant une figure de pendu.

— Qui ? demanda Roman, d'une voix dangereusement atone. Qui vous a payé ?

— Ah, ça, n'escomptez pas que je vous le révèle ! répondit la voix.

Le vacarme, en dessous, enflait d'instant en instant, comme si une émeute avait éclaté dans l'immeuble.

— Un avertissement, Merrick, répéta la voix.

Et ce fut tout. Charlotte entendit l'inconnu tourner les talons et s'éloigner. Dès qu'il fut parti, Roman la relâcha.

— Andréas, murmura-t-il, et son intonation était douloureuse.

Quoi ? Charlotte n'était pas sûre de bien comprendre. Andréas les avait agressés ? Ou il avait commandité quelqu'un pour le faire ? Et que signifiait ce vacarme ? L'immeuble était-il assiégé par une foule en colère ?

Pendant ce temps, Roman agissait avec la rapidité de l'éclair. Il fouilla sous une pile de linge, en tira un pistolet qu'il arma aussitôt, avant de le tendre à la jeune femme.

— Tire sur tout ce qui bouge. Les renforts seront là dans une minute.

Et il s'éclipsa sur ces mots.

Charlotte, paniquée, regarda tout autour d'elle. Mais l'inconnu qui avait lancé les poignards avait bel et bien disparu. De toute façon, elle était convaincue que Roman ne l'aurait pas abandonnée si cela n'avait pas été le cas.

Elle contempla quelques instants le pistolet d'un air décontenancé, avant de se décider à le brandir fermement dans sa main, visant tout ce qui pouvait retenir son attention dans la pièce. Elle ne s'était jamais servie d'une arme, mais si elle devait choisir entre tirer sur quelqu'un ou se faire tirer dessus, elle opterait pour la première solution.

Le vacarme, au rez-de-chaussée, ne faiblissait pas. Que pouvait-il bien se passer ?

Andréas avait-il trahi Roman ? Et recruté un tueur à gages pour l'assassiner ? Celui-ci était-il venu avec des comparses qui avaient investi bruyamment la salle de jeu, pour s'assurer que Roman ne ressortirait pas vivant d'ici ?

Et où Roman était-il parti ?

Une idée, soudain, la terrifia. Qu'Andréas l'attende quelque part, pour le supprimer. Roman ne risquait-il pas de se faire tuer, pendant qu'elle restait dans cette chambre, à attendre stupidement son retour ?

La jeune femme gagna le salon à pas feutrés. Puis, après s'être assurée que la pièce était vide, elle voulut ouvrir la porte d'entrée. Mais celle-ci était verrouillée !

Elle préféra ne pas s'attarder sur ce mystère. Il y avait plus pressant. Elle défit le verrou et ouvrit le battant. Le couloir était désert. Mais l'autre porte, sur le mur d'en face, était entrouverte. Charlotte savait qu'il s'agissait de la chambre d'Andréas – les deux hommes se partageaient tout l'étage.

Son pouls battant à tout rompre dans sa poitrine, la jeune femme traversa le couloir sur la pointe des pieds, son pistolet serré dans sa main.

Tout à coup, tout redevint silencieux. Trop silencieux…

Risquant un œil par l'entrebâillement de la porte d'Andréas, Charlotte ne vit d'abord que des corps – des cadavres ? – et du sang. Puis elle aperçut Roman, accroupi devant un autre corps affalé contre un mur.

Elle poussa la porte.

Roman se retourna, vif comme l'éclair. Charlotte n'eut pas le temps de réagir. Le poignard de Roman se ficha dans la porte, à quelques centimètres de sa tête – comme si, au dernier moment, la lame avait décidé de s'écarter de sa cible.

L'arme s'était fichée dans le bois de la porte avec une telle force que le manche vibra quelques instants.

— Bon sang, Charlotte ! s'exclama-t-il, fermant brièvement les yeux, avant de les rouvrir : Stanley ! cria-t-il. Un-Œil, Milton, Bertrand, Lefty ! Montez vite !

Figée près de la porte, Charlotte entendit des pas gravir l'escalier à toute hâte.

— Désolé, patron, mais quelqu'un a déclenché une bagarre dans la salle et...

Le jeune serveur qui venait de faire irruption dans la pièce s'interrompit en découvrant le spectacle qui s'offrait à lui. Un collègue l'accompagnait.

— Johnny, va me chercher du whisky, une aiguille et du fil. Peter, charge-toi d'amener des chandelles !

La voix de Roman était dure, coupante, mais Charlotte, tétanisée, était toujours incapable du moindre mouvement. Johnny, avant de redescendre, lui ôta doucement son pistolet des mains. Alors, elle recouvra peu à peu ses esprits.

Et elle réalisa enfin la scène qui se jouait sous ses yeux.

Roman était accroupi à côté d'Andréas, qui semblait tout droit sorti d'un champ de bataille. L'une de ses jambes formait un angle étrange avec son corps.

Il y avait cinq autres corps étendus sur le parquet. Tous inertes et couverts de sang.

— Bon sang, ne touche pas à ça ! grogna Andréas.

Par chance – ou par malchance ? – il était encore vivant. Et il tentait d'écarter le bras de Roman, qui approchait sa main d'une vilaine blessure qu'il portait à la poitrine.

— Cesse de jouer les douillets, lui répliqua Roman, pour le taquiner, mais cette fois, sa voix était un peu trop légère pour ne pas trahir son inquiétude. (Et, se tournant vers la jeune femme, il demanda :) Charlotte, crois-tu que tu pourrais le recoudre ?

— Non, pas question ! fit Andréas.

Roman reporta son attention sur son frère.

— C'est une lady. Une lady sait manier les aiguilles à la perfection. Cela fait partie de leur éducation.

Charlotte connaissait beaucoup de ladies dont les travaux d'aiguille étaient exécrables, mais elle préféra s'abstenir de tout commentaire qui aurait paru déplacé au milieu de tous ces cadavres. Leur vue, du reste, menaçait de lui donner la nausée, et elle s'efforça de regarder ailleurs.

Roman, cependant, essayait toujours de convaincre son frère.

— C'est la meilleure solution, disait-il.

— Il n'est pas question qu'elle me touche.

— Elle fera ça très bien.

— Non.

— Mais si ! N'est-ce pas, Charlotte ? Charlotte...

— Tu vois bien. Elle ne sera d'aucune utilité.

Roman s'était relevé d'un bond.

— Charlotte ? Ça ne va pas ?

Il semblait tout à coup paniqué. Charlotte ouvrit la bouche, pour le rassurer, mais avant qu'elle ait pu dire quelque chose, elle sentit son regard chavirer et le sol se dérober sous ses pieds.

— Et voilà ! Elle s'est évanouie ! dit une voix, qui lui semblait provenir de très loin. Les ladies s'évanouissent toujours à la vue du sang. Ou alors, elles vomissent. Ah ! le Diable de ces femmes !

Roman répliqua par une série de jurons qu'elle ne comprit pas.

Un quart d'heure plus tard, une compresse froide pressée contre son front, Charlotte, assise sur une chaise, écoutait la querelle se poursuivre pour savoir qui devrait recoudre Andréas.

— Non, patron, disait Bill, à Roman, vous savez bien que vous maniez très mal l'aiguille. Le seul qui soit bon à ça, chez nous, est introuvable pour l'instant. Satanée bagarre ! Les gredins qui ont fait ça avaient bien manigancé leur coup. C'est une chance que nous n'ayons perdu personne.

Dans l'intervalle, Charlotte avait soigneusement évité, depuis qu'elle avait repris ses esprits, de regarder les employés débarrasser la pièce des cadavres qui encombraient le plancher – il leur avait fallu plusieurs voyages.

— Vous savez, patron, M. Merrick est assez bon médecin, poursuivait Bill. Je suis sûr qu'il fera très bien le travail lui-même.

— Parfaitement, acquiesça Andréas. (Et, tendant la main d'un geste impérieux, il ajouta :) Maintenant, apportez-moi un miroir, et donnez-moi cette fichue aiguille, que je puisse enfin me recoudre !

— Tu vas te charcuter, objecta Roman. Tes mains tremblent. Et tu as perdu trop de sang.

— Mes mains ne tremblent pas !

Charlotte reposa sa compresse sur la table.

— Donnez-moi cette aiguille.

— *Non*.

Elle se releva et contourna les taches de sang – elle préférait s'imaginer que c'était du vin, répandu au cours d'une quelconque bacchanale – qui maculaient encore le parquet.

— Donne-la-moi, dit-elle à Roman, tendant sa main.

Roman obéit.

La blessure avait été nettoyée. La coupure était donc bien visible.

— Avez-vous déjà recousu un homme ? la railla Andréas.

— Non. Mais vous avez encore plus mauvaise figure que mon premier essai de broderie. Alors, taisez-vous, et laissez-moi faire.

Contre toute attente, il s'exécuta. Sans doute était-il trop affaibli pour s'obstiner davantage. Toujours est-il qu'il ferma les yeux et appuya sa nuque contre le mur. Il avait d'autres blessures, mais celle à la poitrine était de loin la pire. Quant à sa jambe, elle semblait parfaitement normale, à présent. Charlotte en conclut qu'elle s'était laissé abuser par son imagination avant de s'évanouir.

Elle passa le fil dans l'aiguille. Il ne s'agissait que de quelques points de suture, une besogne aussi simple que de faire un ourlet ou de ravauder un accroc. Charlotte était capable de coudre en ligne droite depuis l'âge de huit ans. Il lui suffirait de se servir de son tour de main.

Elle approcha l'aiguille de la plaie.

Piquer à travers du tissu n'était quand même pas tout à fait la même chose que de transpercer de la peau humaine.

Elle hésita.

— Contentez-vous de l'enfoncer une seule fois, lui murmura Andréas d'un ton pervers. Vous vous serez évanouie avant que l'aiguille ait complètement traversé mes chairs, et ainsi je pourrai terminer le travail moi-même.

Charlotte, serrant les mâchoires, rapprocha les deux bords de la plaie avec ses doigts.

— Félicitations, monsieur Merrick ! Vous savez comment me motiver.

Elle enfonça l'aiguille et réalisa la première suture, tirant le plus doucement possible sur le fil. Puis elle leva les yeux. Andréas avait toujours les paupières closes, mais son visage paraissait moins crispé.

— Vous n'allez pas vous évanouir, au moins, monsieur Merrick ?

Il rouvrit un œil, pour la fusiller du regard.

Charlotte, satisfaite, se remit à sa tache. Bientôt, elle enchaîna les points à un rythme régulier.

Au bout d'un moment, Andréas s'empara de la bouteille d'alcool posée à côté de lui pour boire une rasade à même le goulot.

— Je ne sais pas si je dois me sentir insulté ou honoré qu'ils aient envoyé cinq hommes contre moi, et seulement Slade après toi, dit-il à Roman.

Maintenant que lui et ses camarades avaient repris la situation en main, Roman semblait étrangement sans réaction. Assis sur une chaise, il faisait sans cesse rouler des dés dans sa paume, qu'il jetait ensuite sur la table. Charlotte jeta un regard inquiet dans sa direction, avant de poursuivre sa tâche.

C'est Bill qui se chargea de répondre.

— Slade est cher, dit-il. Peut-être ont-ils jugé préférable d'envoyer des gars d'un côté et lui de l'autre. Peut-être, aussi, que la chance était avec nous ? Car si ça avait été l'inverse, et que Slade avait été désigné pour s'occuper de vous...

Andréas esquissa un sourire.

— Oh, mais il y aura une deuxième manche, à n'en pas douter.

— Qui est Slade ? voulut savoir Charlotte.

Andréas la dévisagea quelques instants, avant de lâcher, entre ses dents :

— Un tueur à gages.

— Merci, j'avais déjà deviné, répliqua-t-elle, sans s'interrompre dans sa besogne. Mais *qui* est-il ? Et pourquoi ne nous a-t-il pas tués ?

— Quelle importance, de savoir qui il est ? objecta Andréas, qui caressait le goulot de sa bouteille.

Qu'est-ce que cela pourrait bien changer ? Il ne vous aurait tuée que pour deux raisons : si vous aviez vu son visage ou s'il avait été payé pour vous envoyer six pieds sous terre. Mais vous ne l'intéressiez pas. Sa cible, c'était Roman.

— Slade est le meilleur, commenta Bill. (Devant le regard noir d'Andréas, il s'empressa d'ajouter :) Ne vous vexez pas, Merrick.

Puis il se tourna vers Charlotte et expliqua :

— Le patron a sauvé une fois la vie de Slade, quand celui-ci était gamin. Il a donc une dette envers lui. D'ailleurs, je ne serais pas étonné que Slade ait décidé lui-même de sa cible. Il aura choisi le patron et se sera contenté de lui donner un avertissement. S'il avait choisi M. Merrick, probablement ne l'aurait-il pas épargné. Qu'en pensez-vous, patron ?

Roman haussa les épaules.

— C'est possible. Mais la vraie question, c'est : Pourquoi maintenant ?

Son regard s'était soudain durci. Il lança ses dés contre le mur, puis il se releva pour aller fouiller dans le cabinet à liqueurs.

Andréas plissa les yeux dans sa direction. Charlotte s'alarma.

— Tu te le demandes ? grommela Andréas. Tu te le demandes vraiment ?

Roman l'ignora. Il cherchait son bonheur dans le cabinet à liqueurs.

— Je t'interdis de te servir dans mes alcools !

— Viens me le dire en face, si tu peux.

— Roman…

La voix était si menaçante que Charlotte recula instinctivement.

Mais Roman continuait de l'ignorer.

Andréas frappa sa bouteille contre le plancher avec une telle force que Charlotte, saisie, en laissa échapper son aiguille.

Elle contempla, stupéfaite, sa main vide.

— Dehors ! Tous ! Fichez-moi le camp !

Ce fut aussitôt la ruée vers la porte. Charlotte eut l'impression qu'un vent de folie avait gagné la pièce.

— Vous aussi, lui jeta Andréas.

Il avait récupéré l'aiguille, qui pendait toujours au bout du fil relié à sa plaie.

Charlotte ouvrit la bouche pour répliquer, mais son regard l'arrêta. Non pas qu'il fût autoritaire, ni même cruel. Au contraire : elle crut distinguer un grand désarroi dans ses prunelles. Et c'est cela qui la rendait muette.

Elle réalisa, du même coup, que ses yeux n'étaient pas noirs, comme elle l'avait toujours pensé, mais d'un bleu très prononcé – un bleu nuit.

Charlotte se releva. Roman se tenait toujours devant le cabinet à liqueurs, une bouteille à la main, le regard agressif.

Mais à l'instant où Charlotte atteignait la porte, il lui lança :

— Ne quitte pas cet étage.

La jeune femme agrippa la poignée, la tourna, et sortit dans le couloir. À peine avait-elle refermé la porte derrière elle que les deux frères se mirent à s'invectiver violemment.

Charlotte, lovée dans le fauteuil préféré de Roman, déplaçait distraitement des pièces sur l'échiquier. Les cris et les bruits de verre brisé avaient cessé depuis une demi-heure, mais ni Roman ni Andréas n'étaient encore réapparus. Soit ils s'étaient entre-tués, soit ils avaient fini par surmonter leur querelle.

Bill, le seul à avoir tenu un moment compagnie à la jeune femme tandis que les autres étaient redescendus vaquer à leurs tâches, avait paru se détendre. Aussi Charlotte penchait-elle pour la seconde hypothèse. En revanche, elle n'avait rien pu entendre de leur dispute, alors même qu'elle était d'abord restée dans le couloir, avec Bill : quelques rares paroles avaient franchi la barrière de la porte, mais les deux frères, manifestement conscients de n'être pas seuls à l'étage, s'étaient efforcés de ne pas crier trop fort.

Toutefois, Roman avait compris qu'il avait mis la vie de Charlotte en danger. Andréas l'avait raillé, en lui rappelant que cela ne datait pas d'aujourd'hui, mais que jusqu'ici, il ne s'en était guère soucié.

Lassée d'attendre Roman, Charlotte s'était réfugiée dans les appartements de celui-ci, tandis que Bill montait la garde dans le couloir. Elle était restée quelque temps adossée au battant, les yeux fermés, puis s'était installée dans le fauteuil de Roman.

Roman allait la quitter. Cela paraissait inéluctable. Il s'imaginerait la protéger, ainsi. Sa réaction serait stupide, bien sûr, mais les hommes réagissaient souvent stupidement.

D'un geste lent, Charlotte déplaça la reine blanche sur l'échiquier posé devant elle.

Elle pourrait choisir de lui faciliter le travail. Sans doute y gagnerait-elle en sécurité. Mais elle y perdrait – beaucoup – en joie de vivre.

Soudain, elle entendit la porte s'ouvrir et Andréas apparut, le regard toujours aussi noir, mais l'air moins menaçant que d'habitude. En outre, sa démarche semblait laborieuse. Mais cette apparente faiblesse pouvait s'expliquer par le fait qu'il avait perdu beaucoup de sang.

Il dévisagea Charlotte un long moment, comme s'il cherchait à la jauger. La jeune femme ne cilla pas. Elle n'oubliait pas qu'elle lui avait planté une aiguille dans les chairs. Elle se sentait donc parfaitement capable de l'envoyer voir ailleurs – en enfer, de préférence.

— Si vous êtes venu me dire de ne plus voir Roman, vous...

— Je ne suis pas venu pour cela !

Il était très dur, pour ne pas dire impossible, de soutenir son regard incisif et perçant, cependant Charlotte refusait de se laisser intimider. Elle releva le menton et le contempla comme s'il était un insecte mutilé, qui se débattrait pour rester vivant.

— Si vous le rendez heureux, reprit-il, je vous *tolérerai*.

Charlotte ne voulait pas lui laisser le dernier mot. Elle aurait aimé lui répliquer : « Comme c'est aimable à vous ! », mais, bizarrement, sa langue fourcha.

— Merci, articula-t-elle à la place.

— Ce n'est pas parce que je comprends qu'il puisse vous apprécier, que *moi*, je vous apprécie, crut-il nécessaire de préciser.

Charlotte s'obligea à sourire.

— Non, bien sûr. Je me doute que vous n'êtes pas le genre d'homme à vous laisser impressionner par des belles manières ni par un joli minois.

Il pointa un doigt accusateur dans sa direction.

— Si vous vous imaginez qu'il vous apprécie parce que vous êtes belle, ou que vous êtes bien éduquée, alors c'est que vous êtes aussi stupide que je l'ai d'abord pensé.

Charlotte cligna des yeux.

Il tourna les talons. Il était déjà presque à la porte, quand il lui lança un dernier regard par-dessus son épaule.

— Oh, et merci de m'avoir recousu.

Il disparut sur ces mots.

Roman avait tenté d'intercepter Andréas avant qu'il ne pénètre dans sa chambre, mais même blessé, son frère demeurait un redoutable gaillard.

Quand il ressortit de son entrevue avec Charlotte, moins de deux minutes plus tard, son expression était indéchiffrable. Roman voulut s'engouffrer par la porte pendant qu'elle était ouverte, mais son frère lui agrippa le bras pour le retenir dans le couloir.

— Ne fais pas l'idiot, lui dit-il, avant de le relâcher et de s'éloigner vers l'escalier.

L'idiot ? C'est ce qu'il avait été, en s'imaginant que tout se passerait bien. Qu'il serait capable de contrôler la situation en toutes circonstances. Que rien ne pourrait l'atteindre.

Du reste, il se moquait bien que quelque chose pût l'atteindre. C'était vrai autrefois, c'était toujours vrai aujourd'hui. En revanche, l'idée que *Charlotte* fût affectée…

Roman hésita devant la porte. Il frissonnait encore au souvenir de ce qui s'était passé tout à l'heure. Quelques centimètres plus à gauche, et Slade aurait pu la tuer. S'il…

La jeune femme se matérialisa soudain à sa porte.

— Si tu entrais, Roman ? le pressa-t-elle gentiment, d'une voix très douce, comme si elle avait *deviné* le cours de ses pensées.

Et sans doute en était-elle capable, d'ailleurs.

Ses pieds, semblant se mouvoir par eux-mêmes, l'entraînèrent à la rencontre de la jeune femme. Il pénétra dans la pièce et referma la porte derrière lui.

Mais il n'osait pas croiser le regard de Charlotte.

— Tu ne m'as pas mise en danger, murmura-t-elle, de sa même voix très douce, comme si elle voulait l'absoudre de tout péché.

Il ouvrit la bouche, pour répondre, mais elle lui caressa la joue.

— Ne vois-tu pas que tout va bien ?

Elle voulut l'attirer à lui, pour l'embrasser. Une heure plus tôt, il ne se serait pas fait prier. Mais là…

— Non, Charlotte. Tout ne va pas bien.

Charlotte lui étreignit la main, mais il la libéra bien vite.

— Un-Œil et trois autres de nos gars vont t'escorter pour te reconduire chez toi.

— Pourquoi ?

— Tu seras en sécurité, avec eux.

La jeune femme l'agrippa par les pans déboutonnés de sa chemise.

— Je serai en sécurité avec *toi*.

— Je sais, dit-il, lui enlaçant les poignets. Je serais capable d'écorcher vif quiconque oserait porter la main sur toi.

Roman pouvait sentir le cœur de la jeune femme battre à tout rompre dans sa poitrine. À cet instant, il était convaincu qu'elle avait *peur* de lui.

Cependant, elle trouva le courage de s'emparer de ses lèvres, ce qui suscita en lui un désir brutal de la posséder. De la garder pour toujours. De la protéger.

Des désirs qu'elle lui inspirait depuis déjà un moment. Et qui se trouvaient désormais renforcés par la certitude qu'elle les partageait. Qu'ils se trouvaient donc sur un pied d'égalité.

Mais toute la question était de savoir ce qui était le mieux pour Charlotte...

Il renonça à leur étreinte.

— Rentre chez toi...

— Réfléchis bien, Roman, répliqua-t-elle. N'agis pas stupidement.

Roman se dirigea vers la table, pour s'emparer de la carafe contenant la spécialité d'Un-Œil. Il avait soif, mais il avait aussi besoin de garder toute sa lucidité. Il n'était pas question qu'il se laisse dominer par son désir d'enchaîner Charlotte à son lit.

Car c'était ici, dans sa chambre, qu'elle avait bien failli périr. Et cette idée suffisait à lui donner des sueurs froides.

— Ne me parle pas de stupidité. J'ai triché pour te gagner aux cartes, Charlotte. Je rêvais de te rencontrer dans des conditions normales, mais je savais que c'était impossible. Alors, j'ai forcé le destin.

La jeune femme le rejoignit, bouleversée par son aveu. Mais il repoussa sa main tendue.

— *J'ai triché*, Charlotte. Essaie de te représenter ce qui aurait pu se passer si Trant avait été en mesure de le prouver. Et aujourd'hui, suppose que nous soyons découverts ? On m'accusera d'avoir séduit une jeune femme bien née, au-dessus de tout soupçon. Les tribunaux me condamneront, mais la société sera sans pitié pour toi.

— Ne me dis pas que tu as des regrets, répliqua-t-elle, soudain en colère. Car pour ma part, je n'en ai aucun. *Je ne regrette rien*.

C'était la devise de Roman. *Je ne regrette rien*. Et cependant, dans cette histoire, il regrettait bel et bien chacun de ses actes.

Qu'est-ce qui était le mieux pour Charlotte ? La réponse lui semblait évidente. Et pour une fois, il devait surmonter ses désirs égoïstes.

— Rentre chez toi, répéta-t-il.

Elle se redressa. Son orgueil ne baisserait jamais la garde.

— Alors, c'est fini ? C'est aussi simple que cela ? Tu en as terminé avec moi ?

Il reposa son verre, pour lui prendre le menton et l'obliger à croiser son regard.

— Non, Charlotte.

Charlotte avait besoin de vivre dans la bonne société – ce monde dans lequel elle était née. Roman tenait à ce qu'elle y retourne. Mais il n'était pas question qu'elle puisse s'imaginer qu'elle n'avait été qu'une passade à ses yeux.

— Je n'en aurai jamais terminé avec toi, Charlotte.

Elle semblait déroutée.

— Roman… Crois-tu que tu pourrais m'aimer ? Un jour ? Juste un peu ?

Roman était comme tétanisé. Il ne pouvait plus prononcer un mot.

Voyant qu'il ne répondait pas, elle plaqua un baiser sur ses lèvres. Mais il restait toujours incapable du moindre mouvement.

Alors, elle tourna les talons et repartit vers la porte. Elle le quittait.

La seconde d'après, elle avait franchi la porte.

Elle l'avait quitté.

21

Charlotte n'avait plus revu Roman depuis une semaine. Elle avait beau rester sans cesse à l'affût, elle ne le voyait jamais surgir nulle part. Et elle commençait à s'inquiéter de ce que signifiait son absence.

En revanche, les hommes de Roman la suivaient désormais comme son ombre. Bill, la plupart du temps, et aussi très souvent un dénommé « Lefty », à qui elle avait fini par se présenter, à force de l'apercevoir dans son sillage. Milton Fox s'était montré, lui aussi, à quelques reprises. Une fois, elle avait même repéré Andréas – le regard toujours aussi noir.

Mais pas de Roman.

Cependant, elle avait pris les avertissements de Bill au pied de la lettre, et elle n'avait pas cherché à le revoir. Elle ne voulait surtout pas l'exposer davantage au danger qu'il ne l'était déjà. « Bientôt », lui avait promis Bill.

Il y avait un autre souci : Charlotte ignorait ce qui se passerait quand ce « bientôt » arriverait – à supposer qu'il arrive un jour. Bientôt ? Ce n'était qu'un mot, un tout petit mot de deux syllabes, mais il l'angoissait terriblement.

— Charlotte, enfin, que t'arrive-t-il ? Je ne t'ai jamais vue aussi maussade !

La jeune femme fusilla Emily du regard, mais sa petite sœur lui opposa un sourire désarmant.

— Allez, reprit-elle, passant devant elle sur le trottoir. Faisons la course jusqu'à la maison. S'il te plaît ! Fais un effort pour moi !

Charlotte pensait à Roman – comme toujours. Mais elle se surprit à répondre à l'injonction de sa sœur et se mit à courir droit devant elle.

Elles arrivèrent à la maison deux minutes plus tard, toutes rouges et le souffle court.

— C'était merveilleux ! s'exclama Emily, qui ôtait déjà son manteau.

Charlotte lui sourit. Elle se sentait tout à coup ragaillardie.

— Votre père est enfermé avec M. Trant dans son bureau, leur annonça leur mère, depuis le salon dont la porte était grande ouverte.

Viola n'avait même pas pris la peine de lever les yeux de sa broderie.

Charlotte se figea, les mains sur sa pelisse. Trant était venu faire sa demande !

Comme elle ne répondait pas, sa mère tourna la tête dans sa direction pour juger de sa réaction.

Lentement, Charlotte se débarrassa de sa pelisse.

— M. Trant est là depuis longtemps ?

— Environ une heure.

Ce n'était pas la première fois qu'un prétendant s'enfermait avec Bennett Chatsworth pour lui faire une offre en bonne et due forme. Mais cette fois, l'entrevue se prolongeait. Ce qui signifiait que la conclusion se rapprochait dangereusement.

Emily semblait s'inquiéter pour elle et la suivit dans le salon.

— Sans doute M. Trant a-t-il prêté l'oreille aux rumeurs, et souhaite-t-il asseoir ta respectabilité, suggéra Viola, qui se concentrait sur son ouvrage.

Charlotte n'avait plus touché une aiguille depuis une semaine. Cela lui aurait trop rappelé la fameuse nuit où elle avait quitté Roman.

Elle s'assit dans un fauteuil.

— Tu prendras une tasse de thé, Emily ?

Emily s'empara de la théière posée sur une table basse et se chargea elle-même du service. Elle offrit une tasse à Charlotte, puis elle posa la sienne en parfait équilibre sur ses genoux avant de gratifier Charlotte d'un sourire encourageant.

— Ta maladresse s'améliore, Emily, commenta leur mère, qui avait à peine levé les yeux de sa broderie. Il est permis d'espérer que d'ici à deux ans, tu ne désoleras plus autant ton père.

Le sourire de Charlotte – destiné à répondre à celui d'Emily – se figea.

— Je vous trouve bien sévère, mère, dit-elle. Emily se débrouille à merveille. Elle brillera dans les salons.

Le sourire d'Emily s'élargit.

— Tu es trop indulgente avec elle, répliqua Viola.

— Pas du tout. Je serais prête à parier qu'une fois lancée dans le monde, Emily fera et défera les modes.

Viola gloussa de façon méprisante.

Le sourire d'Emily s'évanouit un instant, avant de refleurir. Elle préférait – et elle avait raison – s'accrocher aux certitudes de sa sœur aînée, plutôt que de se laisser intimider par leur mère.

Charlotte désirait par-dessus tout qu'Emily puisse être heureuse. Quitte à sacrifier son propre bonheur pour cela. Elle s'y était d'ailleurs résolue depuis des années.

Une question la taraudait : leur mère avait-elle jamais été heureuse ? Charlotte avait en mémoire une miniature trouvée un jour au grenier : Viola y était représentée à ses débuts dans le monde. La jeune fille du portrait resplendissait de beauté et de vivacité.

La femme mûre assise en face de Charlotte n'était plus que l'image ternie de cette miniature. Et cependant, quelques éclats de sa splendeur passée semblaient persister sous le vernis des ans. Peut-être suffirait-il de les ressusciter ?

Charlotte se sentait en partie responsable du malaise qui s'était instauré entre elles. Parce que Viola était sa mère, elle l'avait longtemps considérée comme intouchable – au même titre que son père. Elle n'avait jamais rien osé dire. À présent, elle se demandait si, à défaut d'avoir provoqué la longue descente aux enfers de sa mère, elle n'y avait pas contribué en se taisant, et en ne faisant rien pour l'arrêter.

Une idée, soudain, lui traversa l'esprit. Depuis combien de temps sa mère n'était pas sortie se promener au grand jour dans Hyde Park ?

Charlotte décida de se lancer.

— Si nous allions à Hyde Park ? proposa-t-elle. Il y a une kermesse, cet après-midi. Et le temps s'annonce magnifique.

Emily, bien sûr, acquiesça d'emblée.

— Mère ? demanda Charlotte.

Viola eut un geste vague de la main.

— C'est une bonne idée. Je suis sûre que vous passerez un bon moment.

— Nous passerons toutes un bon moment. Vous venez avec nous ! répliqua Charlotte, avec juste ce qu'il fallait d'aplomb pour tenter d'emporter la conviction de sa mère.

Mais celle-ci, levant enfin les yeux de son ouvrage, secoua la tête.

— Je ne me sens pas l'énergie de me rendre à une kermesse. Allez-y sans moi.

— Non, insista Charlotte, de la même voix assurée. Nous aimerions que vous puissiez nous accompagner.

Emily ouvrit des yeux grands comme des soucoupes. Charlotte pouvait deviner ses pensées. « Nous ? » Heureusement, sa sœur eut la sagesse de tenir sa langue.

— J'ai la migraine, Charlotte, répliqua Viola d'une voix cassante – elle n'était pas habituée à ce que sa fille discute avec elle.

— Justement. Le bon air est un excellent remède contre la migraine.

— Tante Edith a besoin qu'on s'occupe d'elle.

— Anna s'en chargera très bien.

Tante Edith était un prétexte trop facile. La vieille dame habitait l'immeuble voisin et n'en sortait presque jamais. Emily prétendait qu'elle les espionnait. Charlotte préférait penser qu'elle vivait simplement en ermite, sans rien dépenser de la colossale fortune que lui avait léguée son mari – et que son neveu, Bennett Chatsworth, convoitait depuis des années.

Quoi qu'il en soit, tante Edith incarnait l'excuse parfaite. Les matrones de la bonne société admiraient que Viola se dévoue autant pour la vieille dame. Cela témoignait, à leurs yeux, d'un *sens de la famille* qui inspirait le respect. La vérité, c'était que les Chatsworth attendaient la mort de tante Edith pour éponger leurs dettes.

— Tante Edith déteste Anna.

Charlotte n'aurait pas juré que tante Edith portât davantage Viola dans son cœur. Mais elle semblait endurer la comédie des bonnes intentions – du moins, tant que Bennett Chatsworth ne jetait pas ouvertement son dévolu sur ses tableaux de maîtres.

— Tante Edith est en pleine forme. Vous n'êtes pas obligée de lui rendre visite tous les jours.

Sa mère accrocha son regard. Elle semblait tout à coup avoir oublié son ouvrage.

— Alors, disons que je ne souhaite pas me rendre à cette kermesse avec *toi*.

— Cela vous fera du bien, plaida Charlotte, le plus gentiment possible. Et rien ne pourrait me faire plus plaisir que de savoir que vous allez bien.

— Je n'ai aucune envie de parader entre la maladresse personnifiée – elle désigna Emily avec son aiguille – et la perfection incarnée.

Charlotte soutint le regard de sa mère. Elle ne voulait pas lui montrer qu'elle se sentait blessée par ses paroles, pas plus qu'elle n'osait regarder Emily, qui devait être effondrée.

— Je comprends, dit-elle, ravalant sa fierté. Quoi qu'il en soit, j'aimerais quand même vous voir nous accompagner.

Viola laissa tomber son aiguille, puis, abandonnant son siège, elle gagna la porte.

Emily attendit qu'elle ait refermé le battant, avant de souffler à Charlotte :

— Mais quelle mouche t'a piquée ? Nous nous amuserons beaucoup mieux sans elle !

Charlotte ne voulait rien répondre qui pût ressembler à un quelconque acquiescement, alors que Viola les espionnait peut-être derrière la porte.

— Donnons-lui une chance, Emily. Tu n'aimerais pas qu'elle se joigne à nous de bonne grâce ?

Emily ne semblait pas convaincue.

— Si, sans doute.

— Si elle revient, surtout, ne fais pas la tête. Sinon, nous irons nous promener sans elle. D'accord ?

Emily hocha la tête.

Charlotte s'attendait plus ou moins à ce que sa mère ne revienne pas. Dix minutes plus tard, cependant, Viola réapparut à la porte.

— Très bien, lança-t-elle, depuis le seuil. Finissons-en au plus vite avec cette farce !

C'était plus d'humeur – même si c'était de la mauvaise humeur – que leur mère n'en avait manifesté depuis des années.

— Parfait, répondit Charlotte, qui voulait reprendre espoir. Merci, mère. Vous verrez, ce sera très agréable.

Juste nous trois. (Elle se leva de son fauteuil, pour ajouter :) Le temps de nous changer, et...

Elle s'interrompit. La porte du bureau venait de se rouvrir.

Trant en sortit, suivi de son père. Les deux hommes s'arrêtèrent à la porte du salon. Bennett Chatsworth décocha un regard d'avertissement à Charlotte. *Accommode-toi de Trant, ou sinon...*

— Bonjour, madame Chatsworth. Bonjour, mademoiselle Charlotte. Bonjour, mademoiselle Emily, salua Trant, avant de fixer son attention sur Charlotte : Pourrais-je vous parler un moment en privé ?

Viola ne bougea pas, mais elle épiait sa fille du regard.

— Certainement...

Viola fit signe à Emily de quitter le salon, dont elle referma elle-même la porte.

Trant, les mains croisées dans le dos, attendit que Charlotte se fût rassise pour commencer.

— J'ai parlé à votre père.

— Oui ? répondit-elle, convoquant ses bonnes manières pour garder une pose impeccable.

Son éducation de lady ne l'abandonnait jamais – sauf en présence de Roman Merrick.

— Et il se montre toujours aussi... entêté. Il ne veut pas croire à mes assurances.

— Mon père n'a jamais aimé suivre ceux qui voulaient lui ouvrir le chemin.

— Je crois qu'il ne réalise pas l'étendue de son erreur, reprit-il. Vous savez ce que je souhaite, n'est-ce pas ?

— Oui.

— Nous formerions une bonne équipe, tous les deux, Charlotte.

Charlotte le regarda. C'était la première fois qu'il se risquait à l'appeler par son prénom.

— Sans doute, monsieur Trant.

— Nous pourrions accomplir beaucoup de choses, aussi.

Charlotte devinait lesquelles : donner le ton à la bonne société. Grimper l'échelle sociale jusqu'au sommet...

Trant avait besoin d'elle, ou du moins de quelqu'un comme elle. Et plus il monterait haut, et plus elle-même en profiterait. Alors que Downing ne s'était jamais soucié de son image sociale. Et que Binchley n'avait aucune ambition.

— Oui, j'en ai bien conscience.

Elle n'était pas fille de duc, mais elle savait parfaitement que Trant avait besoin pour asseoir sa réussite d'une excellente maîtresse de maison, qui saurait recevoir et donnerait à ses réceptions un attrait particulier.

— Votre père joue un jeu dangereux, assura-t-il, se plantant devant elle. Il est résolu à me tenir à l'écart jusqu'à la fin de la saison, sans se rendre compte qu'alors, il sera trop tard. Heureusement, vous avez plus de bon sens que lui.

— Il n'empêche que mon père gouverne la maisonnée et que je ne peux pas agir à ma guise. Il reste la solution de nous enfuir. Mais je suppose que cela ne conviendrait pas à vos projets ?

Il dansa d'un pied sur l'autre.

— Non, en effet.

Trant cherchait la puissance et le prestige. Il ne pouvait pas risquer de ternir sa réputation sur un coup de tête.

— Mais vous êtes la seule à pouvoir influer sur le cours des choses, reprit-il. Je me souviens que vous n'avez pas cherché à convaincre Downing de vous épouser. Pourtant, vous auriez pu. À un moment, il hésitait fortement...

Trant n'avait pas tout à fait tort. Downing s'était retrouvé tiraillé entre son amour pour Miranda et son engagement envers Charlotte. Si elle avait insisté, peut-être aurait-il consenti à l'épouser. Mais elle n'avait pas pu s'y résoudre. Un soir, à l'opéra, elle les avait épiés depuis sa loge. Elle avait vu l'adoration mutuelle qui se lisait dans leurs regards. Puis elle avait eu le cran d'aborder Miranda. La ferveur avec laquelle celle-ci parlait de son futur mari avait achevé de la convaincre de leur amour.

— C'est vous qui avez décidé de la façon de traiter Merrick, ce fameux soir où votre père vous avait conduit là-bas, lui rappela-t-il.

— Je n'ai pas pour habitude de laisser ternir notre honneur.

— Et c'est tout à votre crédit, répliqua-t-il, mielleux. (Mais il ajouta, non sans une perfidie assumée :) Cependant, j'ai l'impression que votre conduite s'est quelque peu relâchée, ces derniers temps. Je me trompe ?

— Non, vous avez raison, acquiesça Charlotte, surprise qu'il se montre aussi direct – ce qui n'était guère son genre. J'espère, ajouta-t-elle, que vous mettrez mes actions sur le compte d'une certaine rébellion ?

Le visage de Trant s'éclaira.

— Je suis ravi de constater votre lucidité, ma chère. Ce qui veut dire que vous serez en mesure de corriger ce comportement.

Charlotte contempla le mur devant elle. Autrefois, il y avait un tableau. Un magnifique paysage, avec des fillettes courant dans une prairie. C'était l'un des premiers trésors que son père avait vendus.

— Je suis tout à fait capable de me corriger, en effet.

— Je sais. Sinon, nous n'aurions pas cette conversation. Un mariage serait une excellente solution pour balayer les rumeurs.

— Je vois…

— Je vais vous dire quelque chose que personne ne sait encore pour l'instant. Le roi a consenti à signer mes lettres d'anoblissement. Il n'est pas idiot : il sait dans quel sens le vent souffle et il veut ménager l'avenir. Dans quelques semaines, je vais devenir comte, Charlotte, et vous serez ma comtesse. Mais pas n'importe quelle comtesse. L'épouse d'un probable futur Premier ministre...

Charlotte n'était pas surprise par son ambition. Ni d'apprendre qu'il allait recevoir un titre. Pas plus qu'elle ne s'étonnait du calme avec lequel elle recevait toutes ces informations. Une série de cartes gagnantes s'étalait devant elle. La chance lui offrait une main magnifique. Allait-elle s'en saisir ?

— Tout ceci me paraît très intéressant, monsieur Trant.

Il plissa les yeux. Sans doute espérait-il qu'elle accueillerait sa proposition avec plus de chaleur. Mais elle ne l'avait pas non plus refusée.

— Je crois savoir que vous vous réjouissez du retour de votre sœur, reprit-il.

— En effet.

— C'est une jeune fille très vivace, qui ne manque pas d'esprit.

Charlotte ne répondit rien. Elle n'était guère surprise de constater qu'il connaissait son point faible. Tout au plus s'étonnait-elle qu'il n'ait pas cherché à l'utiliser plus tôt.

— Votre sœur ne manquera de rien. J'ai des relations.

Charlotte songeait à ce que Roman lui avait dit. Qu'elle avait toutes les cartes en main. Ce qui signifiait aussi qu'elle ne pourrait plus différer indéfiniment sa décision.

— Je préférerais qu'Emily soit libre de choisir elle-même sa destinée, répondit-elle.

Et c'était un peu comme si elle avait ouvert les négociations.

Trant se pencha de nouveau vers elle, pour lui murmurer à l'oreille :

— Elle le sera. Quand je serai Premier ministre, elle pourra tout aussi bien fréquenter le palais royal et devenir courtisane de la reine, ou encore épouser un gentleman-farmer et vivre à la campagne. Elle choisira la vie qu'elle voudra.

C'était bien sûr très tentant. Cependant, Charlotte n'était pas encore disposée à capituler aussi vite.

Trant se redressa et se mit à tourner autour du fauteuil de la jeune femme.

— Je pourrais même vous accorder une certaine liberté, reprit-il.

Charlotte en conclut qu'il savait.

— L'alliance que vous porteriez à votre doigt ferait taire tous les ragots, ajouta-t-il.

Non seulement il savait, mais il semblait disposé à ce qu'elle garde des relations avec Roman.

Cependant, une question taraudait Charlotte. Pourquoi se montrait-il si généreux ? Elle ne possédait pas de pouvoir particulier, qui aurait obligé Trant à des accommodements. En outre, elle trouvait étrange qu'il aborde le sujet maintenant. Il aurait toujours été possible de trouver des arrangements plus tard.

— Il vous suffira de jouer votre rôle. Et moi le mien, conclut-il.

En d'autres termes : lui donner des héritiers. Se comporter en parfaite maîtresse de maison. En échange de quoi, elle aurait droit à son jardin secret.

Mais Charlotte continuait de s'interroger. *Pourquoi ? Et pourquoi si vite ?*

— Votre offre est très généreuse, dit-elle.

— J'attends beaucoup en retour. Mais rien qui ne vous soit impossible.

Au moins ne réclamait-il ni tendresse ni affection.

Charlotte essayait de se raisonner. Elle devait se contenter des cartes mises à sa disposition.

Après tout, n'était-ce pas ce pourquoi elle avait été éduquée ?

Et puis, ces cartes n'étaient pas mauvaises, loin de là. Meilleures, en tout cas, que toutes celles qu'elle avait pu recevoir jusqu'ici.

Elle s'obligea à sourire à Trant. Cependant, sa décision était prise.

Le soleil était radieux. Emily, enthousiaste comme à son habitude, savourait chaque minute de leur promenade, même si elle lançait de temps à autre des regards inquiets à Charlotte, à la dérobée. Viola, quant à elle, gardait le silence. Elle semblait songeuse.

Charlotte commençait à se demander si elles ne feraient rien d'autre, toutes les trois, que de s'échanger des regards muets. Elle se demandait à quoi sa mère pouvait bien penser, mais elle était elle-même perdue dans ses songes.

En chemin, elle avait fait s'arrêter leur voiture chez les Downing et était allée parler quelques minutes avec Miranda. Elle avait tout révélé à son amie, dans un torrent de mots et d'aveux qui l'avaient tout de suite libérée.

Elle savait que tout pouvait lui exploser à la figure, mais elle était heureuse d'avoir surmonté ses peurs.

Si Roman...

Elle se figea soudain en voyant Bill marcher à leur rencontre. Certes, elle était habituée, depuis quelques jours, à ce qu'il ne la quitte pas d'une semelle. Mais aujourd'hui, c'était différent. Il avançait les mains croisées dans le dos, l'air solennel, comme s'il avait l'intention de leur adresser la parole. Charlotte sentit sa gorge se serrer. Était-il arrivé quelque chose ?

Elle regarda discrètement alentour, espérant apercevoir Roman, mais la foule compacte venue assister à la kermesse se mouvait dans toutes les directions, et il était difficile de repérer quelqu'un en particulier.

Bill s'arrêta devant Viola, qui le regarda comme s'il était une mouche tombée dans son bol de porridge.

— Milady, je voulais vous dire que votre beauté est plus resplendissante que les rayons du soleil.

Charlotte ne savait pas si elle devait se sentir soulagée qu'il ne soit rien arrivé à Roman, ou si elle devait marquer sa stupéfaction.

Emily, pour sa part, avait opté pour la seconde solution.

— Pardon ? fit Viola, d'une voix glaciale.

Cependant, elle n'avait pas fait un pas de côté.

— Tant de beauté est un carnage pour mon pauvre cœur.

Bill était soigneusement coiffé, et il portait un costume noir assez chic.

Charlotte balaya de nouveau la foule du regard, dans l'espoir de voir Roman. Son pauvre cœur *à elle* aurait bien voulu, lui aussi, d'un carnage.

— Pardon ? répéta Viola, avec un air que Charlotte ne lui avait jamais vu.

Bill, plus solennel que jamais, retira ses mains de derrière son dos pour lui tendre un bouquet de roses rouges.

— Elles sont pour vous, milady.

Viola prit machinalement les fleurs.

— Les roses rouges sont mes préférées...

— Elles s'accordent à merveille à votre teint. Bonne journée, milady.

Viola leva les yeux de son bouquet pour regarder Bill s'éloigner.

— Nom d'un chien ! murmura Emily, alors que Bill se fondait déjà dans la foule, disparaissant à leur vue.

— Surveille ton langage, la morigéna Charlotte, par pur réflexe.

— Lui, en tout cas, on peut dire qu'il a un langage... fleuri, répliqua Emily. Ah, mais qui voilà ! ajouta-t-elle, agitant la main en direction de quelqu'un derrière Charlotte. N'est-ce pas le bel inconnu ?

Charlotte comprit *qu'il* était là. Dans son dos. Mais elle n'osait pas regarder.

— Emily, enfin ! siffla Charlotte.

Viola, revenue de sa stupeur, avait tourné la tête, pour voir à qui Emily faisait signe.

Charlotte attendit, jusqu'à ce qu'elle ne puisse plus attendre davantage, pour se retourner à son tour. Mais il était déjà parvenu à leur hauteur, et elle manqua le heurter.

— Excusez-moi, dit-elle, sans oser croiser son regard.

Après une semaine entière sans l'avoir vu, elle était soudain en proie à un déluge d'émotions.

— Ne t'excuse de rien, chuchota-t-il, lui effleurant la main, pour y glisser un petit morceau de papier plié en quatre. (Et il ajouta, encore plus bas, pour que les autres ne puissent pas entendre :) Tout va bientôt s'arranger. À ce soir…

Il se raidit subitement. Charlotte leva les yeux et vit qu'il fixait quelque chose derrière elle. Son regard était soudain devenu féroce.

— Pardonnez-moi, mesdames, dit-il en les contournant d'un mouvement fluide.

Le papier serré dans sa main, comme s'il contenait toutes les réponses à ses questions, Charlotte le regarda se diriger vers un homme qui l'observait d'un regard noir. Celui-ci, le voyant approcher, eut un rictus déplaisant et tourna les talons. Apparemment, il ne s'était pas aperçu qu'Andréas était là, lui aussi, qui le suivait des yeux.

En quelques instants, les trois hommes disparurent, avalés par la foule.

— À chaque fois que je le vois, j'en perds ma langue, confessa Emily.

Viola plissa les yeux. Elle dévisagea Charlotte, puis Emily.

— Connaîtrais-tu cet homme, Emily ?

— Je ne l'ai rencontré qu'une fois. Et encore, nous n'avons pas été présentés. Charlotte s'est montrée très abrupte. Mais j'espère le retrouver dans un bal. Je parie qu'il sait très bien danser.

— Qui est-ce, Charlotte ? demanda Viola.

Emily, interloquée, fronça les sourcils. Abusée par sa façon très élégante de s'habiller, et aussi par le fait qu'il connaissait Charlotte, elle en avait déduit que Roman était un gentleman de la bonne société.

— Une connaissance de père, répondit Charlotte, évasivement.

Mais elle vit, dans le regard de sa mère, que celle-ci reconstituait les pièces du puzzle. Elle avait compris.

Viola baissa les yeux sur son bouquet.

— Et l'autre homme ?

— L'un de ses amis, confessa Charlotte. (Mais elle s'empressa de préciser :) Il a agi de son propre chef.

Viola garda le silence quelques instants, avant de redresser le menton et de regarder Charlotte. Mais son expression était indéchiffrable.

— Très bien, dit-elle.

Et elle reprit sa marche, serrant les fleurs contre elle, avant de lancer, par-dessus son épaule :

— Si nous achetions des bonbons ?

Emily en resta bouche bée. Charlotte, en revanche, ne se sentait plus de joie. Tout espoir n'était pas perdu…

Elle pressa le pas pour rattraper sa mère. Emily suivait.

— J'ignorais que vous aimiez les bonbons, mère.

— C'est sans doute mon tort de ne l'avoir jamais dit, répondit Viola. Je ne sais pas assez retourner certaines situations à mon avantage. (Et redressant le menton, elle ajouta :) Quand on ne vous offre pas de bonbons, c'est à vous de vous les procurer.

— Ce n'est pas toujours aussi facile, objecta Charlotte, qui avait compris que la conversation dépassait largement le cadre de la confiserie. Il est parfois délicat de se faire plaisir sans risquer de bouleverser certains équilibres.

— Et alors ? C'est aussi aux autres de savoir trouver leur voie, fit valoir Viola, qui, de la main, désigna Emily : Regarde ta sœur. Crois-tu que sa vie s'effondrerait pour toujours s'il nous arrivait quelque chose ? Elle a toujours été la plus futée de nous tous.

Emily haussa les sourcils, mais Charlotte sourit.

— Elle serait capable de s'enfuir en France pour refaire sa vie, reprit Viola. Ou même de détruire quiconque oserait se mettre en travers de son chemin. Ton père est un imbécile de ne pas s'en être rendu compte.

Au ton de sa voix, elle semblait tout à coup soulagée, comme si elle était heureuse de s'exprimer enfin librement.

— Du reste, ajouta-t-elle, voilà longtemps que ton père s'est égaré. Il est persuadé qu'il n'existe qu'une seule façon de résoudre les problèmes. Quant à moi, j'ai perdu mon temps à contester ses choix.

— Il existe peut-être plusieurs façons de résoudre un problème, mais l'une d'elles est forcément meilleure que les autres, objecta Charlotte. Parfois, il n'est pas mauvais de savoir sacrifier des pions.

— Non, la vie ne se résume pas à un jeu d'échecs, intervint Emily en agrippant le bras de sa sœur.

Comme l'avait fait remarquer Viola, Emily était loin d'être idiote. Elle avait déjà visiblement beaucoup réfléchi à son avenir et compris certaines choses.

— Je... je voudrais être maîtresse de mes choix, Charlotte, reprit-elle. Quitte à faire des erreurs. Me l'interdirais-tu ?

Emily sursauta.

— Bien sûr que non, Emily ! Là n'est pas la question. Tu seras libre de tes choix.

— Mais je n'ai pas envie que cela se fasse à tes dépens. Je ne pourrais pas le supporter.

Charlotte s'immobilisa pour la prendre par les épaules et déclara d'un ton solennel :

— Tu n'as et tu n'auras à te sentir coupable de rien. *De rien*, entends-tu ? C'est mon choix.

— Et moi aussi, je veux pouvoir assumer mes choix. Mais pas à tes dépens. Je préférerais que père soit fier de moi. Peut-être ne le sera-t-il jamais ? Quoi qu'il en soit, je souhaite que cela dépende de moi et je veux aussi te savoir heureuse.

Elle jeta un coup d'œil à leur mère, qui faisait mine de s'intéresser à un stand, sur sa droite, alors qu'elle tendait visiblement l'oreille, avant d'ajouter :

— Je regrette de n'avoir pas compris plus tôt qu'il n'appartenait pas à la bonne société. Mais je vous ai vus ensemble, un soir. Plus d'un soir, en fait. Et rien, dans son comportement, n'aurait pu me faire penser qu'il n'était pas un gentleman.

Charlotte se sentit paniquer.

Emily lui étreignit le bras.

— Charlotte, je ne t'ai jamais vue aussi heureuse et détendue que lorsque tu es avec lui. Il me semble que dans ces conditions, les choses sont simples. Tout ce qu'il faut, c'est suffisamment d'assurance pour assumer tes choix.

— Il s'appelle... il s'appelle Roman, murmura Charlotte, du bout des lèvres.

— Roman ? répéta Emily. C'est un joli prénom. J'espère que tout se passera bien pour vous, et que Miranda n'aura pas à se porter garante pour moi au cas où les choses tourneraient mal. Je sais que vous avez conclu un pacte en ce sens, toutes les deux, mais j'aimerais autant qu'il soit inutile de le mettre à exécution.

Charlotte en resta un instant bouche bée.

— Comment as-tu su que... ?

Emily s'esclaffa.

— Je préfère garder mes petits secrets, dit-elle.

Muette d'étonnement, Charlotte regarda sa sœur, qui éclata de rire et se mit soudain à courir. Charlotte courut après elle, abandonnant dans sa course une part du fardeau qui pesait depuis si longtemps sur ses épaules.

22

L'adresse était hautement respectable. Peut-être même *un peu trop* respectable. Charlotte était partie à pied de chez elle : le trajet ne nécessitait pas beaucoup plus de cinq minutes de marche. Cependant, c'était assez pour qu'elle passe dans un quartier encore plus huppé que le sien.

Comme elle était assurée de croiser, en chemin, un grand nombre de connaissances, elle avait pris soin, afin de dissimuler sa tête, de revêtir le manteau à capuche que lui avait fourni Roman quelques semaines plus tôt. En effet, elle voulait éviter les commérages qui n'auraient pas manqué de courir la ville si les gens avaient pu connaître sa destination.

Il ne lui avait pas été si facile que cela de quitter la maison. Car tout ce qu'elle avait cru être son bonheur, ou du moins y concourir, l'attendait là-bas. Une certaine liberté vis-à-vis de son père. La liberté d'Emily. Une place assurée – et de choix – dans la bonne société. À défaut d'être le vrai bonheur, c'était en tout cas ce dont elle avait rêvé pendant des années.

Mais son rêve avait volé en éclats deux mois plus tôt, lorsqu'elle avait rencontré Roman.

Elle frappa à la porte, au moyen du heurtoir en laiton doré.

Le battant s'ouvrit aussitôt. Et il apparut, appuyé au chambranle dans une posture languide, toujours aussi blond et toujours aussi beau. Sa seule vue suffisait à couper le souffle de la jeune femme.

Il avait relevé ses manches de chemise, révélant ses avant-bras naturellement hâlés, mais aussi quelques cicatrices. Charlotte était bien placée pour savoir que ses vêtements en dissimulaient bien d'autres, témoignages d'une existence dangereuse.

Il lui sourit. Cependant, elle crut discerner une certaine tension sur son visage.

Elle lui rendit son sourire et pénétra dans le hall.

La porte, en se refermant, fit un bruit qui résonna dans la grande entrée déserte. Charlotte se défit de son manteau et regarda autour d'elle, mais la maison ne donnait pas le sentiment d'être habitée.

— C'est à toi, ici ?

Il sourit encore.

— Disons que je l'ai empruntée pour la nuit, répondit-il. (Et, lui désignant une porte, sur la droite, il précisa :) Le salon contient quelques meubles, mais le nouveau propriétaire devra s'occuper au plus vite de la décoration.

Charlotte hocha machinalement la tête. Elle ne se souciait pas de savoir qui était le propriétaire de cet endroit. Quelqu'un de riche, sans aucun doute, comme l'attestaient l'adresse et la taille de la maison. Quelqu'un d'influent, aussi, car dans ce quartier les voisins étaient assez puissants pour décider de qui avait le droit, ou non, de s'installer parmi eux.

Le salon était vaste, et en effet, il offrait quelques meubles, notamment des sièges pour s'asseoir. Il y avait aussi une bibliothèque remplie de livres et de jeux de société. Et un cabinet à liqueurs qui ressemblait beaucoup à celui de Roman.

— Il n'y a pas de domestiques pour assurer le service. J'espère que cela ne te chagrine pas ?

Il s'installa sur le sofa et posa ses pieds sur la table basse. Mais sa voix sonnait étrangement, comme s'il semblait hésiter.

Charlotte s'assit à côté de lui. Elle cherchait quelque chose d'anodin à dire, pour masquer sa nervosité.

— Cela ne me dérange pas de me servir moi-même, en revanche, tu pourrais peut-être ôter tes pieds de la table ?

Un grand sourire éclaira son visage, bannissant toute hésitation.

— Je demanderai la permission plus tard. Ou j'essaierai de me faire pardonner.

C'était une réponse bien dans son style. En revanche, son sourire s'était évanoui, et il arborait un air de gravité qui ne lui ressemblait pas.

Charlotte lui caressa la joue.

— Ça ne va pas ? Quelque chose te soucie ? Tu as peur pour ta sécurité ?

— Pas dans l'immédiat. Et surtout, je n'ai plus peur pour la tienne. Sinon, j'aurais demandé à Un-Œil de te prévenir de repousser notre rendez-vous à une autre date. Mais je ne peux pas te certifier que ma sécurité sera toujours assurée. Tu n'imagines pas le nombre de fois où je me suis dit, au cours de la semaine écoulée, qu'il serait sans doute préférable que je ne te revoie jamais.

Charlotte déglutit avec peine. Mais elle ne dit rien, pour ne pas le dissuader de continuer.

— Seulement voilà, je suis toujours aussi égoïste, reprit-il. Je n'ai pas pu m'empêcher d'organiser ce rendez-vous. (Et, accrochant le regard de la jeune femme avec solennité, il ajouta :) Mais je ne serai jamais totalement en sécurité. Il faut que tu le comprennes, Charlotte.

Charlotte avait eu le temps d'y penser toute la semaine. Aussi sa réponse lui parut-elle évidente.

— Oui, murmura-t-elle. Mais si je devais toi aussi te recoudre, je le ferais sans hésitation. Et si je devais t'attendre toutes les nuits jusqu'à l'aube, je t'attendrais toutes les nuits jusqu'à l'aube.

Il la regardait, sans rien dire.

Charlotte lui étreignit les mains.

— Alors, oui, Roman. Je comprends. Et je m'y suis préparée.

Il ferma un instant les yeux, et secoua doucement la tête, avant de les rouvrir.

— Je me demande souvent si je suis le bon choix pour toi, confessa-t-il.

— Ne te pose pas cette question. Je suis heureuse ainsi, assura-t-elle. Dis-moi plutôt ce qui t'est arrivé cette semaine, pour que tu ne te montres pas une seule fois à ma fenêtre ?

Roman prit dans ses doigts une de ses mèches de cheveux pour jouer avec.

— Il a fallu prendre en compte certaines... forces extérieures.

— Des forces extérieures ?

Il eut un sourire hésitant.

— Un... rival. Et aussi la *famille* d'Andréas.

Charlotte cligna des yeux.

— Mais je veillais à ta sécurité, ajouta-t-il, tandis que son regard affichait tout à coup la même détermination farouche qu'elle lui avait vue le jour de leur rencontre, dans l'arrière-boutique des Hunsden. Personne ne tentera plus d'action comme celle de la semaine passée tant que tu seras dans les parages. J'ai agi de manière à faire comprendre à mes ennemis que les conséquences de tels actes seraient pour le moins... déplaisantes pour eux.

— Qu'as-tu fait, exactement ?

Il sourit, mais ne desserra pas les lèvres.

— Roman...

— Disons que j'ai pris mes précautions. Si quelqu'un devait te blesser, même intentionnellement, lors d'une attaque dirigée contre nous, alors ce quelqu'un devrait aussi éliminer beaucoup d'autres gens pour espérer préserver sa tranquillité. Un certain nombre de personnes sont disposées à concrétiser mes dernières volontés, lesquelles consisteraient à te venger. Par le sang, s'il le faut.

Charlotte ouvrit la bouche, mais aucun son n'en sortit.

— Je serais capable de détruire tout Londres s'il t'arrivait quoi que ce soit, Charlotte, murmura-t-il.

Charlotte était trop émue pour parler. Un mélange d'amour et d'angoisse lui oppressait la poitrine.

Mais au bout d'un moment, elle ne put se retenir de lâcher :

— Trant a demandé ma main.

Roman se raidit un court instant, avant de se reprendre.

— Ah ? dit-il, s'installant plus à son aise sur les coussins du sofa. Et ton père a accepté ?

Charlotte aurait voulu lui raconter son entrevue avec Trant, mais les mots se bousculaient tellement dans sa bouche qu'elle se retrouva incapable de dire quoi que ce soit.

Elle se releva pour gagner le cabinet à liqueurs, où elle s'empara d'une carafe, à moitié pleine, qui ressemblait comme deux gouttes d'eau à sa préférée – celle contenant la potion d'Un-Œil. Du reste, le liquide avait la même couleur. Puis elle remplit deux verres.

— Je te rapporterai notre conversation. Mais dis-moi d'abord ce dont tu voulais me parler ce soir ?

Il se releva à son tour, pour s'adosser à la bibliothèque. Son regard était acéré, mais indéchiffrable.

— Nous n'allons quand même pas commencer à nous fuir ? Je suis désolé, mais je n'arrive pas à me concentrer sur un autre sujet pour l'instant. Dois-je t'offrir mes félicitations ?

Des félicitations ? En épousant Trant, Charlotte était certaine d'assurer son avenir. Ce qui, d'une certaine manière, méritait des félicitations. En épousant Trant, elle deviendrait comtesse – et peut-être mieux encore un jour –, sans perdre totalement Roman. Quand Roman se lasserait d'elle, elle pourrait toujours se réchauffer le cœur en voguant vers d'autres horizons. Et sa petite sœur profiterait de son beau mariage, et de l'influence qu'il lui conférerait, pour organiser à sa guise son propre destin.

À l'évidence, il ne pouvait pas exister de meilleur choix. C'était le seul qui pût emporter toutes les félicitations.

En outre, Charlotte était convaincue que Roman saurait comprendre sa décision. Il avait toujours privilégié la survie. Peut-être même attendait-il d'elle qu'elle accepte la proposition de Trant ?

D'ailleurs, elle croyait lire dans ses yeux qu'il n'était nullement surpris. Parce qu'il avait prévu depuis longtemps cette issue ?

— Tu ne veux pas m'informer de ta décision ? reprit-il, voyant qu'elle ne répondait toujours pas. Pourtant, reconnais que j'ai tous les droits de manifester ma curiosité.

Charlotte lui apporta son verre et le regarda droit dans les yeux.

— Je parierais que tu as tout fait pour favoriser cette décision.

Il baissa les yeux sur son verre, avant de les relever.

— Qu'est-ce qui te fait dire ça ?

— Oh, je dois avouer qu'il m'a fallu longtemps pour comprendre. Mais depuis ma conversation avec Trant, j'ai patiemment recollé les morceaux. Je ne serais pas étonnée que tu aies usé de ton influence pour que Trant obtienne très vite un titre nobiliaire. Je ne serais pas davantage étonnée que tu aies fait pression sur lui pour qu'il m'offre un marché que je pourrais difficilement refuser.

Il tapotait son verre en l'écoutant, mais il ne semblait ni contrit ni résigné.

— Ce que je ne comprends pas, en revanche, reprit-elle, c'est pourquoi tu ne réclames pas un titre pour toi-même, alors que tu peux en décrocher un aussi facilement pour Trant ?

Il se raidit.

— Je n'ai jamais eu aucune intention d'obtenir un titre de noblesse, et il n'est *pas question* que cela change à l'avenir.

Au moins, sur ce point, c'était très clair.

Elle plissa les lèvres.

— Ça simplifierait les choses.

Il reposa son verre.

— Je n'ai pas de goût pour la simplicité. Ni pour la facilité. Je laisse volontiers ces expédients à ceux qui sont dépourvus d'imagination.

— Mais que se passe-t-il, quand une partie se termine ? En recommences-tu immédiatement une autre ? Ou laisses-tu passer quelques semaines, avant d'entreprendre un nouveau défi ?

Il plissa les yeux.

— Tout dépend du genre de jeu, bien sûr. Et de la mise que je souhaite remporter.

Charlotte ne pouvait pas oublier qu'elle avait été une « mise ». Toute la question était de savoir s'il se lasserait rapidement de son trophée.

— Es-tu à ce point opposé au mariage ?

Il ferma brièvement les yeux, mais ne répondit pas.

Charlotte réessaya :

— Es-tu... ?

— Je ne te l'imposerai jamais, la coupa-t-il.

— Non ? Je croyais pourtant que Roman Merrick était capable d'obtenir tout ce qui lui plaisait ?

Il laissa passer un long silence, avant de lâcher :

— Je me suis aperçu, ces derniers temps, que ce qui me plaisait dépendait beaucoup de ce qui *te* plaisait.

— Ah ? Que dirais-tu, alors, si je t'annonçais que je ne souhaite pas épouser Trant ?

Elle eut l'impression qu'il se détendait. Ou plutôt, la certitude.

— Non ?

— Non.

— Si tu le désires, je me chargerai de lui annoncer la nouvelle. Tu as tout ton temps pour trouver le mari de ton choix.

— Ce ne sera pas nécessaire, répondit-elle. À propos de Trant, je veux dire. Je lui ai répondu que je refusais son offre.

Il sursauta.

— Pardon ?

— J'ai décliné moi-même son offre. Pour tout t'avouer, je crois qu'il complote actuellement ma chute.

— Tu as refusé ! Même…

— Oui.

— Charlotte…

— Non, Roman, tout ira bien, voulut-elle le rassurer. Je comprends que tu répugnes à l'idée de te marier. Je suis moi-même de plus en plus séduite par l'idée de pouvoir vivre librement. Entre Emily, moi, Miranda et même ma mère – ce qui est le plus surprenant – nous devrions parvenir à nous liguer pour que mon père épargne Emily. Quant à moi, je serais ravie de finir vieille fille, si je pouvais empêcher Trant de parler. En fait…

— Charlotte, tais-toi une seconde.

Elle cligna des yeux.

— Charlotte, je… je suis quelqu'un de très égoïste. C'était vrai quand je t'ai rencontrée, et ça l'est toujours aujourd'hui. J'ai joué avec toi. Je…

— Je sais.

— Que sais-tu ?

— Je sais que tu t'es toujours montré honnête avec moi. Tu as joué franc-jeu, et tu ne m'as jamais bercée d'illusions. Mieux encore : tu n'as jamais cherché à me rabaisser. Au contraire, tu as essayé de me faciliter la vie. Trant ne m'aurait pas fait une offre aussi généreuse sans ton intervention.

— Charlotte...

— Non, s'il te plaît, laisse-moi terminer. Il y a tout de même quelque chose que je ne comprends pas. Tu me dis que tu es égoïste, et cependant, tu étais prêt à me laisser épouser Trant si je l'avais désiré. En même temps, j'ai l'impression que tu tiens beaucoup à moi. Sans doute aussi fort que je tiens à toi.

Il la regarda un long moment sans répondre – si longtemps, que Charlotte sentait sa belle assurance faiblir et son cœur se lézarder.

Finalement, il lui prit la main.

— Te souviens-tu de ce que je t'ai promis, il y a déjà bien longtemps ?

Charlotte sentit son pouls s'accélérer.

— Que tu me posséderais un jour.

— Et quoi d'autre ?

— Tu te demanderais si tu obtiendrais que je te possède en retour.

Il lui sourit.

— Désormais, je connais la réponse. J'aurais pu avoir une liaison avec toi pendant des années, Charlotte. Mais dès lors que tu me possèdes en retour, tu seras à moi pour l'éternité.

— Ma beauté passera, voulut objecter Charlotte, malgré la boule qui lui obstruait la gorge. Je vieillirai.

— Moi aussi.

— Roman, je suis sérieuse.

Il lui caressa la joue.

— Moi aussi. Je ne t'aime pas parce que tu es belle. Même si cela compte, bien sûr. Tu m'excites terriblement. Mais ce n'est pas pour cela que je t'aime.

— Tu m'aimes ? murmura-t-elle.

Il l'attira dans ses bras, pour lui murmurer à l'oreille :

— C'est parce que tu es une femme fière, entêtée, et que je ne pourrais plus vivre sans toi. Même si tu devais vieillir et perdre tes attraits, je compte sur ton orgueil pour refuser de l'admettre. Je suis convaincu que tu seras capable de toujours rester à mes yeux la déesse que tu as été pour moi lors de notre rencontre.

Charlotte approcha ses lèvres des siennes.

— Tu ne te lasseras jamais de moi. Je ne le permettrai pas.

Il lui sourit.

— Tant mieux. C'est bien ainsi que je l'entendais. Mais as-tu bien conscience de ce à quoi tu t'engages en me choisissant, plutôt que Trant ou n'importe qui d'autre ?

— Oui. Mais ce n'est pas le moment d'en parler. Nous verrons cela plus tard. Promets-moi juste une chose : que tes hommes ne me barrent jamais la porte de ta chambre.

— Je suis ravi que tu me demandes cela, car je n'avais pas l'intention de les avoir ici. Sauf ceux qui accepteront de s'engager comme valets à notre service.

— Je… serais-tu en train de me dire que cette maison va devenir *notre* maison ?

Il sourit d'un air taquin.

— Ton expression, à cet instant précis, n'a pas de prix.

Elle plissa les yeux. Tout ce qu'elle ressentait, c'était un immense espoir.

— Je m'étais résolue à finir vieille fille.

— C'est ce que j'avais compris. Mais tu seras magnifique, en blanc. Et je me suis laissé dire que l'église Saint-Georges était superbe, en cette saison.

Et avant qu'elle puisse répondre, il s'empara de ses lèvres.

23

Roman avait frappé à la porte d'entrée, ce qui n'avait rien que de très normal mais le déconcertait presque, car il s'était habitué, pendant des semaines, à pénétrer dans cette maison par la fenêtre.

— Je voudrais discuter de certaines choses avec vous, Chatsworth, annonça-t-il d'emblée au père de Charlotte. Oh, je vous rassure, il s'agit de tout petits détails.

Charlotte ne put retenir un sourire. Le diable d'homme !

Roman lui adressa un clin d'œil, tandis qu'il suivait son père vers le bureau. Un clin d'œil destiné à la rassurer, bien sûr.

Viola, heureusement, n'avait rien vu. Mais Emily ne put se retenir de glousser.

— Il me plaît beaucoup, Charlotte, murmura-t-elle à sa sœur.

— Je te comprends. Moi aussi, il me plaît beaucoup.

— Au fait ! s'exclama Emily. Pourquoi ne m'as-tu pas dit que Bethany Case organisait un bal pour l'annonce de tes fiançailles ? Je le tiens de Margaret, qui était formelle. Elle trouvait cela *merveilleux*.

Charlotte n'était pas certaine qu'Emily ait besoin de savoir que Bethany avait été *convaincue* par son mari d'organiser ce bal – lequel mari était un client assidu des Merrick, comme le prouvaient ses innombrables reconnaissances de dettes. Il n'était pas non plus nécessaire de savoir pourquoi Roman avait fait ce choix. Mais il avait expliqué à Charlotte que si cette proposition ne lui plaisait pas, il restait toujours la solution d'organiser le bal chez le Premier ministre…

Charlotte s'était très bien accommodée de Bethany. Son ancienne rivale serait ravie d'organiser *le* bal de la saison – celui dont tout le monde parlait déjà. Mais Bethany serait aussi *obligée* de sourire à Charlotte – et à Roman – pendant toute la soirée. Ce serait sa punition.

Quant au choix de l'église, c'est Roman qui avait tenu à Saint-Georges – lieu où se déroulaient la plupart des mariages de la bonne société. Charlotte n'y attachait que peu d'importance. L'essentiel, c'était qu'elle ait l'assurance, désormais, de se réveiller chaque matin à côté de lui. Qui saurait se contenter d'une seule nuit, quand il était possible de les avoir toutes ?

Lorsque, quelques minutes plus tard, il ressortit du bureau de son père et lui adressa un autre clin d'œil suivi d'un regard passionné, Charlotte n'éprouva plus que du bonheur. Un immense bonheur.

Découvrez les prochaines nouveautés
des différentes collections J'ai lu pour elle

Le 5 septembre

Inédit **_Les sœurs d'Irlande_ - 3 -**
Caroline, la passionnée ⸻ Laurel McKee

Mariée à dix-sept ans, Caroline est aujourd'hui veuve. Passionnée par les livres depuis l'enfance, elle rédige un ouvrage sur les mythes et légendes irlandais. Sur un coup de tête, elle décide de se rendre chez Grant Dunmore, débauché notoire. Car dans sa demeure, sur une île isolée au nord du pays, il possède une riche bibliothèque, que Caroline rêve de consulter…

Inédit **_Le club des Gentlemen_ - 2 -**
Le destin de Merry Lane ⸻ Tessa Dare

Rhys St Maur appartient au club des Gentlemen. De retour dans son village natal, il constate que l'absence d'un maître s'est durement fait ressentir. Tout n'est que ruines et le château dont il vient d'hériter a brûlé. Seule une auberge a résisté. À sa tête, Meredith Maddox, son amie d'enfance. À ses côtés, Rhys décide de reconstruire le château. Un projet qui les rapprochera plus qu'il ne pouvait l'imaginer...

Désirs fous ⸻ Karen Robards

Jamais dans toute la Virginie, on n'avait vu une femme acheter un esclave. C'est pourtant ce que vient de faire Lilah, sous le regard scandalisé de tous. Avait-elle le choix ? C'était le seul et unique moyen d'arracher à une mort certaine Joss, son beau capitaine aux yeux d'émeraude. Après lui avoir offert sa liberté, ils partent pour La Barbade et échouent sur une île déserte…

Le 19 septembre

Inédit **_Indécente_ ☙ Emma Wildes**

Un soir, Nicholas Manning et Derek Drake se lancent un pari : lequel des deux est-il le meilleur amant ? Caroline Wynn, une jeune veuve aux mœurs irréprochables sera la personne idéale pour les départager. Mais quand Caroline exige de vérifier leurs dires, l'affaire se corse. Qu'à cela ne tienne, Nicholas relève le défi, déterminé à lui prouver qu'il est un amant d'exception.

Inédit **_Le clan Campbell - 3 - Trahi_**

☙ Monica McCarty

Duncan Campbell, accusé d'un crime qu'il n'a pas commis, a été forcé de quitter son clan. Son nom a été bafoué. Prêt à tout pour laver son honneur et rétablir la vérité aux yeux de tous, Duncan retourne dans les Highlands pour trouver la seule personne capable de lui rendre sa liberté : la femme qu'il aimait et qui l'a jadis trahi...

Au-delà du pardon ☙ Shirlee Busbee

Seule et enceinte, après avoir été violentée par un inconnu, Léonie accepte Morgan Slade pour mari. Qui disparait aussitôt avec sa dot le jour de leurs noces. La jeune femme retourne ciel et terre pour retrouver l'époux indigne. Et voilà que Morgan prétend ne l'avoir jamais épousée ! Étrange comédie. Qui ment ? Qui dit la vérité ? À moins que tous deux ne soient sincères...

Le 5 septembre

PROMESSES

Inédit

Les chroniques de Virgin River* - 5 - *Attirance

Robyn Carr

À vingt-cinq ans, Shelby se retrouve orpheline. Malgré la douleur, c'est pour elle l'occasion de prendre un nouveau départ. Profiter de la vie, s'amuser, faire de nouvelles connaissances… Elle ne croyait pas si bien dire ! En route pour Virgin River, elle rencontre Luke Riordan, un ancien pilote. Et là, c'est le coup de foudre. Shelby se sent revivre à son côté, seulement voilà, il est de treize ans plus âgé.

Le 5 septembre

CRÉPUSCULE

L'exécutrice* - 5 - *La revanche de l'Araignée

Jennifer Estep

L'intraitable Gin Blanco n'a pas dit son dernier mot. La tueuse à gages surnommée l'Araignée est plus que jamais décidée à en finir avec Mab Monroe, l'élémentale de feu qui a décimé sa famille. C'est sans compter sur les hordes de chasseurs de prime lâchées à ses trousses. D'autant que Mab a mis à prix la tête de sa petite sœur, l'inspecteur Bria Coolidge. Or personne ne touche à Bria, Gin se l'est juré. Et elle tient toujours ses promesses.

Et toujours la reine du roman sentimental :

« Les romans de Barbara Cartland nous transportent dans un monde passé, mais si proche de nous en ce qui concerne les sentiments.
L'amour y est un protagoniste à part entière : un amour parfois contrarié, qui souvent arrive de façon imprévue.
Grâce à son style, Barbara Cartland nous apprend que les rêves peuvent toujours se réaliser et qu'il ne faut jamais désespérer. »

Angela Fracchiolla, lectrice, Italie

Le 5 septembre
La cavalier masqué

10063

Composition
FACOMPO

Achevé d'imprimer en Italie
par GRAFICA VENETA
le 24 juillet 2012.

Dépôt légal : juillet 2012.
EAN 9782290056615
L21EPSN000855N001

ÉDITIONS J'AI LU
87, quai Panhard-et-Levassor, 75013 Paris

Diffusion France et étranger : Flammarion